이것은 나의
믿음에 관한 이야기
긴 시간 걸어와 다시 인사드립니다

2025년 여름,

최 진 영

팽
이

팽이

최진영
소설집

창비

차례

주단

잠에서 깨어보니 고속버스 안이다. 버스 의자의 인조가
죽 냄새 때문에 속이 울렁거렸다. 의자에 푹 잠겨 있던 몸
을 살짝 일으켜 허리를 좌우로 돌리다가 통로 건너편에 앉
아 귤을 까 먹고 있는 여자와 눈이 마주쳤다. 귤의 냄새 때
문인지 색깔 때문인지 군침이 돌았다. 고인 침을 이와 혀
사이로 살살 굴렸다. 입안이 얼얼해질 정도로 차가운 물을
마시고 싶었다.

방금 꾼 꿈의 잔영이 떠올랐다. 뭐라 설명할 수 없을 만
큼 희미하고 비현실적이어서 그저 그 느낌만 알 수 있었
다. 주는 맞았고, 울었고, 죽을 뻔했다. 깨지 않고 계속 꿈
을 꾸었다면 결국 죽었을지도 모른다. 정말 꿈이었을까?
잃어버린 과거의 한 귀퉁이 아니었을까? 창밖으로 보이
는 고속도로의 무미건조한 풍경과 흐리고 낮은 하늘을 쳐
다보다가, 옆으로 지나가는 또다른 고속버스의 짙은 창에

시선을 고정했다. 그곳에 비친 '동서울→안동(무정차)'란 글자를 보고서야 주는 자기가 가고 있는 곳을 알았다. 주머니에서 휴대폰을 꺼내 날짜와 시간을 확인했다. 불쾌함을 견디며 입안에 고인 침을 꿀꺽 삼킨 뒤, 중요한 메모를 하듯 또박또박 소리 내어 말했다.

4월 20일. 저녁 6시 43분. 나는 집에 내려가는 중이다.

휴대폰을 다시 꺼내 요일을 확인했다. 금요일이었다. 주말이라 집에 가는 건가? 허리를 엉거주춤 세운 자세로 곰곰 생각하다가 포기해버렸다. 기억이 없다. 다르게 말하자면, 기억을 잃어버렸다. 과거의 일부분이 사라져버린 것이다.

한두번 겪는 일이 아니다. 살면서 여러번 과거를, 혹은 기억을 잃었다. 통째로 잃는 건 아니고, 기억 전체를 몸에 비유하자면 엄지손톱이나 머리카락 몇올 정도를 잃어버리곤 했는데, 정도가 심할 때는 얼굴만큼을 잃어버리기도 했다. 사라진 기억은 시간이 흐른 후 인상적인 꿈의 형태로 되살아나기도 했으나, 대부분은 영영 복구되지 않은 채 주변 사람들의 기억에 기생하여 간신히 존재했다.

열두살 여름에 처음으로 과거를 잃어버렸다. 그때 주의 가족은 다세대주택 이층에 세 들어 살았다. 얇은 벽으로 나뉜 작은방과 큰방, 좁고 추운 화장실과 자그마한 거실 겸 부엌이 있는 집이었다. 좁은 공간에 무질서하게 들어찬 살림살이들은 '나까지 여기 있어서 정말 미안해'라고 말하는 듯 온몸을 잔뜩 웅크리고 있었다. 집 안에서 당당하게 몸을 쭉 펴고 있는 건 나뭇결 모양의 장판과 누렇게 바랜 벽지뿐이었다.

벽지엔 모기와 파리를 때려잡은 자국이 꽤 많이 묻어 있었다. 어떤 자국은 빨갛고 어떤 자국은 까맸다. 무더운 여름 낮엔 현관문과 창문을 활짝 열어서 바람이 통하는 길을 만들어놓곤 했는데, 그 길을 따라 모기와 파리가 많이 들어왔다. 때론 쥐가 들어오기도 했다. 쥐는 축 늘어져 있는 주를 벗어놓은 옷 따위로 착각했는지, 주를 보고도 놀라지 않고 느긋하게 화장실이나 부엌 쪽으로 갔다. 주는 쥐를 쫓아가 꼬리를 잘라버리곤 했다. 꼬리 없는 쥐는 하나도 징그럽지 않았고, 그저 동그랗게 뭉쳐져 굴러다니는 먼지 같았다.

덜덜거리는 선풍기 앞에 앉아 있던 주는 벽지에 묻어 있는 자국을 멍하니 쳐다보며 그것들을 사인펜으로 죄다 이어 그리는 상상을 했다. 다 이으면 누런 벽지 위에 커다란 모기와 파리가 그려질 것 같았다. 그려보고 싶다는 생각은 꼭 그려야만 한다는 강박으로 변했다.

형.

작은방에서 단이 주를 불렀다. 주는 단에게 가는 대신 사인펜을 찾아 거실 서랍장을 뒤졌다.

기억은 거기서 멈췄다.

그리고 다시 누런 벽지가 보였다. 젊은 여자가 주의 몸을 주무르고 있었다. 괜찮니? 안 아프니? 젊은 여자가 다급히 물었다. 괜찮니? 안 아프니?는 엄마가 단에게 자주 하던 말이었다. 엄마가 단을 끌어안고 그 말을 할 때마다 주는 외로워서 화가 났다. 주도 아프고 안 괜찮을 때가 있었으니까. 하지만 엄마아빠는 단에게만 그런 질문을 했다.

엄마구나.

젊은 여자를 빤히 쳐다보며 생각했다.

엄마?

그래, 엄마야.

엄마가 주의 볼을 어루만지며 아픈 데 없느냐고 다시 물었다. 아무 데도 아프지 않았고, 아픈 것을 느낄 수도 없을 만큼 뿌듯했지만, 주는 일부러 인상을 찡그렸다. 아프니? 어디가 아파? 주는 대충 머리 쪽을 가리켰다. 택시를 타고 병원에 가서 머리통을 찍었다. 의사는 검은 필름을 들여다보며 아무 이상 없다고 했다. 의사가 주의 목숨을 구해주기라도 한 듯, 엄마는 고맙다는 말을 거듭했다.

엄마 손을 잡고 바나나우유를 쪽쪽 빨아 먹으며 집에 돌아왔을 때, 주는 거실 벽지의 낙서 때문에 엄마 손을 놓쳐버렸다. 낙서는 모기 모양도 파리 모양도 아니었고, 굳이 무언가에 비유하자면 '죽어버'라는 글씨와 비슷했다. 엄마는 주의 손을 놓고 단이 누워 있는 작은방으로 갔다. 주는 다시 외로워졌다.

엄마는 벽지를 조금 사 와서 낙서 위만 덮어버렸다. 벽지는 너무 하얗고 반짝거려서 새로 바른 이유를 자꾸 생각나게 했다. 엄마는 주에게 딱 한번 네가 한 짓이냐고 물었다. 주는 고개를 저었다. 기억나지 않았다. 하얗고 반짝거리는 새 벽지 뒤에 그대로 남아 있는 '죽어버'란 글씨는 종종 벽지를 뚫고 나와 주의 귓가를, 정확히 말하면 입가를 맴돌았다. 기억은 사라지고 흔적만 남았다. 사라진 기억과 흔적 사이에 연관이 있다고 똑 부러지게 말할 수 있는 사람은 늘 집에만 있던 단뿐이지만, 재수 없을 만큼 의젓하고 착한 단은 주를 곤란에 빠뜨릴 만한 말은 하지 않았다.

*

터미널에 간 기억도 없고 버스를 탄 기억도 없다. 사물함에서 가방을 꺼내던 게 마지막 기억이다. 금요일 수업은 여섯시에 마치고, 아르바이트는 여섯시에 시작되었다. 때문에 수업 중간에 강의실에서 나와야만 했다. 수업이 시작되기 전에 가방을 사물함에 넣어두고 화장실에 가는 척 강의실을 빠져나오곤 했다. 교수는 수업 끝에야 과제를 내주거나 거뒀다. 과 동기에게 사정을 말하고 도움을 받았다.

집에 내려가는 길이라는 것을 알았으니 일단 안심이다. 오랜만에 내려간다. 지난 겨울방학 때 하룻밤 자고 온 게 마지막이니까. 그 겨울밤, 저녁 밥상 위에 어떤 반찬이 있었는지도 생생하게 기억난다. 물김치와 배추김치, 하얗게 무친 콩나물과 달달한 멸치볶음, 파래무침과 고등어구이, 그리고 당근과 감자와 당면을 듬뿍 넣은 닭볶음탕. 닭볶음탕은 주가 가장 좋아하는 요리였다. 그날 아버지와 함께 소주를 마셨다. 아버지가 기숙사 문제를 물어봤고, 주는 잘 풀릴 것 같다고 대답했다. 군대는 언제 다녀올 거냐고 아버지가 물었다. 한 학기만 더 다니고 입대할 생각이라고 하자, 차라리 봄에 가는 게 낫지 않겠느냐고 엄마가 말했다. 주는 생각해보겠다고 대답하며 닭다리를 집었다. 엄마가 아차, 하며 하나 남은 닭다리를 밀폐용기에 담았다. 가슴살과 날개도 담았다. 단이 몫이었다. 주는 집었던 닭다리를 냄비에 도로 내려놓았다. 이후 닭고기 대신 감자와 당면만 먹었다. 닭다리 하나는 끝까지 냄비 안에 남아 있다가 결국 밀폐용기로 들어갔다.

식사를 거의 마쳤을 때쯤 단이 잠에서 깨어났다. 엄마는 용기에 담아두었던 닭고기를 꺼내 살만 발라내어 다시 데웠다. 단은 누운 채로 엄마가 주는 닭고기를 받아먹었다. 아버지가 담배를 피우러 나갔다. 작은방에서 엄마 웃음소리가 들렸다. 주는 남은 당면과 감자와 당근 찌꺼기를 다 먹어치운 뒤 설거지를 하려고 소매를 걷었다. 그릇을 헹구려고 뜨거운 물을 틀자 보일러 돌아가는 소리가 났다. 담배를 다 피운 아버지가 들어와 고무장갑을 끼고 설거지를 도왔다. 보일러 돌아가는 소리가 뚝 끊겼다.

*

옆자리에 놓인 가방을 열어 엠피스리를 꺼냈다. 이어폰을 귀에 꽂고 재생 버튼을 누르자 액정 화면에 'Muse— Map of the Problematique'란 글자가 떴다. 음악이 사라진 기억의 끄트머리를 잡아당겨주지 않을까 기대했지만 아무것도 떠오르지 않았다. 지금 버스를 타고 있으니, 학교에서 터미널까지 갔을 테고 표를 끊고 버스를 탔을 텐데…… 주는 소매와 바지를 걷어 상처 난 곳은 없는지 차근차근 살폈다. 말짱했다. 핏자국도 없었다. 사고를 당하거나 싸움을 하거나 사람을 죽이진 않았으리라고 확신했다. 그래, 그럼 됐지. 주는 안도하며 가방을 샅샅이 뒤졌다. 위험한 물건도, 새 물건도, 남의 물건이라 짐작되는 것도 들어 있지 않았다. 그동안 수차례 기억을 잃었지만, 기억을 잃은 사이 사람을 죽이거나 물건을 훔친 적은 한번도 없었다. 그래, 그럼 된 거야. 주는 얕은 한숨을 내쉬며 의자 깊숙이 몸을 기댔다.

기억을 잃을 때마다 주는 사라진 과거에 집착하는 대신 분명한 현재에 집중하려고 애썼다. 과거를 잃어버리는 건 약점도 병도 문제도 아니었다. 어차피 모두들 잊고 산다. 잊고 싶은 과거를 잊을 수 없어 괴로워하는 사람에 비하면 주의 뇌는 오히려 축복이랄 수도 있었다. 주는 그저 잊을 만한 일을 잊을 뿐이라고, 사라진 과거 따위 신경 쓰지 말고 남아 있는 소중한 과거만 기억하면 된다고 애써 믿었다.

가방을 뒤져 얇은 공책을 꺼냈다. 초등학생 때 일기장으로 쓰던 공책이었다. 주는 그 공책을 절대 잊고 싶지 않은 아름다운 기억을 메모해두는 용도로 바꾸어 십년 가까이 들고 다녔다. 온전히 좋은 기억이란 흔치 않았다. 기쁜 일엔 죄책감이 묻어 있고 사랑엔 자괴감이 따라왔다. 성적이 올라 엄마아빠에게 칭찬을 들은 날 밤엔 단이 많이 아팠다거나, 좋아하는 여자애와 처음 대화를 나눈 날엔 외아들이라고 거짓말을 하고 말았다는 식이었다. 누구에게도 미안해하지 않고 사소한 거짓말도 하지 않으면서 온전히 기쁘고 행복하기란 정말 힘들었다. 자주 들춰볼 뿐 낱장을 채우지 못한 공책 귀퉁이는 도서관 구석에 처박혀 있는 오래된 책처럼 너덜거렸다.

첫장을 펼쳤다.

열두살 무렵의 하루가 적혀 있었다.

10월 4일.

아빠가 사준 운동화를 처음 신었다. 학교 마치고 축구를 했다. 가위바위보에서 이겨 골키퍼를 안 했다. 어시스트를 두개나 하고 골도 하나 넣었다. 강력한 오른발 슈팅이었다. 멋졌다. 진짜 멋졌다. 여름방학 동안 키가 오 센티나 크고 팔다리가 길어졌다. 키가 커서 축구를 잘하게 됐나? 민석이 머리통이 내려다보였다. 애들이 나를 부러워하는 것을 느낄 수 있었다. 단이 퇴원했다. 엄마가 김밥을 말아줬다. 아빠한테 축구 이야기를 했다. 아빠가 웃으면서 잘했다고 말했다. 김밥 한줄을 통째로 들고 먹었다. 엄마아빠랑 거실에 앉아 텔레비전을 봤다. 사과도 깎아 먹었다. 엄마가 잘 먹는다고 좋아했다. 아무도 아프지 않고 야단맞지도 않고 모두 친절했다. 나는 거짓말도 안 했고 나쁜 생각도 안 했다.

　마지막 문장은 닳은 옷소매에 달린 실밥처럼 꾸불꾸불해서 알아볼 수 없었다. 일기를 쓰다가 잠들어버린 것이다. 엎드린 채 침을 흘리며 자다가 오줌이 마려워 눈을 떴다. 공책과 연필은 머리맡에 흐트러져 있었고 이불은 발치에 너부러져 있었다. 머리통을 벅벅 긁으며 자리에서 일어났다. 화장실에 가려고 문지방을 넘다가 현관 입구에 쪼그려 앉아 있는 단을 봤다. 거실 불을 켰다. 단이 주의 새 운동화를 신고 있었다. 오른발은 이미 운동화 속에 들어가 있었고, 왼발은 아직 맨발이었다. 왼발이 차가운 현관 타일 위에서 움찔거렸다. 주는 단의 작고 홀쭉한 등을 무심히 보며 화장실에 들어가 문을 열어둔 채 오줌을 눴다. 오줌을 다 누고 나왔을 때에도 단은 여전히 현관을 향해 앉아 있었다. 양발이 맨발 상태였다. 주는 거실 불을 끄고 방에 들어가 이불 위에 누웠다. 단도 들어와 주에게 등을 돌리고 누웠다. 주는 누운 채로 오랫동안 뒤척였다.

*

　주와 단은 쌍둥이다. 태어났을 때는 주와 단 모두 튼튼

했다. 부모님은 쌍둥이에게 똑같은 옷을 입히고 똑같은 신발을 신겼다. 그리고 틈날 때마다 사진을 찍었다. 주와 단은 웃는 모습도 우는 모습도, 만세를 하듯 두 팔을 올리고 자는 모습까지 똑같았다. 엄마아빠란 말도, 걸음마도 비슷한 시기에 시작했다. 하지만 어느 날부턴가 단은 자리에서 일어나는 것을 힘들어했고, 일어나더라도 자꾸 넘어졌다. 몸이 약해서, 성장이 더뎌서 그런 것이라고 부모님은 생각했다. 둘을 동시에 키우다보니 아무래도 힘세고 적극적인 놈이 더 많이 먹어 발육이 다른 것 아니겠느냐고 우스갯소리도 했다. 힘센 놈은 주였다. 주는 유난히 튼튼하고 쾌활했다. 단을 업고 병원에 갔던 날, 부모님은 이해할 수 없는 말을 들었다. 단은 선천적으로 근육이 약하고, 살면 살수록 점점 더 약해져 결국엔 혼자 움직이기 힘들 것이라는 말이었다.

주와 단은 같은 염색체로 동시에 만들어졌고 똑같은 환경에서 컸다. 그런데도 한명만 선천적인 병을 갖고 있다는 것을 부모님은 납득하지 못했다. 한 아이의 병을 받아들이는 데 삼년 넘는 시간이 걸렸다. 부모님이 단의 병을 받아들인 순간부터 주는 애어른이 되어야 했다. 한 아이가 고칠 수 없는 병에 걸렸으니, 한 아이만큼은 어서 어른이 되어주길 모두가 바랐는지도 모른다.

신이 배분을 잘못한 거지. 공평히 나누질 못했던 거야.

주는 단만 챙기는 엄마아빠를 보면서 생각했다.

둘 중 하나는 분명 너무 많이 가졌어. 사랑이나 건강이나 행운이나 행복이나, 모든 것을 한 그릇에 넣고 잘 섞어서 공평히 나눴어야 했는데, 신이 너무 게을러서 섞지도 않고 대충 나눈 거야. 이건 다 게으르고 무책임한 신 탓이지, 내 탓이 아니야. 내가 엄마 뱃속에서 모두 뺏어 먹어서 그런 게 아니야. 그건 절대 아니지.

어릴 때는 단이와 잘 놀았다. 주로 같이 텔레비전을 보거나 게임을 했다. 무엇을 하든 단은 오래 하지 못하고 금세 지쳤다. 게임을 해도 끝말잇기를 해도 늘 주가 이겼다. 어느 날 단이 심하게 울어댔다. 지기만 하는 것, 지긋지긋하다고 했다. 지는 게 싫어 형이랑 놀고 싶지 않은데, 형 아니면 같이 놀 사람이 없으니 정말 짜증 난다며 울었다. 이후 주는 일부러 졌다. 모두가 그것을 원했다. 일부러 지는 것도 쉽진 않았다. 단이 눈치채지 못하게, 요령 있게, 감쪽같이 져야 했다.

너 때문이야.

이 말을 시작으로 크게 싸운 적이 있다. 월드컵이 치러지던 해였고, 단의 건강이 급격히 나빠지던 때였다. 단은 밖에 나가서 놀고 싶어했고 주는 절대 안 된다고 했다. 엄마가 알면 난리 날 거라고 윽박질렀다.

엄마한테 말 안 하면 되잖아. 우리만 비밀로 하면 되잖아.

동네 사람들이 다 볼 거 아냐. 보고 엄마한테 말하면 어쩔 건데.

사람들 없는 데서 놀면 되잖아.

그런 데가 어디 있어.

나가자.

안 돼.

나가자.

안 된다니까!

왜 형 맘대로야!

그럼 너 혼자 나가든가.

단은 기우뚱기우뚱 현관으로 걸어가 고집스럽게 신발을 신었다. 쭈그려 앉아 신발을 신는 것만으로도 기력이 다한 단이 가쁜 숨을 몰아쉬며 주를 빤히 쳐다봤다.

나가. 나가보라고. 나가서 막 싸돌아다니라고.

주가 몰아붙였다. 입술을 삐죽거리던 단이 악! 짜증 나! 소리를 질렀다. 둘은 서로를 노려보기만 했다. 혼자 나갈 용기는 없던 단이 결국 울기 시작했다. 울음은 쉽게 그치지 않았다. 골이 난 상태로 거실 구석에 앉아 리모컨만 눌

러대던 주는 점점 겁이 나기 시작했다. 너무 오래 울면 호흡곤란으로 죽을 수도 있었다. 주는 리모컨을 내던지고 단의 손에 야구공을 쥐여줬다.

지려고 애써야 하는 게임이 시작되었다. 주는 일부러 공을 약하게 던졌고, 받을 수 있는 공도 놓쳤다. 단순한 놀이지만 단은 즐거워했고, 역시 금세 지쳤다. 힘들어하면서도, 좀더 세게 던지라고 했다. 주가 최선을 다해 놀고 있지 않다는 것을 단이라고 모를 리 없었다. 공이 오가는 횟수만큼 좀더 세게, 좀더 세게란 말도 반복되었다. 주의 손목에 힘이 들어갔고, 높이 뜬 공이 장식장을 깨뜨렸다.

너 때문이야.

어질러진 유리 조각을 멍하니 내려다보며 주가 말했다. 겁에 질린 표정으로 자리에 주저앉아 있던 단의 발바닥에서 피가 났다. 화장실에서 수건을 가져와 단의 발을 감싸면서 주는 벌벌 떨었다.

죽으면 어떡하지.

불길한 생각이었다. 그 생각을 지우기 위해 주는 계속 지껄였다.

너 때문이야.

너 때문이야.

다 너 때문이야.

단이 주를 밀치며 소리 질렀다.

니가 깼잖아!

자빠지면서 유리 조각을 짚어 손에서 피가 났다. 단도
주를 밀면서 맥없이 자빠졌다.

죽으면 어떡하지.

까부라진 단을 보고 주는 공포를 느꼈다. 단이 울면서
소리를 질렀다. 입을 틀어막고 싶었다. 몸을 꽁꽁 묶어버
리고 싶었다. 꼼짝 못하도록 커다란 박스 안에 가두고 싶
었다. 박스에 작은 구멍만 뚫어놓고 그 구멍으로만 단을
보고 싶었다. 나가자고 했잖아! 단이 울면서 소리 질렀다.
주는 벌떡 일어나 단이 꼼짝 못하도록 짓눌렀다. 덫에 걸
린 쥐처럼 단이 버둥거렸다. 옷에 뻘건 피가 묻었다. 제발
가만있으라고 말하고 싶었지만, 나오는 건 너 때문이라는
말뿐이었다. 단의 몸이 축 늘어졌다. 죽으면 어떡하지. 엄
마도 없는데. 죽으면 어떡하지. 늘어진 상태로 실눈을 뜨
고서 단은 희미한 울음소리를 흘렸다.

야, 죽지 마. 야, 죽으면 안 돼.

단을 흔들며 중얼거렸다.

안 죽어.

단이 침을 꿀딱 삼키며 말했다. 단의 팔을 꼭 잡고 있던
손에 힘이 쭉 빠졌다.

나가자고 했잖아.

필사적으로, 단은 말했다.

*

학교에 다니고 새로운 친구를 사귀고 축구공이 생기고
여자애를 좋아하게 되면서, 주는 단이 아프다는 사실을 종
종 까먹었다. 밖에서 아이들과 뛰어노는 게 좋았다. 지려
고 애쓰는 것보다 이기려고 안간힘 쓰는 게 신났다. 상대
눈치 안 보고 하고 싶은 말 다 하고, 웃고 싶을 땐 깔깔 웃
어젖히고, 화날 땐 맘껏 욕하고 소리 지르면서 통쾌함을
배웠다. 속이 뻥 뚫리는 것 같았다. 겨울엔 눈밭에서 구르
느라 옷이 젖었고 여름엔 땀으로 옷이 젖었다. 집에 돌아
오면 뽀송뽀송하고 비쩍 마른 단이 주를 맞이했다. 자기와
똑같이 생겼으나 자랄수록 자기와 다른 모습으로 변해가
는 단을 볼 때마다 주는 화가 났다.

잠들기 전엔 엄마아빠와 함께 손을 모으고 단을 위해 기
도했다. 단을 건강하게 해달라고, 오래오래 살 수 있게 도
와달라고 주는 진심으로 기도했다. 매일 밤 간절했다. 어
쩌다 너무 피곤해 기도를 못하고 잠든 날에는 죄책감에 시
달렸다. 밤중에 단이 병원에 실려 가기라도 하면 주의 죄

책감은 폭발했다. 내가 기도를 안 했기 때문이야. 단을 둘러업고 집을 뛰쳐나가는 아버지를 볼 때마다 주는 자책했다. 나 때문이야. 내가 너무 오래 뛰어놀아서, 숙제를 제때해놓지 않아서, 밥을 너무 많이 먹고 일찍 잠들었기 때문이야. 기도를 빼먹었기 때문이야.

그런데, 신이 그렇게 부지런한가.

어느 날인가는 그런 의심에 빠지기도 했다. 내가 매일 기도를 하는지 안 하는지 검사할 만큼 신은 나를 살뜰히 챙기나. 지구 인구가 육십억이라는 것을 배웠을 때도 주는 의심에 빠졌다. 신은 육십억개의 기도를 매일 챙겨 들을 만큼 부지런한가. 그렇다면, 애초에 우리 둘을 만들 때는 왜 그렇게 게으르게 굴었을까. 왜 잘 섞지 않고 대충 나눴을까. 한쪽이 너무 많은 것을 갖도록 성의 없이 만들어놓고 기도 좀 안 했다고 동생을 아프게 하는 신이라면, 그런 신을 내가 믿어야 하나? 믿고 기도를 해야 하나? 신은 내 기도를 듣는 게 아니라 내가 기도를 하나 하지 않는가만 보는 거지. 기도를 하는 날은 그냥 넘어가고 기도를 하지 않는 날엔 벌주려고 벼르고 있는 거야. 신은 은총이 아니라 벌을 주는 존재야. 난 벌받지 않으려고 기도하는 거야.

단의 건강을 위해, 주는 흠이 없는 인간이어야 했다. 어떤 상황에서도 기도를 빼먹지 말아야 했고, 어떤 죄도 짓지 말아야 했고, 늘 착한 행동을 하는 것을 넘어, 생각까지도 착한 것만 해야 했다. 신은 생각까지 읽는 존재니까. 나쁜 생각을 하면 단이 아프고 말 거라는 강박은, 단의 선천적인 병까지 결국 주 자신의 탓이라고 믿게끔 했다. 선천적이란 건 태어나면서부터 그렇다는 거다. 그렇다면 단의 병은 엄마 뱃속에서 만들어졌다는 얘기인데, 젠장, 엄마 뱃속에는 오직 우리 둘만 있지 않았나. 뱃속에서 자기가 무슨 짓인가를 했기 때문에 단이만 선천적인 병을 갖게 된 것이라고 생각할 수밖에 없었다. 엄마 뱃속에서 있었던 어떤 사건 때문에 단이 병에 걸린 것이라면, 그건 신이 게으른 탓이 아니라 오직 주의 탓이었다.

괴롭고 억울했다.

미웠고, 미안했다.

멀리 제천 톨게이트가 보인다. 집에 도착하려면 한시간 정도 남은 셈이다. 주는 눈을 감고 잠을 자려고 애썼다. 어쩌면 꿈을 통해 볼 수 있을지도 모르니까. 잃어버린 과거의 잔재들을.

하지만.

알고 싶지 않았다.

무서웠다.

*

열세살이 되면서 쾌활하던 성격이 많이 꺾였다. 쾌활하게만 살기엔 주의 그릇이 너무 컸다. 축구도 게임도 결국엔 끝났다. 친구들은 돌아가고 컴퓨터는 꺼졌다. 가족을 마주할 때마다 그릇의 빈자리가 와락와락 채워지는 기분이었는데, 빈자리를 채우는 건 사랑이나 애틋함일 수도 있고 불안, 원망, 죄책감이나 부끄러움일 수도 있었다. 이름 붙이기 곤란하고 이름 지어주기도 싫지만, 처음부터 잘 알고 있던 감정들. 더는 자라지 않아서 그릇도 커지지 않길. 갑자기 사라져서 다시는 발견되지 않는 딱풀이나 지우개처럼 감정도 그렇게 되길 바랐다. 하지만 주는 무럭무럭 자랐고, 마음은 무심결에 그린 지저분한 낙서처럼 알아볼 수 없을 만큼 복잡해졌다.

너 원래 쌍둥이라며?

물어보는 친구가 종종 있었다. 원래 쌍둥이라니. 불길하게 들렸다. 지금은 쌍둥이가 아니란 말처럼 들렸다. 처음부터 지금까지 쌍둥이였고 앞으로도 쭉 쌍둥이일 것인데, 단을 과거에나 존재했던 사람으로 만드는 말 같았다. 하지만 애초에 쌍둥이임을 밝히지 않은 건 주였다. 누군가 형제 관계를 물어보면 그저 동생이 있다고만 답했으니까. 쌍둥이 동생이 있다고 대답하면 얘기가 길어졌다. 우리 학교냐. 아니다. 그럼 어느 학교냐. 학교 안 다닌다. 왜 안 다니느냐. 많이 아프다. 어디가 아픈데. 선천적으로 아프다.

쌍둥인데?

주는 그 질문을, 건강한 자신을 탓하는 말로 받아들였다. 같은 초등학교에 다니다가 같은 중학교에 배정된 친구가 어느 날 엄청난 비밀을 밝혀냈다는 듯 과장된 말투로,

너, 쌍둥이라며?

물어봤을 때, 주는 그 친구와 다시는 같이 놀 수 없겠다는 생각을 했다. 질문을 받자마자 저절로 든 생각이라 이유도 알 수 없었다. 주가 긍정도 부정도 하지 않자 친구가 재촉하듯 되물었다. 질문은 집요했다. 결국 대답을 했을 텐데, 기억나지 않는다. 그날 집으로 돌아왔을 때 엄마가 주의 흙투성이 교복을 보고 크게 혼을 내는 장면부터 기억은 다시 시작되었다. 놀다가 그랬을 수도 있고, 넘어졌을 수도 있고, 싸웠을 수도 있다.

벚꽃이 만발한 초저녁이었다. 주는 휠체어를 밀고 얕은 물이 흐르는 강가로 나섰다. 꽃구경을 나온 사람들로 강변은 무척 붐볐다. 단은 귀에 이어폰을 꽂고 있었지만 음악

을 듣고 있진 않았다. 겨울나무 같은 자신을 보며 사람들이 하는 말을 듣고 싶지 않은 마음과, 그들의 말을 듣고 싶은 마음이 공존했다. 음악을 듣는 척 사람들의 말을 들었다. 때로 단을 뚫어지게 쳐다보거나, 안 보는 척 흘금흘금 훔쳐보는 사람들이 있었다. 단은 사람들이 고개를 들고 찬란한 꽃잎만을 봐주길 바랐다.

꽃잎이 떨어져서 바람이 있다는 것을 알았다. 단은 무릎 위에 떨어진 꽃잎을 집어 손가락 끝으로 살살 만져보았다. 촉촉했다. 고개를 들어 커다란 벚나무를 쳐다봤다. 수많은 꽃잎이 떨어지고 있었다. 여전히 아름답고 촉촉하고, 씹으면 딱딱지도 더럽지도 않고 향기로운데, 그런데도 죽은 걸까. 단은 골똘히 생각에 잠겼다. 꽃은 언제 죽는 걸까. 어느 지경이 되어야 죽었다고 할 수 있을까. 휠체어가 갑자기 멈췄다. 고개를 들어 정면을 바라봤다. 자기 또래로 보이는 아이들 한 무리가 길 한가운데로 걸어오고 있었다. 주가 휠체어를 돌렸다. 그리고 달렸다. 단의 야윈 몸이 휠체어 속에서 통통 튀어오를 만큼 빠른 속도였다. 단은 두 손으로 휠체어 팔걸이를 꼭 잡았다. 강을 가로지르는 커다란 다리 아래까지 달려온 주가 뜀박질을 멈추고 뒤를 돌아봤다.

여기 잠깐 있어.

주가 휠체어를 기둥 옆 콘크리트 덩이 쪽으로 밀며 말했다.

오분만 기다려.

왔던 방향으로 달려가던 주가 잠시 머뭇거리다가 돌아왔다.

아이스크림 먹을래?

단이 고개를 끄덕였다.

해가 들지 않는 다리 밑은 어둡고 싸늘했다. 널따란 기둥에는 거대한 거울이 붙어 있었다. 단은 거울이 튕겨내는 자기 모습을 뚫어지게 쳐다보다가 엠피스리의 재생 버튼을 눌렀다. 수십곡이 재생되도록 주는 돌아오지 않았다. 나를 버린 건가?라는 생각이 잠시 들었으나, 집에서 십여분도 안되는 거리에, 주소와 전화번호를 모조리 외우고 있는 자신을 버릴 리가 없다는 생각이 들었다.

사방이 어스름해지자 다리 밑에 노란 불이 켜졌다. 운동복을 입은 여자들이 다리 밑으로 몰려들었다. 그중 한 여자가 휴대용 스피커를 바닥에 내려놓았다. 스무명쯤 되는 여자들이 어중간한 간격으로 줄을 서며 와르르 웃어댔다. 스피커를 켜자 에어로빅 음악이 흘러나왔다. 여자들은 경쾌한 음악에 맞춰 체조를 하기 시작했다. 팔과 다리를 쭉쭉 뻗으며 뛰어오르고 허리를 돌렸다. 거대한 거울에 그들의 생기 있는 움직임이 그대로 담겼다. 거울 때문에 스무 명 남짓한 여자들이 백명쯤으로 보였다. 그들은 특정한 동작을 할 때마다 다 같이 함성을 지르기도 했다. 춤추는 그들을 구경하던 단의 몸이 조금씩 아래로 허물어졌다.

오분만 기다리라던 주는 한시간이 넘도록 돌아오지 않았다. 결국 주에게 전화를 걸었다. 신호음이 한참 울린 뒤에야 주는 전화를 받았고, 전화를 받고 처음 한 말은 왜?였다. 말문이 막혔다.

집에 갈래.

간신히 말했다.

너 어딘데? 밖이야?

다시 말문이 막혔다. 주는 너무나도 태연히 어디 있느냐고, 혼자 어떻게 나왔느냐고 물었다. 아무것도 기억하지 못하는 사람처럼 굴었다. 단은 자신이 있는 곳을 설명하고 주가 오길 기다렸다. 한참 뒤 멀리서 걸어오는 주가 보였다. 주의 모습이 선명히 보일수록 화가 나다가, 땀 냄새를 맡을 수 있을 만큼 가까워지자 눈물이 났다.

뭐 하다 이제 와!

주의 표정이 복잡해졌다.

나쁜 새끼. 개새끼.

단이 울음을 참으며 욕을 했다. 주가 휠체어를 밀기 시작했다. 뒤에서 풍기는 주의 땀 냄새를 견딜 수 없었다.

나쁜 새끼. 내가 너 죽여버릴 거야.

말없이 휠체어를 밀던 주가 우뚝 멈추며 중얼거렸다.

……기억이 안 나.

빨리 가.

단이 두 손으로 머리를 감싸며 중얼거렸다.

빨리 가. 빨리 가라고.

휠체어가 서서히 움직였다.

아까부터 쌀 것 같았단 말이야, 개새끼야.

*

열다섯살 이후부터 단은 일어나 앉는 것조차 힘들어했다. 대부분 누운 채로 지냈다. 방이 세개인 집으로 이사 간 뒤에도 부모님은 주와 단이 같은 방에서 지내길 원했다. 단 역시 혼자 잠드는 것을 무서워했다. 하지만 주는 자기만의 방을 갖고 싶었다. 아니, 집을 벗어나고 싶었다. 고등학생이 된 후엔 매일 자정 넘어 집에 들어갔다. 공부하느라 늦을 때도 있었고 노느라 그럴 때도 있었다. 친구들과 늦게까지 몰려다니며 술도 마시고 담배도 피웠다. 주의 몸에서 풍기는 여러 냄새에도 단은 입을 다물었다. 입을 다

물고 냄새를 맡으며, 자기와 똑같이 생긴 주가 누비는 공간과 만나는 사람과 나누는 대화를 상상했다.

열여덟살 겨울의 어느 긴 밤, 단은 주의 옷을 뒤져 담배를 찾아냈다.

이거, 좋냐?

수건으로 머리칼에 묻은 물기를 털던 주가 심드렁한 표정으로 대꾸했다.

별거 없어.

단은 담뱃갑에서 담배 한개비를 꺼내어 냄새를 맡다가 입에 물었다. 주가 담배를 뺏으며 단의 이마를 살짝 때렸다.

줘봐. 물고만 있을 거야.

단은 담배를 물고 빨아들이는 시늉을 하며 물었다.

술은 맛있냐?

몰라.

여자는?

미친 새끼. 잠이나 처자.

해봤어?

아, 뭐래.

여자랑 해봤냐고.

시끄러.

너 좋다는 여자가 있냐?

그럼 없겠냐?

그래서, 해봤어?

주는 대꾸 없이 불을 끄고 이불 위에 누웠다. 바람이 창을 거세게 흔들었다. 한참을 아무 말도 않던 단이 중얼거렸다.

……좋겠다, 새끼.

모로 누운 채 주가 말했다.

그딴 거 안 키워.

뭐, 여자?

………

한심한 놈. 내가 너라면 벌써 열번은 해봤겠다.

변태 새끼.

반사.

미친놈.

반사.

그만하고 처자라고, 새끼야.

그날 밤 주는 단이 담배 피우는 것을 봤다. 자기가 직접 담뱃불을 붙여준 것도 같고, 담배를 피우는 단의 머리통을 갈긴 것도 같았다. 꿈인지 현실인지 헷갈렸다. 같이 술을 마신 것도 같고, 야한 얘기를 했던 것도 같고, 누군가가 울었던 것도 같은데, 그 모든 게 다 꿈속의 일인 것도 같았다.

아침에 일어나 주가 집을 나설 때까지 단은 눈을 감고 있었다. 잠든 것인지, 잠든 척하는 것인지 알 수 없었다.

내가 너라면 벌써 열번은 해봤겠다.

단의 말이 종일 귓가를 맴돌았다. 단이 건강했다면, 주와 단은 남들 모르게 역할을 바꾸는 장난도 몇번쯤 쳐봤을 것이다. 서로 명찰을 바꾸고 반도 바꾸면서 반 아이들과 선생들을 감쪽같이 속이는 장난. 주는 단이 되고 단은 주가 될 수 있었을 것이다. 공평하게, 둘 다 건강했거나, 둘 다 아팠다면.

대학에 입학하면서 주는 바라던 대로 집을 떠나게 되었다. 떠나기 전날 밤, 주는 종이 박스에 옷과 수건 따위를 챙겨 넣고 책상을 정리했다. 책상과 서랍을 채우고 있는 건 대부분 주의 물건이었다. 자기가 떠난 뒤 휑한 방에 혼자 남게 될 단을 생각하니 기분이 좋지 않았다. 그 생각에서 벗어나려고 짐을 싸는 내내 속으로 노래를 불렀다.

야, 이거 봐. 나 스무살까지 산대.

단이 눈짓으로 모니터를 가리키며 말했다.

인터넷이 의사냐.

박스에 넣었던 옷을 꺼내 도로 옷장에 넣으며 주가 대꾸했다.

인터넷이 의사보다 훨씬 친절하고 똑똑하거든?

인터넷이 신이냐고.

신보다 더 똑똑하다니까. 존나 똑똑해. 다 나와. 모르는 게 없어. 존나 재수 없지.

바지 두벌과 티셔츠 두벌, 속옷과 양말만 박스에 챙겨 넣고 나머지 옷은 옷장에 다시 넣었다. 휑하던 옷장이 채워졌다.

……좋겠다, 새끼.

단이 모니터를 빤히 쳐다보며 중얼거렸다.

그래, 좋다. 존나 좋다.

주가 바로 받아쳤다.

야.

단이 별안간 진지한 표정을 지으며 주를 불렀다.

난 니가 누구랑 처음 했는지 안다.

뭘.

그거. 섹—스.

단이 낄낄 웃었다.

그것도 인터넷이 가르쳐주디?

아니, 니 휴대폰 몰래 봤지.

꺼져, 새끼야.

한동안 시계 초침 돌아가는 소리만 딸깍딸깍 울렸다. 누운 채로 마우스 휠을 돌리던 단이 목소리를 깔고 말했다.

호흡마비로 죽을 수도 있대.

....

그거 하다가 말이지. 섹—스.

단이 다시 낄낄 웃었다.

존나 까진 새끼.

주가 이불에 벌러덩 누우며 중얼거렸다. 웹사이트 창을 닫고 마우스에서 손을 떼며 단이 말했다.

내기할래?

무슨 내기.

내가 스무살에 죽나 안 죽나.

아, 닥쳐. 좀.

만약에 스무살 넘어서도 안 죽으면, 니가 책임지고 여자 소개해줘. 존나 예쁜 애로.

....

죽으면, 너 이름 바꾸고.

아, 좀 닥치라고.

어쨌든 니가 나보다 오래 살 거 아냐.

개새끼. 존나 독한 새끼.

바꿔. 주단으로.

무슨 내기가 그따위야, 씨발.

왜?

니가 원하는 것만 걸잖아.

그럼 너도 걸어.

………

걸라니까.

닥쳐.

걸어.

거실에서 아버지가 주를 불렀다. 주는 거실로 나가 부모
님과 손을 잡고 단의 건강을 위해 기도했다. 방에서 낄낄
낄, 단의 웃음소리가 들렸다.

*

휴대폰 진동이 느껴져 눈을 떴다. 헛기침을 한 뒤 전화
를 받았다.

어디쯤이냐.

아버지가 물었다.

거의 다 왔어요.

대답한 뒤, 헛기침을 한번 더 해 목소리를 가다듬었다.
버스를 타기 전 상황은 여전히 기억나지 않았지만, 갑자기
휴대폰을 쥔 손이 벌벌 떨렸다. 그 떨림이 무서워 부러 목

소리를 높였다.

근데 집에 별일 없죠, 아빠.

아버지가 갑자기 흐느꼈다. 손이 너무 떨려 휴대폰을 떨어뜨렸다. 주의 텅 빈 눈과 마른 입술이 커다랗게 벌어지고, 거대한 울음이 터져 나왔다.

*

나도 강력한 오른발 슈팅 같은 거 하고 싶어.

누운 채 눈만 깜박이던 주가 벌떡 일어나 앉았다. 등 돌린 채 누워 있는 단의 어깨가 규칙적으로 오르내렸다. 몸을 기울여 단의 얼굴을 쳐다봤다. 단의 눈앞으로 손바닥을 흔들었다. 꼭 감긴 단의 눈꺼풀은 꿈쩍도 안 했다.

헛들었나.

고개를 갸우뚱하면서 주는 다시 자리에 드러누웠다.

잠꼬대였나.

단의 뒤통수를 쳐다보며 주는 머리를 벅벅 긁었다. 현관에 앉아 새 운동화를 신어보던 단의 뒷모습이 떠올랐다. 그날 워낙 험하게 놀아 하루 만에 더러워진 새 운동화. 그 신발을 신고 어시스트를 두개나 하고 골도 하나 넣었다.

야.

누운 채로 단을 불렀다. 대답이 없다. 어깨를 흔들었다. 단은 눈을 더 꼭 감았다. 주는 현관으로 가 더러운 새 운동화와 축구공을 들고 왔다. 누워 있는 단의 다리를 번쩍 들어 올려 운동화를 신겼다. 이불 위로 마른 흙이 툭툭 떨어졌다. 운동화 끈도 단단히 묶었다. 땀이 삐질삐질 났다. 단의 두 다리를 움직여 강력한 오른발 슈팅을 할 때와 비슷한 포즈를 만들고, 단의 오른발 끝에 축구공을 놓았다. 단은 끝까지 두 눈을 꼭 감고 있었다.

두 손으로 단의 오른발을 잡은 주가 작은 소리로 말했다.

네, 엄청난 돌파! 한명 제끼고, 두명 제끼고, 아! 세명까지! 놀라운 드리블! 절호의 찬스!

단의 오른발을 살짝 들어 올려 축구공을 톡 건드렸다.

슈웃!

데굴데굴 굴러가던 축구공이 검은 벽에 탁 부딪쳤다.

고올인!

주가 벌떡 일어나 겅중겅중 뛰며 엉덩이를 까불었다. 두 눈을 꼭 감은 단의 입꼬리가 살짝 올라갔다.

돈가방

흰색 구형 아반떼가 묘지 입구에 들어서자마자 바람 빠지는 소리를 내며 멈췄다. 차 키를 비틀며 클러치를 꾹꾹 밟는 두수의 뺨 위로 불투명한 땀이 느릿느릿 흘러내렸다. 옆자리에 앉은 두수 아내가 손부채질을 하며 짜증 섞인 혼잣말을 간간이 뱉어냈다. 매미 소리로 가득 찬 공기 틈새로 더운 바람이 살짝 불어왔다. 두수는 오른손에 차오른 땀을 바지에 대충 문질러 닦은 뒤 다시 클러치를 밟았다. 몇번을 거듭한 끝에 바람 빠지는 소리를 내며 차가 움직였지만, 주차장에 삐뚜름하게 대자마자 다시 시동이 꺼졌다. 두수와 두수 아내가 동시에 한숨을 쉬었다. 돌아가는 길에도 시동이 걸리지 않으면 어쩌나. 요행히 걸린다 해도 걱정이었다. 고속도로에서 차가 멈춰버리기라도 하면 그땐 정말 끝장이니까. 그럴 바엔 차라리 출발 전에 차가 퍼지는 게 나을 것이다. 두수도 두수 아내도 입 밖으로 말을 내진 않았지만 같은 걱정을 하고 있었다.

트렁크를 열어 술과 과일과 떡, 일회용 접시와 젓가락, 종이컵 등이 담긴 종이가방을 꺼내던 두수 아내가 또 한숨을 내쉬었다.

걱정 마. 가까운 데 정비소 있을 거야. 거기 들렀다 가자.

두수가 자신 없는 목소리로 말했다.

돗자리를 안 갖고 왔잖아.

아내가 트렁크를 쾅 닫으며 대꾸했다. 목소리엔 오래 묵은 짜증이 두껍게 덧칠되어 있었다.

괜찮아. 뒷자리에 신문지 있어. 그거 깔면 돼.

두수가 급히 대꾸했다.

양산도 없어. 나 진짜 치맨가봐. 요즘은 기억하는 것보다 까먹는 게 더 많아. 아, 짜증 나.

아내의 말이 길어질수록 두수의 표정이 밝아졌다. 입 다물고 아무 말 안 하는 것보다 나았다. 아내는 화가 나거나 기분이 상하면 입부터 다물었다. 두수가 세상에서 제일 힘들어하는 일이 남의 속을 읽는 것이었다. 그 때문에 곤욕도 배신도 많이 당했다. 아내는 종종 두수를 보고 "이 속도 없는 인간아" 하고 비아냥거렸다. 하지만 두수는 겉과 속이 따로 있는 인간을 더 이해할 수 없었다.

두수가 뒷자리에서 신문을 꺼내 급히 고깔모자를 접어

아내에게 건넸다. 아내는 조금 망설이다가 고깔모자를 썼다. 더운 바람이 불어와 모자를 멀리 날려버렸다. 모자를 집으러 경중경중 뛰어가다 포기하고 다시 돌아온 두수는 신문 두장을 겹쳐 조금 두꺼운 고깔모자를 새로 접어 아내에게 씌워주고 짐을 받아 들었다.

그늘 한점 없는 넓고 푸른 묘지에 수많은 봉분이 솟아 있었다. 아내는 시어머니의 봉분이 어디쯤 있는지 잘 몰랐다. 상 치른 지 육년이 넘었지만 산소는 두어번밖에 찾지 않았다. 묘 관리는 관리소에서 해주고 제사야 집에서 드리니까 굳이 올 필요가 없었다. 보름 전 장수가 산소에나 한번 다녀오자고 했을 때 두수 아내는 그 말을 새겨듣지 않았다. 말만 꺼내놓고 다음에, 다음에 하고 미룬 것만 벌써 삼년째니까. 하지만 장수는 그 자리에서 두수와 날짜를 맞춰 보름 후 주말, 그러니까 오늘 산소에서 만나자고 약속을 잡아버렸다.

갑자기 왜 그런대?

그날 집으로 돌아오는 차 안에서 두수 아내가 혼잣말처럼 물었다.

뭐가?

아주버니 말이야. 갑자기 웬 성묘야. 벌초 한번 안 가던 양반이.

으응.

두수가 부드럽게 핸들을 꺾으며 대답했다.

요즘 사업이 잘 안 되나봐. 일이 워낙 안 풀리니까 딴엔 답답해서 그러는 거지.

그런다고 안 풀릴 일이 잘 풀리나? 어머님 살아 계실 때도 꼭 아쉬울 때만 부모라고 찾아오더니.

두수 아내가 입술 사이로 바람 빠지는 소리를 내며 비아냥거렸다.

야, 넌 뭔 말을 그따위로 하냐.

두수가 불뚝 성질을 냈다. 평소에는 부처님처럼 좋은 소리만 골라 하는 두수도 자기 가족 얘기라면 대번에 날을 세워 반박하곤 했는데, 그럴수록 아내는 아니꼬운 마음이 들어 한번 꼬아 얘기할 거 두번 세번 배배 꼬아 두수를 더 자극했다.

틀린 말 아니잖아.

아내가 언성을 높이자 두수도 지지 않고 자기 형을 옹호했다. 그래, 그날도 집 앞 골목에서 시동이 꺼졌었다. 뒤따라오던 검은색 그랜저가 거세게 클랙슨을 울려댔고, 두수의 붉은 뺨 위로 혼탁한 빛깔의 땀방울이 느릿느릿 흘러내렸다.

묘지 사이 좁은 길을 걸어가던 아내 눈에 주차장으로 미끄러지듯 들어오는 검은색 아우디가 보였다. 아우디는 얇은 흙먼지를 피우며 아반떼 옆에 정차했다. 두수도 아내를 따라 아우디를 망연히 쳐다보았다. 다시금 돌아갈 길이 걱정되었다. 가까운 곳에 정비소가 있더라도 당장 고칠 수 없는 문제면 어쩌나. 시판된 지 이십년 가까이 된 차니 탈 만큼 탔지만…… 아우디에서 내리는 사람을 보고 아내가 아, 낮은 탄식을 뱉었다.

아주버니네 차 바꿨어?

두수는 대답 대신 형! 하고 소리 질렀다.

사정도 안 좋다면서 차는 뭔 돈으로 바꿨대?

아내가 다시 물었다.

몰라. 나도 첨 봐.

두수가 장수에게 손을 흔들며 대꾸했다.

차 멋지다, 형.

장수 부부와 거리가 가까워지길 기다렸다가 두수가 말을 꺼냈다.

새로 뽑은 거야?

아냐. 리스야.

장수가 무표정한 얼굴로 대답했다.

국산 몰고 다니니까 거래처 사장들이 은근히 무시하는

것 같더라고.

두수가 고개를 갸웃하며 중얼거렸다.

돈 만만찮게 들 텐데. 힘들겠다, 형.

두수 아내는 두수의 목소리에 깃든 걱정과 염려 때문에 기분이 상했다. 지 코가 석자인 주제에. 그런 말이 목구멍까지 올라왔다. 새빨간 양산을 든 장수 아내는 두수 아내가 쓴 고깔모자를 보고 낄낄 웃어댔다.

묘에 다다른 네 사람의 목 언저리가 땀으로 번질거렸다. 탁 트인 전경에도 불구하고 덥고 습한 날씨 탓인지 묘지 주변이 답답하게 느껴졌다. 수십마리 매미가 일시에 울어댔다. 거리를 가늠할 수 없는 소리였다. 두수 부부가 묘 앞에 신문지를 깔고 떡과 과일을 차리는 사이 장수는 묘에 무성히 돋은 잡초를 맨손으로 하나하나 뽑았다. 양산을 쓴 채 산소 주변을 맴돌던 장수 아내가 산소 옆 깊은 고랑으로 슬몃슬몃 다가가며 중얼거렸다.

뭐지, 저건?

고랑엔 검은 가방이 처박혀 있었다. 동호 아빠. 일로 와 봐. 이것 좀 봐. 장수는 손에 잡초를 쥔 채 아내가 부르는 쪽으로 갔다. 소주 뚜껑을 따던 두수도 장수 뒤를 따랐다. 음식을 차리던 두수 아내는 자리에 앉은 채 그들이 가는 곳을 멍하니 쳐다보고만 있었다.

안에 뭐 든 것 같지?

장수 아내가 형제를 쳐다보며 물었다. 형제는 검은 가방을 빤히 쳐다보기만 할 뿐 그것에 손을 대려 하지 않았다.

열어봐. 열어보자.

장수 아내가 장수의 팔을 붙들고 채근했다.

저런 건 애당초 건들지 않는 게 좋아.

장수가 말했다.

괜히 이상한 게 튀어나오면 곤란해진다고.

뭐 끔찍한 거라도 들었나?

두수가 거들었다.

끔찍한 거?

장수의 대꾸에 두수가 말을 얼버무렸다.

시체라든가 뭐……

어유, 삼촌은.

장수 아내가 손으로 입을 막으며 인상을 찡그렸다.

천지 사방에 깔린 게 시첸데요, 뭐.

어느새 그들 뒤에 와 있던 두수 아내가 진득한 목소리로 끼어들었다. 장수는 예전부터 제수의 그런 말본새를 못마땅하게 여겼다. 자기 시부모가 이곳에 묻혀 있다는 생각을 잠시라도 했다면 그렇게는 말 못할 거라고 생각했다. 못

배웠으니 교양도 없고 거친 심성도 못 숨기는 거지. 장수는 속으로 제수를 경멸했다.

두수 아내가 고랑으로 성큼 내려선 건 순간이었다. 가방 지퍼를 여는 아내 어깨를 두수가 급히 잡았다. 여자가 겁도 없이. 장수는 속으로 제수를 다시 경멸했다. 가방 속이 반쯤 드러났을 때 두수 아내는 정말 시체라도 본 듯 꽥소리를 질렀다. 장수 아내도 덩달아 비명을 지르며 손으로 눈을 가렸고 장수는 뒤로 흠칫 물러섰다. 두수는 아내를 끌어올리기 위해 몸을 반쯤 굽히고 급히 손을 뻗었다. 여보 여보. 두수 아내가 가방 속을 빤히 쳐다보며 중얼거렸다. 여보 여보. 다음 말을 잇지 못한 채 아내는 계속 같은 말만 되풀이하다가 가방 속으로 손을 푹 집어넣어 돈다발을 꺼내 들었다. 장수 아내가 다시 한번 소리를 질렀다. 장수가 두꺼운 손으로 아내 입을 급히 막았다.

가방 속엔 오만원권이 백장씩 묶인 돈다발 예순개가 들어 있었다. 장수는 지폐를 꼼꼼히 넘겨 보며 혹시 돈 아닌 것이 끼어 있지는 않나 살폈다. 두수는 겁에 질린 눈으로 연방 주변을 둘러보았다. 수많은 눈동자가 자기들을 유심히 쳐다보고 있는 것 같았다. 쉴 새 없이 땀이 흘렀다. 도둑질이라도 한 것처럼 세상이 다 무섭게 보였고 심장은 가쁘

게 뛰었다. 장수 아내가 빨간 양산을 바닥에 세워 남편과 가방을 가렸다. 두수 아내는 바닥에 주저앉아 실실 웃고만 있었다.

삼억이죠, 삼억?

두수 아내가 웃음을 뚝 그치더니 낮은 소리로 물었다. 장수가 고개를 끄덕였다.

돈 맞아? 가짜 돈 아니야?

장수 아내가 남편 손에 들린 돈뭉치 하나를 뺏어 들면서 급히 말을 뱉었다. 어쩐지 화난 목소리였다. 장수는 지폐 한장을 위로 처들어 한쪽 눈을 감고 유심히 살펴보다가 고개를 저었다.

진짜야. 진짜 같은데.

형.

두수가 장수를 쳐다보며 입술을 움찔거렸다. 장수 아내의 눈에 경계심이 얼핏 스쳐갔다.

……주인을.

여보!

두수 아내가 냉큼 두수의 말을 잘랐다.

한두푼이 아니잖아.

두수가 혼잣말처럼 중얼거렸다. 장수는 가방 지퍼를 닫으며 담배를 피워 물었다. 묘 앞에 차려진 떡과 마른오징어에 파리가 꼬여들었지만 아무도 거들떠보지 않았다. 조금 전까지 두수가 들고 있던 소주는 반나마 비워진 채 묘 옆에 세워져 있었다. 어디에 흘렸는지 누가 마셨는지 알 수 없었다. 조용히 담배를 피우는 장수 옆에 장수 아내가 털썩 주저앉으며 가방 손잡이를 살며시 그러잡았다.

나쁜 돈일 수도 있어, 형.

두수가 장수를 쳐다보며 머뭇머뭇 말했다.

돈이 다 똑같은 돈이지 나쁜 돈은 또 뭐래요?

장수 아내가 비꼬는 투로 되받아쳤다.

범죄에 사용된 돈이라든가 뭐, 그런 거 있잖아요. 그렇지 않고서야 이런 곳에 돈만 버려져 있을 리 없으니까.

누가 버린 돈이라면 차라리 잘됐지. 어차피 버린 거, 내가 주워가면 되니까.

두수 아내가 말했다.

아냐. 내가 첨에 발견했는데!

장수 아내가 자기 가슴을 툭 치며 말했다. 형제가 당황스러운 눈빛으로 장수 아내를 쳐다봤다. 민망해진 장수 아내는 오른손 엄지와 검지로 입술 가장자리를 슥 닦아냈다. 발견이야 지가 했겠지만 주워 든 건 내가 먼저라고. 두수 아내가 속으로 중얼거렸다. 하여튼 있는 놈들이 더 무섭다니까. 생각은 꼬리를 물고 이어졌다. 멀쩡히 굴러다니는 좋은 차 놔두고 생돈 들여 외제차까지 빌려 타면서. 삼억이면 지들 통장에도 얼마든지 들어 있는 돈 아냐? 서너달이면 긁어모을 수 있는 돈 아냐? 우리 같은 사람이야 평생을 살아도 못 만져볼 돈을 지들은 여태 이고 베고 깔고 살았을 거 아냐. 생각이 거듭될수록 가방 속의 돈만은 절대 뺏길 수 없다는 각오가 점점 강해졌다. 두수가 다 결정 났다는 듯 확신에 찬 목소리로 말했다.

신고합시다, 형. 그게 맞아요.

증식되던 두수 아내의 생각이 펑 터지고 말았다.

여보!

아내의 신경질적인 목소리에 두수가 흠칫 몸을 떨었다.

이게 수표도 아니고……

장수가 느릿느릿 말을 꺼냈다.

어디서 굴러다니던 돈인지는 몰라도…… 어차피 돈은 돌고 도는 거야. 이게 범죄에 사용된 돈이든 뭐든, 이미 주인 잃은 돈이라고. 국고로 들어가는 것보다는 우리가 나눠 쓰는 게 훨씬 낫지 않겠어? 어쩌다가 돈 주인이 밝혀지더라도, 훔친 것도 아니고 주운 거니까 다들 이해할 거야. 세상에 어떤 미친놈이 주운 돈 꼬박꼬박 주인 찾아주겠나.

'나눠' 쓴다는 장수 말에 두수 아내가 정신을 번쩍 차렸다. 그래, 나누는 방법도 있지. 그 사실을 너무 늦게 깨달은 것 같아 겸연쩍었다. 반면 서운한 감정도 차올랐다. 형님네는 차도 있고 집도 있고 자식들 공부도 다 시켰고. 그래, 이 돈보다 비싼 집에 살고 있잖아. 아, 먼저 묘에 와 있을걸. 그럼 가방도 먼저 발견했을 거고. 괜히 아래서 형님네를 기다려서…… 생각할수록 후회만 거듭되었다.

나누자.

장수가 말했다. 반으로 나누면 일억 오천. 그 돈으로 딸들 학자금 대출부터 갚고 남는 돈으로 전세 대출도…… 두수 아내는 머릿속으로 열심히 셈하기 시작했다. 삼억이라면 더 좋겠지만 그 절반만 가질 수 있다 해도 큰 짐을 덜 수 있을 것이다. 대출금 갚는 데 쓰고 나면 유령처럼 사라질 돈이지만, 일단 빚이 없으면 일할 맛도 나고 돈 모으는 재미도 생긴다.

일단 내려가. 내려가서 다시 얘기해.

장수가 가방을 챙겨 들며 말했다. 두수 아내가 가방을 잡아끌며, 술도 안 따르고 가요? 하고 물었다. 본능적으로 가방을 자기 쪽으로 잡아당기던 장수가 묘를 쳐다보며 멋쩍게 웃었다. 네 사람은 묘 앞에 서서 정신없이 술을 따르고 절을 했다. 두수는 술을 따르러 묘 가까이 다가가다 제 발에 걸려 넘어졌고, 허둥대던 장수 아내는 하얗고 윤기 흐르는 떡을 밟고 말았다. 하얀 떡에 찍힌 흙 발자국을 보고도 네 사람은 웃거나 화내지 않았다. 묘를 등지고 내려가며 장수가 낮은 목소리로 말했다. 어머님 아버님, 감사합니다. 장수 아내도 따라 말했다. 고맙습니다. 고맙습니다. 두수는 아무 말도 하지 않았다. 두수 아내는 실실 웃다가 엄격한 표정을 짓다가 다시 실실 웃었다.

장수 부부는 아우디 앞자리에, 두수 부부는 뒷자리에 탔다. 밀폐된 차 안은 불구덩이처럼 뜨겁고 불쾌했다. 답답한 공기와 느끼한 냄새에 포위되어 두수 아내는 강한 현기증을 느꼈다. 장수 아내는 손수건으로 목덜미를 연신 닦아냈다. 장수가 에어컨을 틀자 조금 숨이 트이는 듯했다.

큰 가방 있어?

장수가 룸 미러로 두수를 쳐다보며 물었다. 두수 아내는 먹을 것을 담아 온 종이가방을 남편에게 건네주며 안에 든 것을 모두 버리고 오라고 했다.

근데…… 성수 것도 나눠야 하지 않아요?

두수가 종이가방을 받아들며 장수에게 물었다. 장수는 한없이 부드럽고 다정하던 부모에게 별안간 뺨 한대를 얻어맞은 듯 당혹스러워졌다. 성수. 그래, 성수가 있지. 두수보다 먼저 성수를 생각하지 못해 커다란 죄를 지은 것도 같았지만, 차라리 두수가 끝까지 성수를 떠올리지 않았다면 더 좋았을 것이라는 생각도 들었다. 두 여자의 표정도 좋지 않기는 마찬가지였다. 장수 아내가 말했다. 작은 삼촌은 갑자기 왜…… 두수 아내가 이어 말했다. 여기 계시지도 않잖아. 장수 아내가 그 말을 다시 이었다. 그래, 좋은 일도 아니고. 장수 아내의 말에 세 사람의 표정이 굳었다. 난데없이 삼억이 생긴 게 나쁜 일은 아니지만, 그렇다고 자랑할 일도 아니라는 생각이 들었다. 좋은 일이건 나쁜 일이건 두 집에서 나눌 것을 세 집으로 나누면 몫이 줄어들 테니, 나쁜 일은 바로 거기부터 시작된다고 두수 아내는 생각했다.

제일 힘든 건 성수잖아요.

두수가 기죽은 목소리로 말했다. 두수 아내는 기가 막힌다는 표정으로 두수를 쳐다봤다. 그럼 우리는, 우리는 엄청 잘산다고 생각하나보지? 두수 아내의 양 볼이 실룩거렸다.

삼 형제 중 막내인 성수는 정해진 직업 없이 하루 벌어하루 사는 생활을 십년 넘게 지속하고 있었다. 공사판에서 벽돌도 나르고 건물 청소도 하고 가로수 정비도 하고 아파트 경비도 하고 주차 요원도 하고, 그나마 일이 잘 풀릴 때는 택배회사에서 일하다가 지금은 지방 대학의 청소원으로 있으나 내년엔 또 무슨 일을 하고 있을지 알 수 없었다.

무슨 일이든 꾸준히 할 수 없었던 이유는 성수가 불성실하거나 나약해서라기보다, 일회용품처럼 사람을 잠깐 쓰고 버리기 좋아하는 사람들 탓이 컸다. 날이 갈수록 건강은 안 좋아지고 체력은 달리고, 임금은 줄어들고 인력은 많아지고, 노동은 점점 우습고 하찮은 것이 되어갔다. 에누리 없이 정직하게 쌓여가는 건 나이뿐이었다. 제대 후부터 살 섞고 살아온 아내는 집을 나가 다른 남자의 아내가 되어버렸고, 하나 있는 자식은 아비를 투명인간 취급하다 성인이 되자마자 기다렸다는 듯 입대해버렸다. 사정이 안 좋아질수록 성수는 형제들과 연락하는 일에 점점 인색해졌다. 잘 사는 큰형과 건실한 작은형을 볼 때마다 열패감에 휩싸여 의도치 않게 말과 행동이 삐딱해졌다.

안쓰럽고 안타까운 막내지만, 도와주겠다고 손을 뻗기는 왠지 내키지 않았다. 나이가 들 만큼 든 동생 일에 참견하기도 쉽진 않았다. 충고나 잔소리 좀 할라 치면 바로 신경 끄라는 반응이 튀어나왔다. 걱정 뒤엔 늘 답답함이 뒤따라 결국 생각조차 하기 싫은 존재가 되어버린 막내. 명절이나 제사에도 오지 않고 먼저 안부를 묻는 법도 없는 막내 이름을 두수가 꺼냈을 때, 장수는 속 깊은 곳에서 솟아나는 짜증과 난감함을 겨우 참았다.

자기는 빨리 봉투나 비워 와.

두수 아내가 두수를 차 밖으로 밀어냈다. 두수가 차에서 내리자마자 두수 아내는 쾅 소리 나게 문을 닫았다.

살살 좀 다뤄, 동서.

장수 아내가 싫은 소리를 했다.

어쩔 거야? 셋으로 나눌 거야?

장수 아내가 장수에게 따지듯 물었다. 두수 아내는 갑자기 이 모든 상황이 말할 수 없이 짜증스러워졌다. 돈 주인은 아주버니가 아니다. 우리 모두의 돈이란 말이다. 하지만 남편도 그렇고 형님도 그렇고 자신마저도, 돈의 소유와 나눔에 대해 일일이 아주버니의 허락을 구하고 있지 않나. 도대체 왜? 제일 어른이니까? 하지만 아주버니 돈도 아닌데? 이러다가 아주버니가 자기 혼자 다 먹어버리겠다고 하면, 그럼 정말 그렇게 되는 거 아니야? 두수 아내는 혀끝까지 치미는 불만을 간신히 눌렀다.

셋으로 나눠야죠, 형.

차로 돌아온 두수가 확인하듯 말했다. 장수 부부는 앞만 보고 있었다. 두 사람의 뒤통수만 보고 있어야 하는 게 왠지 답답하고 불리한 것 같아 두수 아내는 애가 탔다. 돈가방은 장수 아내가 야무지게 끌어안고 있었다. 장수는 대답 없이 핸들에 손을 얹고 입술만 자근자근 씹었다. 장수 아내가 티 나지 않게 주먹으로 제 가슴을 툭툭 쳤다. 두수 아내는 자기 부부가 한심하게 여겨졌다.

전 그러고 싶지 않아요.

두수 아내가 또박또박 말했다.

삼촌 얼굴 본 게 언젠지도 모르겠는데, 솔직히.

장수 아내는 누군가가 그런 말을 해주길 기다렸다는 듯
눈을 반짝이며 재빨리, 응, 그래, 맞아, 하고 대꾸했다. 그
래도 가족이잖아. 두수가 말했다. 장수 아내는 룸 미러로
두수를 힐끗 쳐다보며 그의 입을 날카로운 바늘로 촘촘히
꿰매는 상상을 했다. 두수 아내는 두수가 '가족'을 강조할
때마다 진저리가 났다. 그 단어가 무척 허망하고 이기적으
로 들렸기 때문이다. 두수가 말하는 가족에 형제나 부모는
있어도 아내와 딸들은 없는 것 같아서, 가끔은 두수를 제
외한 자기와 딸들만 한가족이라는 생각도 들었다.

누구보다 돈이 필요한 사람은 성수잖아요, 형. 우리야
먹고는 살지만 성수는……

두수야.

장수가 두수의 말을 딱 자르며 입을 열었다.

너만 막내 생각하는 거 아니다.

장수가 점잖게 말했다.

나도 걔 생각하면 맘이 편치 않다.

두수는 커다란 잘못을 저지른 사람처럼 고개를 숙였다.

그렇지만 돈 몇푼 쥐여준다고 걔 인생이 크게 달라질 거라는 생각은 안 든다.

두수가 의아한 표정으로 장수를 쳐다봤다.

걔는 돈을 쥐고 있으면 안 돼. 걔 어렵게 노름 끊은 거 모르냐?

성수가 무슨 노름을 해요?

걔 아직도 노는 날엔 술 먹고 화투 치고 그러고 살아. 그것밖에 할 줄 몰라, 그 자식은.

에이, 형, 점당 오백원 하는 화투가 무슨 노름이에요.

걔 사정엔 그것도 엄청난 사치야. 분수 모르는 짓거리라고.

그래도 그건 아니죠. 걔 열심히 살아요, 형. 지금까지 우리한테 손 한번 안 벌리고……

너 모르게 내가 걔 많이 도와줬다.

장수 아내가 눈을 동그랗게 뜨고 장수를 쳐다봤다. 돈을 나누지 않기 위해 하는 빈말이라면 입 꾹 다물고 있을 것이지만, 자기 모르게 성수에게 진짜로 돈을 줬다면 그건 반드시 따지고 들어야 할 일이었다.

돈 생기면 허튼 데 쓰기 바쁜 놈이야. 지금이야 가진 게 없으니까 돈 좀 벌어보겠다고 이 일 저 일 쫓아다니는 거지, 갑자기 큰돈 생겨봐. 탕진하는 거 순간이다. 내가 그 꼴을 한두번 봤어야지.

그럼 차라리 그 돈으로 단칸방이라도 얻어줘요. 돈으로 주지 말고 그렇게라도 줘요. 그게 맞아요, 형.

그 자식은 당장에라도 보증금 빼서 되도 않는 사업 하겠다고 날뛸 놈이라니까.

아까는 노름이더니 지금은 사업이에요?

니가 뭘 몰라도 한참 모르지. 그러게 평소에 관심 좀 갖고 살아, 인마.

두수는 헛웃음을 터뜨리며 대꾸했다.

형, 괜히 애먼 성수 몹쓸 놈 만들지 마요. 걔가 뭔 죄가 있다고.

장수 아내는 형제의 불필요한 말다툼을 당장에라도 끊어버리고 싶어 입을 몇번이나 열고 닫았다. 두수 아내는 속이 빤히 보이는 아주버니의 말에 치를 떨었지만, 차라리 그편이 눈치 없고 융통성 없고 언제나 바른말 하기 좋아하는 제 남편보다는 낫다고 생각했다. 아주버니의 말이 사실이든 아니든 그건 중요치 않았다. 아주버니는 그래도 제 밥그릇은 챙길 줄 아는 사람이다. 삼촌 역시 아무 죄 없다. 이 순간 굳이 누군가에게 죄를 물어야 한다면 제 남편에게 물어야 한다고 두수 아내는 생각했다. 장수 아내 역시 같은 생각이었다. 저 혼자 정의롭겠다고 나머지 셋을 파렴치

한으로 모는 사람. 두수는 그 이상도 이하도 아니었다.

차라리.

잠시 침묵하던 장수가 작심한 듯 입을 열었다.

너랑 나랑 나누고 우리 셋 평생 만나지 말자.

두수의 눈이 커다랗게 벌어졌다.

내 생각엔 그게 최선이다.

그래. 차라리 그게 낫겠다고 두수 아내는 생각했다. 삼촌만 쏙 빼놓고 두 형제가 돈을 나눈다면 이후에도 마음 편할 리 없으니 아예 없던 일 치고 안 만나면 된다. 솔직히 제사만 아니면 굳이 만날 일도 없지 않은가. 제사야 각자 지내면 될 일이다. 문제는 돈을 어떻게 나누느냐인데, 혹시라도 아주버니가 맏이라는 이유로 더 많은 돈을 챙기려 든다면 두수 아내는 절대 참지 않고 끝까지 싸울 작정이었다. 다시 만나지 않을 것이라면 더더욱.

형은 뭔 말을 또 그렇게 합니까. 우리가 안 보긴 왜 안 봐요.

두수가 운전석 의자를 꽉 잡으며 대꾸했다. 의자를 잡은 손가락 끝이 하얗게 질려 있었다.

근데 동호 아빠, 당신 요즘 어음만 돌고 현금은 안 돈다고, 위험하다고 그랬잖아.

두수 말에는 더이상 대꾸할 가치도 없다는 듯 장수 아내가 두 사람 사이에 끼어들었다. 흥분과 근심이 고루 섞인 목소리였다.

당신은 그런 소리를 지금 왜 해!

장수가 지나치게 화를 냈다. 두수와 두수 아내의 표정이 단번에 굳었다.

무슨 말이에요, 형?

두수가 대뜸 물었다. 순진하긴. 못 들은 척 가만있어야지, 그걸 왜 물어. 빤하잖아. 수작 부리는 거 아냐. 두수 아내는 다급한 마음에 두수의 허벅지를 찰싹 때렸다. 그 소리가 좁고 냉랭한 차 안을 칼날처럼 베고 들었다. 당신은 좀 가만있어. 두수가 아내에게 작은 소리로 면박을 줬다. 장수가 룸 미러로 두수 아내 눈치를 보며 별일 아니라는 듯 웅얼거렸다.

아니, 거래처에서 물건만 가져가고 돈을 안 주잖아. 어음만 끊고. 몇달째 그러고 있어서 좀 곤란하거든. 대출 알아보는 중이야.

당장 급한 돈이에요?

아내 눈빛이 신경 쓰였지만 두수는 그렇게 묻지 않을 수 없었다.

그야 그렇지만……

얼만데요. 얼마나 필요한데요?

서너장 필요하지…… 급한 불부터 끄려면.

두수 아내가 더이상 대화를 진척시키면 안 된다는 생각으로 닥치는 대로 지껄였다.

일단 나눠요. 형님, 가방 좀 줘보세요.

당신은 가만있으라니까!

두수가 아내를 윽박지르며 못다 한 말을 마저 쏟아냈다.

대출이 돼요? 형 사업 시작할 때 집 잡고 시작했잖아요.

뭐, 수가 있을 거야.

뭐 하러 남의 돈 끌어 씁니까. 여기 돈 있는데.

당신 미쳤어? 우린 빚 없니? 우린 빚 없어?

두수 아내가 더는 못 참겠다는 듯 소리 지르고 말았다. 어쩌면 저들 부부는 손발이 저렇게 잘 맞을 수 있는가. 저들 부부에 비한다면 우린 대체 뭔가. 이런 사람을 믿고 여태 살아왔다니. 두수 아내는 원망과 설움과 부아가 뒤섞인 감정을 주체하지 못하고 쉭쉭 거친 숨을 내뱉었다. 장수 아내가 도무지 이해할 수 없다는 듯 말했다.

동서, 왜 그렇게 흥분해?

장수는 룸 미러로 두수 아내를 똑바로 쳐다보며 또박또박 말했다.

제수씨, 오해 마쇼. 우린 이 돈 있어도 살고 없어도 삽니다. 돈이 그렇게 중하면 그쪽이 다 갖고 가든가.

나눠 갖고 다시 보지 말자 할 땐 언제고, 느닷없이 성인 군자인 척하기는. 두수 아내는 장수 부부의 이중적인 태도에 치가 떨리고 배알이 꼬였다. 장수가 굳은 표정으로 차에서 내려 담배를 피워 물었다.

당신은 가만있으라니까 왜 나서서 난리야!

두수가 아내를 매섭게 쳐다보며 소리 질렀다.

아무렴 우리 형이 돈 몇푼 때문에 없는 말 지어내겠어? 그렇게밖에 생각을 못해? 사람이 왜 그렇게 옹졸해? 세상 사람이 다 당신 같은 줄 알아?

두수의 매몰찬 말에 두수 아내는 입술을 바르르 떨었다.

나 같은? 나 같은 게 뭔데? 당신이랑 살면서 나 혼자 얼마나 버둥거렸는지 알기나 해? 얼마나 비굴하게 살았는지 알아? 싫은 소리 나 혼자 다 들으면서, 그래도 사람답게 살아보자고, 남의 집 그릇 닦고 방 닦고 애 씻겨주면서, 말 안 듣는 애새끼들 그래도 남들만큼은 가르쳐보겠다고. 내가, 내가!

가슴을 쾅쾅 치며 오열하는 아내의 말을 두수는 제대로 알아들을 수 없었다. 앞자리에 앉아 있는 형수가 얼마나 민망해할까 하는 생각뿐이었다.

당신, 우리 집 빚이 얼만 줄 알아? 전세금 채우려고 빚을 얼마나 졌는지 아느냐고! 졸업도 안 한 딸자식들 빚이 얼만 줄 알아? 자식 공부도 내 돈으로 못 시키는 주제에 어디 남 걱정이야! 우리가 그럴 처지야? 그럴 처지냐고!

두수는 자기도 모르게 손을 들어 아내의 머리를 냅다 갈겨버렸다. 어머. 장수 아내가 깜짝 놀라는 동시에 가방을 더욱 거세게 그러쥐었다. 두수 아내는 울음을 멈추고 두수를 빤히 쳐다봤다. 자기가 맞은 건지 자기가 때린 건지, 방금 있었던 일을 도무지 믿을 수 없다는 눈빛이었다.

너 미쳤냐?

그때를 기다렸다는 듯 장수가 문을 벌컥 열며 두수를 향해 소리 질렀다.

어디 형 앞에서 그딴 행패야?

장수의 말은 묘하게 두수 아내를 겨냥한 것도 같았다.

제수씨도 적당히 하쇼. 내가 참, 더러워서.

장수는 경멸 어린 눈빛을 숨기지 않고 두수 부부를 번갈아 쳐다봤다.

내가 동생 돈이나 탐낼 사람으로 보입디까? 날 그 정도로 봤소?

필터까지 타들어간 담배꽁초를 바닥에 냅다 던지며 장수는 들릴 듯 말 듯 욕을 싸질렀다. 안절부절못하던 두수는 넋 놓고 있는 아내를 차 밖으로 끌어냈다. 아내는 괴한에게 잡혀가듯 버둥거리며 두수 손에서 벗어나려고 안간

힘을 썼다. 나쁜 년이 되어야 한다면 되겠어. 그래야 내 것을 지킬 수 있다면, 하겠어. 기꺼이 하겠어. 가슴속에서 단단하고 거대한 울림이 왕왕 솟아났다. 두수는 아내의 두 팔을 움켜잡은 채 자신들의 낡은 아반떼로 밀어 넣었다.

봐, 이 한심한 새끼야. 이거 봐.

아내가 입을 앙다물며 말했다.

진정해. 진정하라고.

두수가 사정하듯 말했다.

저건 형한테 맡겨야 돼. 그게 맞아. 우리까지 더러워질 필요 없잖아.

제 말에 저도 놀란 듯 두수는 장수 쪽을 흘깃 쳐다봤다. 더러워? 뭐가 더러워. 돈이 더러워? 아내가 되물었다. 내 말은…… 얼버무리던 두수가 확신에 찬 목소리로 대답했다. 성수랑 나누지 않으면 더러운 거야. 두수 아내가 입술을 자근자근 씹으며 중얼거렸다. 지긋지긋해. 당신, 정말 지겨워. 참을 수가 없어. 두수는 아내가 뭐라고 지껄이든 다 참아내겠다는 표정을 지었다. 그거, 그 표정도 싫어. 무서워. 끔찍해. 정말 끔찍해. 아내는 발작이라도 일으키듯 진저리를 쳤다.

두수는 아내를 그대로 두고 장수에게 갔다. 두수 아내는 눈물을 닦고 머리카락을 정리한 뒤 심호흡을 하며 차에서 내렸다. 장수와 두수는 차에서 멀리 떨어진 채 담배를 피우며 들리지 않는 대화를 나눴다. 두수 아내가 아우디 문을 열고 운전석에 앉으며 말했다.

얼른 나눠요.

가방을 꼭 끌어안은 채 손톱을 물어뜯던 장수 아내는 가방 지퍼를 열려고 하는 두수 아내의 손을 잽싸게 낚아챘다.

잠깐. 아직 결론이 안 났잖아.

절반으로 나누면 되잖아요. 아니에요?

아니, 그래도 남자들 말을 들어봐야지.

형님. 우리요, 전세 빚이 일억 넘고요, 애들 학자금 대출만 삼천이 넘어요. 우리가 이거 절반 가져간다고 해도요, 빚잔치 한번이면 끝이라고요. 형님네는 아니잖아요. 우리 같지 않잖아요.

우리도 어려워, 동서. 세상에 그 정도 걱정 없이 사는 사람이 어디 있어. 아까도 말했잖아. 애들 아빠 사업이……

그걸 믿을 거 같아요?

아니, 그럼 우리가 거짓말이라도 한다는 거야?

입 아프게 자꾸 이럴 거 없어요. 반으로 나눠요. 그럼 다 끝나요.

이 사람이 보자보자 하니까. 자네는 위아래도 없어? 이게 손윗사람 대하는 행동이야, 지금?

여기서 위아래가 왜 나와요? 그리고 형님이 형님 노릇 한번이라도 했어요? 어머님 아버님도 우리가 모셨잖아요!

그거 좀 했다고 지금 유세하는 거야? 우리가 돈 줬잖아. 우리가 돈 안 줬으면, 그래도 동서가 모셨을 것 같아?

그 쥐꼬리만 한 거. 그거 내가 한푼이라도 챙긴 줄 알아요? 두 노인 먹이고 입히는 데 돈이 얼마나 많이 드는데! 매번 아버님 모시고 병원 다닌 것도 나고요. 치매 든 어머님 수발도 다 내가 들었어. 형님은 그때 뭘 했는데!

동서 진짜 말 막 한다.

장수 아내는 질린 듯 혀를 찼다. 이렇게까지 막돼먹은 사람인 줄은 몰랐네 어쨌네 하며 혼잣말을 하던 그녀는 가방을 끌어안은 채 차에서 내려 큰 소리로 장수를 불렀다. 여보. 여보. 여기 와서 이 여자 말하는 것 좀 들어봐. 여보! 두수 아내도 질 수 없다는 듯 차에서 내려 가방 한쪽을 붙잡았다. 두 형제가 담배를 바닥에 버리며 아우디 가까이 다가오는 것을 보며 두수 아내는 불길한 예감에 사로잡혔다. 자기 편은 아무도 없다는 생각이 들었다. 사자 우리에 혼자 떨어진 것처럼 무섭고 불안했다. 아무도 나와 함께 싸워주지 않는다면, 그렇다면 나는 누구든 물어뜯을 수 있어. 두수 아내는 입을 앙다물며 생각했다. 아군과 적군을 가리며 싸우는 것보다는, 누구든 물어뜯는 것이 훨씬 간편하고 쉬울 것도 같았다. 아우디 가까이 온 장수가 두 여자 손에서 가방을 낚아채 차 뒷자리에 던져 넣었다. 두수 아내는 새끼를 빼앗긴 어미 짐승처럼 돈가방을 쫓아 차에 매달렸다.

제수씨. 내, 각서를 쓰라면 쓸게.

장수가 양복 안주머니에서 작은 수첩을 꺼내며 말했다.

내가 진짜 오늘내일하거든. 저 돈으로 그 불만 끄고, 그리고 딱 절반 잘라서 두수 계좌로 넣을 거야. 제수씨가 내 사정 한번만 봐줘. 아니, 이자까지 쳐서 넣을게. 앞으로 딱 보름. 보름만 기다려봐.

장수는 수첩을 한장 찢어 '각서'라고 커다랗게 쓴 뒤 막 힘없이 글을 써내려갔다.

형, 이럴 것까지 없어요. 우리 사이에 무슨 각서예요.

두수가 장수의 팔을 잡으며 마다했다.

다 가져간다고?

두수 아내는 두수와 장수를 동시에 쳐다보며 물었다. 메마른 목소리가 흉하게 갈라져 나왔다.

형이 당장 필요하다잖아. 당신이 무슨 생각하는지 알겠는데, 봐, 각서까지 쓰잖아. 형제 간에 이게 무슨 짓이야.

망측하게.

　야, 여기 사인해.

　장수가 종이 쪼가리를 두수에게 디밀었다.

　제수, 보쇼. 제대로 읽어보고 제수도 사인해요.

　장수는 각서를 두수 부부에게 던지듯 건네곤 혀를 쯧쯧
차며 차에 올라탔다. 손바닥만 한 종이 쪼가리를 든 두수
아내의 손이 벌벌 떨렸다. 그녀는 두수의 팔을 붙들고 난
싫어, 그럴 수 없어, 하고 말하다가 어느새 잠긴 아우디 손
잡이를 잡고 주먹으로 유리를 쾅쾅 쳤다.

　돈은 주고 가야죠, 아주버니. 돈을 주고 가야죠!

　장수는 차 시동을 걸고 유리창을 절반만 내린 뒤 표정을
일그러뜨리며 말을 씹어뱉었다.

　요즘 세상에 삼억이 돈인 줄 알아? 나, 이 돈 있어도 살
고 없어도 살아. 사람을 어떻게 보고 아까부터 사기꾼 취
급이야. 내 참 살다 살다 기가 막혀서. 각서나 잘 보관해두
쇼. 틀림없이 돈 넣을 테니까. 그리고 우리 다시는 보지 맙
시다. 앞으론 내가 부끄러워서 제수씨 얼굴 못 볼 것 같소.

　흙먼지 날리는 텅 빈 주차장을 검은색 아우디가 소리 없
이 빠져나갔다. 두수 아내는 악을 쓰며 바닥에 주저앉아버
렸다. 나, 당신하고 안 살아! 더는 못 살아! 흙바닥을 내려
치며 소리 질렀다.

형이 돈 넣어줘도 그런 소리 할 거야? 보름이라잖아. 그것도 못 기다려?

두수가 바닥에 널브러진 아내를 내려다보며 말했다. 감정이나 기운이랄 게 하나도 남아 있지 않은 목소리였다. 두수는 아내를 일으켜 세워 아반떼까지 끌고 갔다. 아내가 발악을 하고 돈에 집착하고 형과 형수에게 막 대하는 것을 보면서 두수는 자괴감과 절망에 빠졌다. 젊은 시절 아내는 이렇지 않았다. 얌전하고 수줍고 겁 많은 여자였다. 무엇이 아내를 악다구니나 부리는 여자로 만들었나. 행여 내가 아내를 이렇게 만든 것일까. 결국 돈이 문제인가. 없는 살림 때문인가. 하지만 내가 일도 열심히 하고, 아예 못 버는 것도 아니고, 적어도 환갑까진 일할 자신 있는데. 억만금을 가졌더라도 아내는 지금처럼 행동했을 것이라고 두수는 생각했다. 원래 욕심 많은 여자니까, 만족할 줄 모르는 사람이니까 어쩔 수 없다고 급히 결론 내렸다. 그렇지 않으면 모든 것을 자기 잘못으로 돌려야 할 것만 같았다. 나도 열심히 살았는데. 이를 악물며 생각했다. 저딴 돈 탐낼 이유 없이 성실하게 살았어. 두수는 형 부부에게 자기도 아내와 비슷한 부류의 사람으로 비쳤을까 불안했다. 나는 형 같은 사람도 아니고 아내 같은 사람도 아니야. 차 키를 꽂아 비틀었다. 나는 깨끗해. 클러치를 밟은 발에 힘이 들어갔다. 나는 정직하다고. 눈썹으로 흘러내린 땀방울이 바지 위로 뚝뚝 떨어졌다. 키를 아무리 비틀어도 시동은 걸리지 않았다. 아, 씨발! 두수가 핸들을 꽝 내려치며 소리질렀다. 아내는 실성한 사람처럼 텅 빈 눈으로 어딘지 모를 곳을 빤히 쳐다보고만 있었다.

나흘 지나 장수에게서 전화가 왔다. 장수는 돈가방이 사라졌다고 말했다. 차 트렁크에 가방을 보관했는데 감쪽같이 사라졌다고. 돈의 출처를 알 수 없으니 신고하기도 꺼려진다고. 아내는 주방 싱크대에 기대선 채 무언가를 빡빡 문질러 닦고 있었다. 두수는 휴대폰을 손에 들고 아내의 축 늘어진 티셔츠를 뚫어져라 쳐다봤다. 대출금 운운하며 울부짖던 아내가 선명히 되살아났다. 그저 앓는 소리에 지나지 않는다고 치부했던 말들이 뒤늦게 두수를 괴롭혔다. 보름만 기다리면 일억 오천을 손에 쥘 수 있을 거라 확신했는데. 자신이 정말 그런 믿음을 갖고 있었음을 두수는 그제야 깨달았다. 학교에서 돌아온 딸이 인사도 없이 자기 방에 들어가 문을 닫았다. 그 침묵과 무례가 자신에게 들이미는 칼날처럼 느껴졌다. 달라진 건 아무것도 없어. 두수는 입술을 잘근잘근 씹으며 스스로를 설득했다. 어차피 내 돈도 아니었어. 비릿한 피 맛이 혀끝을 맴돌았다. 더러운 돈이다. 더러운 돈이야. 담배 서너대를 연달아 피우던 두수가 휴대폰 폴더를 열어 숫자 일과 이를 매만졌다. 일을 누르고, 다시 일을 누르고, 이를 누른 뒤, 한참을 망설이다 통화 버튼을 눌렀다. 휴대폰을 귀에 대던 두수의 눈이 싱크대로 향했다. 행주에 손을 닦으며 두수를 물끄러미 쳐다보던 아내가 별안간 입가를 올려 실쭉 웃었다.

남편

오랜만에 외식이나 하자고 남편에게 문자를 보냈지만 답이 없었다. 전화를 걸어도 받지 않았다. 저녁 시간이 될수록 손님이 점점 많아져서 나도 정신이 없었다. 디스플러스나 복분자주 바코드를 찍을 때마다 잠깐씩 남편을 떠올렸다. 지난 몇달 동안 남편은 매일 야근을 했다. 자정 넘어 집에 들어오는 그의 몸에선 냉장고 깊은 곳에서 홀로 썩어가는 된장 냄새가 났다. 슬프지만 외면하고 싶은 냄새였다. 늘 늦는 그에게 부러 화난 시늉을 해도 그는 불평 한마디 하지 않았다. 미안하다는 말 또한 하지 않았다. 퇴근하자마자 싱크대에 기대서 물김치에 밥을 말아 먹고, 머그컵에 소주를 따라 단숨에 들이켠 뒤 이불 속으로 들어오며 한번 안아보자, 혹은, 오늘은 진짜 한번 안아보자, 하고 중얼거리다가 잠들곤 했다. 그때마다 야광시계의 짧은 바늘은 1과 2 사이를 지나가고 있었다. 종일 박스를 들고 뛰어

다녔을 그의 손을 매만지며 지구 절반을 뒤덮은 도미노 조각을 떠올렸다. 하나의 조각이 다른 조각을 쓰러뜨리기엔 그 사이가 좀 멀어서, 남편과 나는 조각 하나하나를 툭툭 치며 도미노를 완성하는 중이다. 도미노가 다 넘어지면 끝내주는 그림이 완성될지도 모르지만, 그 그림이 우리와 무슨 상관 있을까. 도미노는 내려다봐야 그 아름다움과 웅장함을 알 수 있지 않나. 남편과 나는 도미노를 내려다볼 수 있을 만큼 위로 올라갈 수 없다. 그곳의 공기를 상상해본 적도 없다. 지난 몇달간 그런 생각을 하다가 잠들었다. 내가 완성해나가는 그림은 도대체 어떤 것일까. 저 위에 편히 앉아 그것을 보는 이는 누구인가.

꿈 따윈 들어오지도 못할 만큼 짧은 잠을 자고, 새벽 여섯시. 남편과 나는 담담한 표정으로 집을 나선다. 낮 시간은 너무 바쁘다. 지난밤의 상상을 이어갈 틈이 없다.

앉은 채로 잠들었다가 눈을 떴을 땐 새벽 다섯시. 남편은 들어오지 않았다. 휴대폰이 꺼져 있어 회사로 전화를 걸어봤지만 아무도 받지 않았다. 오늘은 진짜 화를 내야겠다고 생각했다. 하지만 누구에게 화를 낸단 말인가. 전화할 틈도 없이 로봇처럼 일한 남편에게 신경질이나 부리는 철없는 여자가 되고 싶진 않았다. 사장을 욕할까? 하지만 내 앞에서 욕을 듣고 있어야 할 사람은 사장이 아니라 남편이다. 그에겐 어떤 상스러운 소리도 하고 싶지 않다. 안쓰럽고 애달픈 사람. 나만큼은 그를 이해하고 믿어줘야 한다.

다시 잠들었다가 눈을 떴다. 습관처럼 시계를 봤다. 아홉시 반. 남편이 연락도 없이 외박했는데 이렇게 단잠을 잘 수 있다니. 한심하고 민망해서 혼자 피식 웃었다. 초인종이 울렸다. 생소한 소리에 흠칫 놀랐다. 초인종 소리를 들어본 적이 없다. 낮엔 늘 집을 비우고, 밤엔 찾아오는 이가 없으니까.

누구세요.

말하면서도 입 밖으로 내뱉는 그 말이 어색해 침을 꼴깍 삼켰다.

문 좀 열어주십쇼. 경찰입니다.

멍청한 표정으로 문밖의 소리를 의미 없이 되뇌었다. 경찰…… 경찰이 뭐더라. 손잡이를 잡은 채 한참을 생각했다. 쿵쿵쿵. 밖에 선 사람이 철문을 두드렸다.

경찰입니다. 문 좀 열어주십쇼.

그가 문장의 순서를 뒤바꿔 다시 말했다. 남편이 아니라면 누구에게도 문을 열어주기 싫다. 도대체 이이는 어디서 뭘 하고 있는 거야. 생각을 말로 내뱉었더니 불현듯 짜증이 치솟았다. 딩동과 쿵쿵쿵 소리가 동시에 들렸다.

남편 때문에 왔어요. 문 여세요.

"문 좀 열어주십쇼"가 "문 여세요"로 바뀌자마자 기다
렸다는 듯 잠금장치를 풀었다.

죄송해요. 잠이 덜 깨서요.

뒷걸음질 치며 머리를 쓸어 올렸다. 경찰이란 자는 천천
히 신발을 벗고 주방으로 들어왔다. 냉수 한잔만 주십쇼.
경찰이 요구했다. 냉장고에서 물병을 꺼내 컵에 물을 따라
경찰에게 내밀었다.

보리차네요.

네.

오랜만에 봅니다, 보리차.

나는 그에게 앉을 것을 권하지 않았다. 권할 자리가 없
었다. 하나뿐인 방엔 이불이 펼쳐져 있었고, 그곳 외엔 그
와 내가 서 있는 좁은 주방뿐이었다.

보리차 끓여 먹는 거 귀찮지 않습니까?

그가 싱크대 앞에 털썩 주저앉으며 물었다.

정수기도 생수도 비싸니까요.

어릴 땐 수돗물도 그냥 마시고 그랬죠, 왜.

………

세상이 점점 돈을 잡아먹는 것 같죠, 왜.

....

그가 남편 신분증을 꺼내 보이며 남편 이름을 댔다.

남편분이 지금 저희 서에 있거든요.

네?

아, 심각한 건 아니고.

그는 남은 보리차를 꿀꺽꿀꺽 들이켰다.

나흘 전에 여학생 강간살인사건 있었는데, 뉴스 봤어요?

그가 내뱉은 글자 하나하나가 머릿속에서 뻥튀기처럼 뻥뻥 튕겨 나갔다.

그 여학생 주머니에서 남편분 서명이 적힌 수표가 나왔어요.

우리 남편은 수표 안 써요.

목소리가 벌벌 떨렸다.

세상에 수표 안 쓰는 사람이 어딨습니까.

안 써요. 그거 쓰는 거 한번도 못 봤어요.

그는 담배를 빼어 물며 피식 웃었다.

아무튼 나왔어요. 나왔는데, 그렇다고 남편이 범인이라는 건 아니고. 용의자 두명이 더 있거든요. 더 조사해봐야 알겠지만, 일단 유력한 세명을 모두 잡았으니까.

열다섯살 소녀가 죽었다. 범인은 소녀를 강간한 뒤 둔기로 정수리를 수십번 내려쳤고 목을 졸랐다. 성폭행 후 살해. 사흘에 한번씩은 들었던 뉴스. 경찰은 내 남편이 그 뉴스의 주인공이라는 말을 전하러 집까지 찾아왔다.

나흘 전에, 그러니까 화요일이죠. 남편이 집에 들어온 시간 기억해요?

몰라요.

그날도 남편은 자정 넘어 들어와 소주 반 컵을 마시고 한번 안아보자는 말을 하다가 잠들었다.

열한시경엔 집에 없었죠?

모른다니까요.

이보세요.

우리 남편은 아니에요.

죽은 애 휴대폰에 남편 전화번호가 남아 있어요.

아니라고요.

한두번 연락한 사이가 아니란 말입니다. 걔, 키스방 알바 뛰던 애요. 일주일에 한번 꼴로 남편이랑 통화했던데. 우리도 짚이는 구석이 있으니까 아줌마 남편 잡아놓은 겁니다.

어쨌든 아니라고요.

아니라고 대꾸하면서도 달달 떨리는 손가락을, 입술을,

목소리를 감출 수 없었다. 경찰이 남편의 신분증을 들이밀며, 아줌마 남편 맞잖아요! 하고 윽박지를 때는 징그러운 벌레라도 본 듯 발랑 나자빠졌다. 신분증엔 내가 알고, 믿고, 사랑하기 때문에 매일 밤 기다리는 그의 얼굴이 또렷이 박혀 있었다.

우리 남편은 그런 사람 아니에요.

당당하게 말하려고 노력했다.

아줌마.

경찰이 한숨을 쉬며 말했다.

범죄자 주변 사람 탐문해보면요, 다들 그래요. 그 사람은 절대 그런 짓 할 사람 아니라고. 백이면 백 다 그럽디다. 우린 그 말 안 믿어요. 실질적 증거만 믿지.

'실질적 증거'라는 말이 '코스트 바카'나 '호차더 마라'처럼 들렸다. 그 뜻을 전혀 알 수 없었다.

사실 말이에요, 사실. 아줌마 남편이 피해자랑 수십번 통화했다는 사실. 남편이 서명한 수표가 피해자 주머니에서 나왔다는 사실. 피해자가 죽기 전에 아줌마 남편을 만났다는 사실. 그런 것 말입니다. 사실대로 말해요. 화요일에 남편, 언제 들어왔어요?

몰라요.

경찰이 들고 있던 수첩으로 바닥을 탁 내리쳤다.

그럼 둘이 성관계는 어떤 식으로 했어요?

경찰이 내 눈을 빤히 보며 물었다.

그게, 오해는 마시고. 수사에 필요하니까 물어보는 겁니다. 다 증거가 되니까.

입을 앙다물며 그와 마지막으로 섹스한 날을 기억해내려고 애썼다. 지난 계절의 어느 때인가, 옷을 다 벗고 적당히 흥분까지 되었는데 콘돔이 없어 입으로만 했던 기억이 아스라이 떠올랐다. 이후 그는 언제나 나를 안으려다가 잠들었다. 그런 그의 기울어진 어깨가 슬퍼 홀로 기도하다 잠든 날도 여러 날이다. 이 사람을 봐주세요. 이 사람을 보살펴주세요. 이 사람을 안아주세요.

우린 안 해요.

단호하게 대꾸했다.

안 해요?

안 해요.

부부가?

그 사람이랑은 안 해요.

나도 모르게 튀어나왔다. 그런 사람이랑은 안 해요. 나는 그런 사람 아니에요. 우린 그런 사이 아니에요.

성관계를 가지지 않는다?

경찰이 낡은 수첩에 내 대답을 또박또박 쓰며 되물었다.

그래서 밖에서 그랬구나, 그 양반. 집에서 못하니까.

아니에요. 해요.

경찰의 수첩을 잡아당기며 급히 말을 바꿨다.

해요?

네, 해요.

어떻게?

더러운 침이 목구멍 깊은 곳에서 울컥 솟아나왔다.

말해봐요. 어떻게, 대부분 어떤 자세로. 그거 아주 중요합니다. 피해자가 당한 거랑 비교해봐야 하니까.

입안에 고인 걸쭉한 침을 경찰에게 내뱉으려다가 꿀꺽 삼켰다. 경찰은 컵 바닥에 깔린 보리차를 쪽쪽 소리 내며 빨아 먹었다.

남편이 유치장에 들어간 지 이틀도 되지 않아 사방에서 전화가 왔다.

괜찮아?

다은 엄마가 물었다. 나는 휴대폰을 매만지며 대답을 삼켰다.

걱정 마. 잘될 거야.

잘될 수는 있지만 걱정을 안 할 수는 없다.

근데 우리 다은이가…… 이런 말 하기 좀 그런데, 자기가 알아둬야 할 것 같아서. 전에 집들이 때.

다은 엄마는 내 남편이 자기 딸의 엉덩이를 몇번이나 쓰다듬었다고 말했다. 다은이가 오줌 누고 있을 때 남편이 화장실 문을 벌컥 열고선 징그럽게 웃으며 다은이의 그곳을 계속 훔쳐봤다고도 했다. 징그럽게. 징그럽게. 다은 엄마가 무심결에 내뱉은 그 단어를 나는 속으로 몇번이나 곱씹었다. 남편의 직장 동료에게서도 전화가 왔다.

박대리가 그 자식을 친오빠처럼 따랐는데. 박대리 알죠?

귀에 휴대폰을 대고 고개만 흔들었다.

회식 있으면, 그 자식이 박대리 집까지 데려다주고 그랬어요.

이로 손톱을 잘근잘근 씹었다.

박대리가, 사실 이혼한 여자예요.

내가 왜 박대리가 이혼했다는 사실까지 알아야 하나. 이 남자는 왜 내게 이런 말을 하는가. 대꾸하고 싶었지만 꾹 참았다.

그 자식, 박대리 하나면 됐지, 왜 어린애까지 건드려서. 진짜 세상에 믿을 놈 하나도 없어.

동료는 혼잣말처럼 중얼거렸지만, 분명 내가 듣길 원했다. 듣고 반응하길 원했다.

우리 남편은 그런 사람 아니에요.

간신히 대꾸했다.

그럼요. 저도 잘 알죠. 다 잘될 겁니다. 걱정 마십쇼.

동료가 명쾌한 목소리로 대꾸했다. 그 명쾌함이 화를 돋우었다.

정말 그렇게 생각해요?

날 선 목소리로 물었다.

뭘 걱정 말라는 거예요?

동료는 당황하여 말을 잇지 못했다.

우리 남편은 절대 아니에요. 절대 아닌데 잘될 게 뭐 있고 걱정할 게 뭐 있어!

휴대폰을 쥔 손이 부들부들 떨렸다. 남편은 맘 약하고 착한 남자다. 아이를 좋아하고 누구에게나 친절하다. 그의 심성에 반해 결혼까지 결심했다. 다은이가 예쁘니까 자꾸 봤을 테고 혼자 사는 박대리가 걱정되어 그녀를 보살폈을 것이다. 그는 아무도 죽이지 않았다. 그럴 사람이 아니다. 하지만 기다렸다는 듯 그를 범죄자 취급하는 이 사람들은 도대체 뭔가. 의심은 소문을 만들고 소문은 진실을 만든다. 의심과 소문과 진실의 삼각형에 갇힌 채 그는 결백을 주장하고 나는 더러운 손톱을 자근자근 씹어 먹는다. 열심히 돈 모아 작은 전셋집이라도 얻으면 아이부터 갖자며 소주 한병도 세번에 나눠 마시던 안쓰럽고 애달픈 사람. 그런 그가 어쩌다 더러운 소문의 주인공이 되어버렸을까.

소녀의 손톱에서 머리카락이 나왔다. 남편과 함께 용의자로 지목된 사람 중 하나가 그 머리카락의 주인으로 밝혀졌다. 자기 몸의 일부가 소녀의 몸에서 나왔는데도 그는 끝끝내 범행을 부인했다. 소녀의 몸에서 또다른 용의자의 정액이 검출되었다. 그 역시 합의하에 성관계만 했을 뿐, 죽이지는 않았다고 진술했다.

그럼 우리 남편은 아니란 말이잖아요.

경찰이 다시 집으로 찾아왔을 때 나는 보리차를 내주지도, 앉으라고 권하지도 않고 발가락 끝에서부터 소리를 끌어올려 강건하게 대꾸했다.

콘돔 끼고 했을 수도 있죠.

경찰이 싱겁게 대꾸했다. 그래, 그는 콘돔이 없으면 절대 섹스하지 않지,란 생각이 들자마자 그런 것을 기억하는 내가 한심하고 싫었다.

아줌마 남편은 빠져나갈 수가 없어요. 강간 혹은 살인, 아니면 강간 및 살인. 둘 중 하나야.

그 사람들은 그랬을지 모르지만 우리 남편은 절대 아니에요. 그럴 사람이 아니야.

저쪽 가족들도 다들 그렇게 말한다니까. 자기 남편은 절대 아니라고. 아줌마, 내가 말했죠. 주변인 탐문하면 모두들 그 사람 칭찬만 한다고. 나는 그게, 용의자가 위선적이거나 뭐, 용의주도해서 그런 건 아니라고 봅니다. 사람에겐 그냥, 이런 모습도 있고 저런 모습도 있는 거예요. 그렇게 생각하면 간편하죠. 예를 들어.

경찰은 냉장고를 열어 보리차가 담긴 물병을 꺼내 입을 대고 꿀꺽꿀꺽 들이켰다.

아줌마도 마트에서 다르고 집에서 다르고 친구들 앞에서는 또 다를 것 아닙니까. 안 그래요?

내가 마트에서 일한다고 이 남자에게 말한 적 있던가.

그렇다는 겁니다, 인간이란 게. 상황에 따라 다르다고. 아줌마 남편이 그 순간 그 자리에 없었다면, 그럼 아줌마 남편은 평생 죄 안 짓고 착하게만 살 수도 있었단 말이죠. 근데 그건 누구나 그렇거든. 어떤 범죄든 그때의 상황, 대상, 날씨, 감정, 분위기, 하다못해 신호등 바뀌는 타이밍까지 다 영향을 미쳐요. 범죄자는 그 모든 책임을 혼자 떠안고 가는 거지. 왜냐. 가장 결정적인 역할을 했으니까. 우발적 범행인 경우 더 그런데…… 그러니까 아줌마 남편이 우발적으로 그런 짓을 했다면 말입니다. 충분히 정상참작이 되거든. 우발적 범행에 자수면 더 좋고. 내 말뜻 알겠어요?

경찰은 남편이 마시던 소주를 찾아내 두어모금 들이켠

후 마저 말했다.

죄를 지었으면 벌을 받아야 된다는 거요. 변명할 생각 말고.

우리 남편은 아니에요.

이 남자는 왜 나를 찾아와 이런 말을 늘어놓는 걸까. 내가 범인인 것처럼. 자수 혹은 진술을 강요하듯. 마치 내 남편을 대하듯.

아줌마 남편이 키스방 다니는 애한테 왜 자꾸 전화를 했다고 생각해?

경찰이 징그럽게 웃으며 은근히 물었다. 징그럽게. 징그럽게. 다른 엄마가 징그럽다는 말을 했을 때 그 말의 질감이 자꾸 떠올랐다.

남편이 그애랑 키스만 했다고 생각해?

아니, 그는 키스조차 하지 않았을 것이다. 그는 나와 섹스할 때도 키스 따윈 하지 않는다.

그애 몸에선 남편 머리카락도 정액도 나오지 않았지만 말입니다, 그게 결정적 증거일 수도 있어요. 사람을 죽이는 데 꼭 머리카락이나 정액이 필요한 것도 아니고. 무엇보다, 치밀한 범인은 절대 증거를 남기지 않거든.

수표가 나왔잖아요!

다급히 대답했다. 경찰이 씩 웃었다.

그렇지. 수표가 나왔지. 남편은 수표 안 쓴다면서?

네, 안 써요.

그래, 안 쓰는데도 나왔지. 마누라한테는 전화 한통 안하는 남자가 키스방 다니는 애한테는 뻔질나게 전화하고. 그죠?

손톱을 질근질근 씹어 삼켰다.

왜 그랬다고 생각해, 아줌마는?

내가 어떻게 알아!

견고하던 목소리가 와장창 깨져 산산이 조각났다. 내 안에서 터져 나온 그 소리를 주워 담느라 열 손가락 모두 상처가 났다.

세 사람 중 하나라도 먼저 죄를 인정하면 쉬워요. 만약에 말입니다, 다른 사람이 먼저 자백하고 공범자로 남편을 지목하면요, 남편은 진짜 오도 가도 못해. 죄가 더 커지는 거라고. 죽은 애한테 미안하지도 않소?

내가 왜 미안해.

치맛단에 손을 비비며 경찰의 살찐 손을 빤히 노려봤다.

당연히 아줌마도 미안해해야지. 뻔뻔하긴. 그 서방에 그 마누라야 아주.

그때 왜, 너 맞았잖아. 그 인간한테.

마트까지 찾아온 친구가 대뜸 말했다. 그래, 기억난다. 한시도 잊은 적 없다. 그때 그의 표정. 손을 추어올리던 커다란 그림자. 내 목을 그러쥐던 악력. 터진 입술에서 목구멍까지 넘어가던 질퍽한 피.

이년 전이다. 그 몰래 아이를 지웠다. 낳아서 다른 집 아이들처럼 키울 자신이 없었다. 보증금 이천만원 쥐고 월세 삼십에서 사십으로, 사십에서 오십으로 떠돌던 때였다. 보증금을 높이든가 월세를 육십으로 바꾸든가 알아서 하라는 집주인의 전화가 이틀에 한번씩 걸려 왔다. 아이를 지운 뒤 담담히 말했다. 전세로 옮기면 우리 예쁜 아이 낳아 부족한 것 없이 키우자. 난 얼굴도 모르는 우리 애보다 당신이랑 내 삶이 더 중요해. 그는 울면서 술을 마셨고 술에 취해 나를 때렸다. 나는 맘껏 그를 원망했다. 능력도 없으면서 남들 하는 건 다 하려 한다고 소리 질렀다. 울고 욕하고 소리 지르면서도 나는, 그의 폭력을 이해했다. 그가 나를 때리지 않았다면 내가 먼저 그를 때렸을 것이다. 그가 악역을 자처했듯 나 역시 악역을 감수했다. 반드시 그래야 했다. 무자비해지는 것만이 최선이었다. 모두 이해한다는 행동. 전부 내 탓이라는 포즈. 아무 일 아니라는 기만. 상처를 극복하겠다는 허세. 그런 건 다 사치였다. 그런 가식으로는 그 누구도 위로할 수 없었다. 우린 서로를 물어뜯어

야 했다. 당신은 진짜 나쁜 인간이라고 욕해야 했다. 그래
야만 했다.

친구에게 자세한 사정은 말하지 않았다. 말할 이유도 없
었다.

내 그럴 줄 알았어, 그 인간.

양파와 순두부, 소시지와 맥주의 바코드를 찍는 내 옆에
서서 친구는 내 남편을 욕했다.

어쩔 거야?

친구가 내 옆구리를 쿡 찌르며 물었다.

이혼할 거지?

손님에게 카드와 영수증을 내줬다.

위자료는 어떻게 받아내지? 아니, 어차피 그 자식 감옥
가면 다 니 차지겠구나.

친구는 혼자 묻고 혼자 답했다. 친구의 격앙된 목소리를
들으며 커터칼이 걸려 있는 판매대를 멍하게 쳐다봤다. 때
리고 싶다. 때리고 뒤엎고 차고 찌르고 죽이고 싶다. 생생
한 살의가 언뜻 떠올라 질끈 눈을 감았다.

아줌마, 계속 일할 거요?

퇴근하려는 나를 붙잡고 매니저가 물었다.

남편 뒷바라지해야지. 곧 구치소 갈 텐데.

매니저의 말이 진심인지 비아냥인지 가늠하느라 어떤
대답도 할 수 없었다.

남편 만나봤어?

고개를 저었다.

유치장에 한번도 안 가봤어?

은근히 반말을 하는 매니저의 말투는 예전부터 마음에
들지 않았다.

왜? 아예 연을 끊으려고? 하긴 아줌마도 무섭겠지. 아무
리 살 섞고 산 부부라도 강간에 살인에, 무섭지. 그래.

아직 아니에요.

매니저의 거친 손을 쳐다보며 대꾸했다.

아직 유죄는 아니라고요.

아니 그럼, 아줌마는 남편을 믿는다고?

잠시 망설였다가, 단호한 표정으로 고개를 끄덕였다.

근데 왜 면회도 안 가고 있대?

글쎄. 나는 왜 그를 만나볼 생각도 안했을까. 만나야 한
다고 생각해본 적도 없다.

아줌마.

매니저가 매대에 담배를 채워 넣으며 말했다.

이 좁은 동네에, 손님들 시선이 안 좋아. 아줌마 계산대
만 한가한 거 못 느껴? 오늘까지만 합시다. 모레가 월급날

이니까, 월급은 꽉 채워 넣어줄게.

　매니저의 말을 들으며 나는 또 커터칼이 걸린 자리를 빤히 쳐다봤다. 집으로 돌아오면서, 그가 의심을 받는 것만으로도 내 삶의 기반이 완전히 무너진다는 사실에 이를 악물었다. '사실 말이에요, 사실' 하며 강조하던 경찰의 말투가 떠올랐다. 사실, 사실 말입니다, 나는 그가 살인이나 강간을 저질렀다고 생각하지 않아요. 그럴 사람이 아닙니다. 하지만 그는 이미 그런 자이고, 그가 그런 자이므로 나는 직장을 잃고 사람들의 험담을 감당하고 있습니다. 왜냐. 나는 그의 아내니까. 아내니까 그를 믿어야 할까요. 아님 그를 더 비난해야 할까요. 소문은 의심을 만들고 의심은 진실을 만든다. 의심이 먼저든 소문이 먼저든 진실의 자리는 언제나 맨 끝이다. 사람들은 의심과 소문을 함부로 버무려 진실을 만들고 있다. 나는 그를 믿는다. 내가 믿는 것은 그의 무엇일까. 그가 내 남편이 아니었다면 나 역시 그를 의심했을 것이다. 나는 그라는 인간이 아니라 내 남편인 그를 믿는다. 이것은 정당한 믿음일까.

　땅만 보고 걷다가 술 취해 싸우는 사람들 틈에 뒤섞였다. 술 취한 자가 내 발을 밟고 넘어졌다. 이 미친년! 넘어진 자가 내게 삿대질을 했다. 누군가가 내 머리채를 잡아당겼다. 맥없이 쓰러지면서 처음으로, 죽은 소녀를 생각했다. 너는 누구니. 이름은 뭐니. 왜 그의 전화를 받았니. 왜 그와 키스했니. 왜 죽었니. 도대체 왜.

열쇠 구멍에 열쇠를 꽂고 왼쪽으로 비트는데, 옆집 문이 벌컥 열렸다. 분홍색 머리핀을 꽂은 옆집 꼬마가 문고리를 잡고 서서 운동화를 바닥에 콕콕 내려찍다가 꾸벅 고개를 숙였다.

안녀세요.

으응.

꼬마를 보고 싱긋 웃었다. 보면 절로 웃음이 날 만큼 귀엽고 사랑스러운 아이다.

이름이 뭐야?

꼬마의 이름이 예원이란 걸 알면서도, 나는 또 물었다. 봉숭아빛 입술을 오물거리며 정예원이요,라고 말하는 그 아이의 목소리가, 눈빛이, 연한 볼이 좋아서. 꼬마가 입을 여는 찰나, 옆집 여자가 꼬마의 팔을 집 안으로 쑥 끌어당겼다. 거세게 문이 닫히고, 여자의 목소리가 철문 너머로 새어 나왔다. 엄마가 옆집 사람은 쳐다보지도 말랬잖아!

시부모가 시골에서 포도 농사를 짓는다며 여름이면 잘 익은 포도 서너송이를 쟁반에 담아 늦은 밤에든 이른 새벽에든 기어이 건네주던 여자였다. 매번 얻어먹는 게 미안해서 그 여자가 마트에 들르면 장바구니나 키친타월 같은 사은품을 남몰래 넣어주기도 했다. 옆집은 월세가 아닌 전세라는 말을 들었을 때는 부러움을 감추지 않고, 참 좋겠다, 정말 좋겠다, 사는 게 한결 낫겠다며 꼬마의 머리를 몇번이나 쓰다듬기도 했다.

현관문을 닫고 잠금장치를 몇번이나 확인하며, 남편은 지금 뭘 하고 있을까 생각했다. 밥은 먹었을까. 씻긴 제대로 씻을까. 건조대에 널린 남편의 속옷을 보면서, 속옷은 갈아입을까, 내가 가져다줘야 하는 것 아닌가, 갈등했다. 마트에서도 쫓겨났으니 내일은 남편에게 가볼까. 아니, 일자리부터 구해야지. 집에서 아주 먼 일자리를 찾아야겠다. 내가 누군지, 내 남편이 어떤 짓을 저질렀는지 아무도 모르는 곳. 도대체 사람들은 어떻게 알았을까. 나는 아무에게도 말하지 않았는데. 이상하다. 이상한 일이다. 남편은 왜 그애에게 뻔질나게 전화했을까. 수표는 어디서 났지? 돈이라곤 쥐꼬리만큼 벌어 오면서! 냉장고 앞에 납작 엎드린 채 싱크대에서 꺼낸 식칼로 냉장고 아래를 획획 휘저었다. 경찰의 이름이 적힌 명함이 툭 튀어나와 벽 모서리에 처박혔다. 휴대폰을 꺼내 경찰에게 전화를 걸며 습관처럼 시계를 봤다. 남편은 잘까. 속 편하게 잠이나 처자고 있을까. 오랫동안 지속되던 신호음이 뚝 끊기면서,

여보세요.

경찰의 목소리가 들렸다. 그의 목소리를 듣자마자 나도 모르게 손에 쥔 식칼을 다잡았다.

....

누구십니까?

나를 뭐라고 설명해야 하나. 강간범 혹은 살인범의 아내요. 아니, 강간범 혹은 살인범일지도 모를 사람의 아내요. 당신이 붙잡아둔 그 남자의 아내. 누명 쓴 남자의 아내요. 억울한 그의 아내.

전데요.

적당한 단어를 생각해낼 수 없어 나는 그저 저요, 저예요, 전데요를 반복했다.

이름을 대세요.

경찰에게 내 이름을 말하고 싶진 않았다.

우리 집에서 보리차 드셨잖아요.

아, 보리차.

그가 낄낄 웃었다.

그래요, 보리차.

그가 웃음을 멈추고 큼, 헛기침을 하더니 물었다.

무슨 일입니까?

수표 얼마였어요? 십만원이었어요?

뭐라고요?

남편 이름 적힌 수표요. 얼마예요?

아, 백만원요. 그건 왜 묻습니까?

대답을 듣자마자 바로 휴대폰 슬라이드를 내렸다. 백만
원. 그렇게 큰돈을, 우리 집 월세보다 큰 돈을 남편은 어디
서 어떻게 구한 걸까. 돈 관리는 오직 내 몫이었다. 남편에
겐 매달 삼십만원이 들어간 체크카드만 줬다. 남편은 그
돈으로 밥 먹고 차비 하고 술 먹고 다 했다. 다 해냈다. 경
찰에게 다시 전화를 걸어 따졌다.

우리 남편은 아니에요.

네?

우리 남편한텐 그런 돈 없어요. 나쁜 놈들이 수표에 그
이 이름을 멋대로 적은 거라고요.

아, 이 아줌마, 한심한 소리 하네. 수표 추적 다 했거든
요. 그 돈, 남편 회사에서 나온 거야. 뭘 몰라도 한참 몰라.
수표 아니라도 증거 많아. 다 생겼어.

생겨요?

남편이 피해자 만나는 CCTV도 여러개 건졌고, 다른 피
의자가 남편이랑 공범이라고 벌써 자백도 했어. 아마 모레
쯤 구치소 갈걸?

우리 남편은 뭐래요? 우리 남편도 인정해요?

그건 아줌마가 와서 직접 물어보든가. 웃기는 아줌마네. 면회 한번 안 오면서 궁금하긴 한가봐? 난 아예 신경도 안 쓰는 줄 알았지. 그런 가족도 많거든. 일단 서에 잡혀 오면 내놓은 사람……

경찰의 말을 다 듣지도 않고 전화를 끊었다. 그가 인정했을까. 정말 여자애를 강간하고 죽였을까. 설마 내 남편이. 연애할 때, 그런 물음을 주고받은 적 있다. 자기는 내가 죽을병에 걸려도 날 사랑할 거야? 자기는 내가 불구가 되어도 날 지켜줄 거야? 자기는 내가 직장을 잃고 노숙자가 되어도 날 믿어줄 거야? 그때마다 남편과 나는 생각할 가치도 없다는 듯 응, 하고 대답했다. 불구가 되어도, 죽을병에 걸려도, 노숙자가 되어도 너는 너니까. 내가 사랑하는 건 너의 건강이나 직장이 아니잖아. 그런 질문과 대답을 주고받으며 사랑을 확인했다. 하지만 우리가 주고받던 그 어떤 질문에도 '내가 만약 살인범에 강간범이라면' 따위 없었다. 그건 상상조차 할 수 없는 일이었다. 강간과 살인을 저지를지도 모를 사람이란 걸 그때 알았다면, 그래도 나는 그를 사랑했을까. 그와 결혼했을까. 지킬 수 있는 약속만 하는, 언제나 신중한, 모난 구석 없고 누구에게도 미움받지 않던 사람. 지나치게 평범한 그가 내 눈에는 특별해 보였다. 세상에서 가장 진짜에 가까운 사람이 내 남편이라는 확신. 그것 하나로 모든 가난과 피로와 불행을 견뎌왔다. 그러니까 그를 믿어야 하나. 지갑을 열어 그의 사진을 꺼내 뚫어지게 쳐다봤다. 동네 사진관에서 빌린 양복을 입고 찍은 증명사진. 그는 그대로다. 까무잡잡한 피부와 덥수룩한 머리, 오른쪽 눈 옆에 난 점까지 처음 만났을 때부터 지금까지 조금도 변하지 않았다.

하지만.

그는 내가 알던 그가 아닌지도 모른다. 완전히 다른 존재. 원래 끔찍하고 무서운 사람.

아니, 뭔가 잘못됐어.

나도 모르게 중얼거렸다.

단단히 잘못됐어. 이런 식으로 인생이 꼬일 리 없지. 나는 절대 파렴치범의 아내가 아니야. 용납할 수 없어. 그런 인생은 상상도 해본 적 없어. 당신, 이렇게 날 망칠 순 없어. 당신을 믿는다고 말해줘야지. 당신은 내 남편이니까.

좁은 방에 내 목소리만 왕왕 울려댔다.

나는 당신 편이야. 날 믿어. 내가 구해줄게. 지켜줄게. 안쓰럽고 애달픈 사람. 당신은 죽을 때까지 그런 사람이어야 해.

경찰은 문을 열고 들어오는 날 보더니 씩 웃었다.

잘 왔어, 아줌마.

그의 눈을 피하며 남편을 만나게 해달라고 했다.

아줌마가 설득 좀 해봐. 당최 자백을 안해. 여자애가 불쌍하다는 말만 하고…… 아줌마 남편 사이코 아냐? 아니, 사이코인 척하는 건가? 이러다간 혼자 살인까지 다 뒤집어쓴다니까. 결정적 증거까지 나왔는데 입 꾹 다물고 앉아서……

경찰의 말을 흘려들으며 남편에게 해줄 말만 속으로 되뇌었다. 방을 빼서라도 변호사를 구해줄게. 난 당신을 믿어. 당신 그런 사람 아니잖아. 내가 그에게 들어야 할 말은 하나뿐이다. 나는 아니라는, 절대 안 그랬다는, 정말 억울하다는 말. 면회신청서를 작성하면서 남편 이름을 네번이나 틀리게 썼다. 면회소에 앉아 오랫동안 기다렸다. 내 차례가 어서 오길 바라는 마음과 영영 안 오길 바라는 마음이 시소처럼 오르내렸다. 그의 얼굴이 기억나지 않아 몇번이나 지갑 속 사진을 꺼내 봤다. 머릿속엔 텔레비전에서 보았던 흉악범들의 얼굴만 둥둥 떠다녔다.

유리벽 너머로 그가 나타났다. 너무 낯설어 마른침을 삼켰다. 그가 자리에 앉으며 밭은기침을 뱉어냈다. 어디 아파?라고 물어보려는데,

왜 그랬어.

라는 말이 튀어나왔다. 남편이 텅 빈 눈으로 나를 봤다.

왜 그랬어, 이 새끼야.

남편이 고개를 천천히 저었다.

좋았어? 딴 여자랑 하는 게 더 좋았어? 새파랗게 어린 년이랑? 돈은 어디서 났어? 나는 돈 때문에 애까지 지웠는데, 넌 뭐야. 뭐 하는 새끼야, 씨발놈아!

아니야.

남편이 말했다.

당신까지 왜 이래. 날 그렇게 몰라? 난 아니야.

몰라. 모르겠어. 당신이 뭔데! 어쩜 이럴 수가 있어. 어쩜 나한테 이래! 죽이긴 왜 죽여! 그냥 몇번 하고 말지 죽이긴 왜 죽여!

발을 구르며 소리 질렀다. 눈물과 침 때문에 남색 바지가 검은색으로 변해갔다. 남편의 눈빛이 요란하게 흔들렸다.

난 아니야. 안 그랬어. 억울해, 여보. 당신은 날 믿어야지. 믿어줘야지.

차라리 귀신을 믿지! 귀신이랑 살지!

당신까지 왜 이래, 여보.

당신은 나한테 왜 이래.

여보.

부르지 마.

난 아니야.

말하지 마.

도와주려고 그랬어, 나는. 도와주려고.

닥치라고. 더러운 새끼.

정말이야. 믿어줘.

증거가 다 있다는데! 난 이제 어떡해. 어떡해!

헝클어진 머리카락이 눈가와 양 볼에 덕지덕지 달라붙
었다.

여보.

남편의 손이 유리벽을 향해 다가왔다.

오지 마.

몸을 뒤로 뺐다.

믿어줘.

남편이 유리벽에 손을 대고 말했다.

난 아니야.

개새끼.

손등으로 얼굴을 훔쳤다. 콧물과 눈물과 침이 걸쭉하게
묻어났다.

당신까지 이러지 마.

남편이 간신히 말했다.

내가 뭔데.

여보.

나 마트에서 잘렸어.

여보.

당신 때문에 동네 사람들도 다……

여보, 난 아니야.

벌써 소문 다 났어.

그런 거 믿지 마.

그럼 뭘 믿어? 난 뭘 믿어!

날 믿어. 내 말을 믿어.

당신을 어떻게 믿어. 당신이 뭔데. 당신은 날 믿어?

멍하니 앉아 있는 남편을 두고 도망치듯 면회실을 나왔다. 찬바람이 불었다. 오물을 털어내듯 온몸을 바르르 떨었다. 이혼을 종용하던 친구에게서 전화가 왔다.

다 잊어.

친구가 말했다.

다 잊고 새출발해.

누군가의 남편, 혹은 아내들이 뒤엉켜 지나갔다.

날 믿어. 내 말을 믿어.

남편의 마지막 말이 왕왕 다가왔다.

우니?

친구가 물었다.

억울해.

알 수 없는 대답이 튀어나왔다.

난 아니야. 절대 아니야. 정말, 정말 억울해.

엘리

이것은 나의 엘리 이야기다

나는 코끼리와 산다. 오십살도 넘은 암컷이다. 오십살이라니. 나보다 이십년도 더 살았단 말이다. 나는 오십살이 되기 전에 죽을 거다. 사람들은 왜 나이를 먹는다고 표현할까? 먹어봤자 소화도 안 되고 똥으로도 안 나오고, 그저 버겁기만 한 그것을. 나는 나이 소화불량에 걸렸다. 소화되지 않은 채 내 안에 들어차기만 하는 그것 때문에 자꾸 더부룩하다. 나는 어린 것도 싫고 늙은 것도 싫다. 어리면 어리다고 무시하고 늙으면 늙은이라고 무시하니까. 그러나 세상엔 어린이나 늙은이만 있지 젊은이는 없는 것 같다. 난 이제 겨우 스물여덟살인데, 사람들은 내가 스물여덟살 먹도록 이뤄놓은 게 하나도 없다고 비난한다. 여태 뭐 하고 살았느냐고 비아냥거린다. 이미 늦었다고 단정하면서도, 때론 대갈빡에 피도 안 마른 놈이라고 애 취급이다. 도대체 어느 장단에 맞춰 춤을 추라는 건지.

코끼리 이름은 엘리. 내가 지었다. 엘리는 사바나에서 불리던 자기 이름이 따로 있다고 우겼지만, 뿌우인지 뿌럭인지를 이름이랍시고 부르긴 힘들어서 내 맘대로 지어버렸다. 엘리는 엘리라는 이름을 좋아하지 않았다. 하지만 엘리를 엘리라고 부르는 사람은 나뿐이니 엘리가 좋아하든 싫어하든 상관없다. 내가,

엘리!

하고 부를 때, 엘리는 엘리라는 단어가 아니라 그 순간 내 목소리에 반응하는 것 같다. 엘리에게 '엘리!'는 '부리!'나 '부익!'으로 들릴지도 모른다. 혹시나 싶어,

부익!

하고 불러봤다. 엘리가 나를 본다. 눈동자가 참 까맣다. 멍청한 코끼리라고 놀려먹을까 고민하다 관뒀다. 신경질 난 엘리가 나를 밟기라도 하면 그날로 나는 끝장이다. 오십살까지 살고 싶진 않다는 말이 당장 죽어도 상관없다는 뜻은 절대 아니니까.

코끼리는 육상동물 중 두번째로 키가 크다. 제일 큰 동물은 아마 기린일 텐데, 첫번째니 두번째니 하는 건 결국 표준 크기를 말하는 것일 테니, 기린보다 큰 코끼리도 존

재하지 않을까? 엘리가 표준보다 큰지 작은지 나는 잘 모른다. 엘리 아닌 다른 코끼리를 본 적도 없고, 엘리를 기린 옆에 세워본 적은 더더욱 없으니까. 아무튼 엘리는 내가 본 동물 중에 제일 크다.

내 키는 169센티미터. 대한민국 남자 평균보다 오 센티미터 작다. 내 애인의 키는 168센티미터. 애인은 나 때문에 하이힐을 못 신는다고 투덜거렸다. 아니, 신고 싶으면 신으라고. 나는 진짜 상관없다니까, 하고 몇번을 말했지만 애인은 내가 괜한 허세를 부린다고 오해했다. 애인은 자기가 투덜거릴 때마다 내 키가 일 밀리미터씩 자랄 거라고 믿는 사람처럼 불평불만을 늘어놓았는데, 아니, 대체 나더러 뭘 어쩌라고. 말투가 맘에 안 들면 고치면 되고 몸매가 문제라면 운동을 하겠지만 키는 선천적인 거다. 나는 운명적으로 169센티미터다. 키 작은 남자가 싫다면 애당초 나를 사귀지 말았어야지. 애인과 나는 운명이었나? 그럴 수도 있다. 내 키도 내 운명이다. 모든 운명이 상호보완적인 것은 아니다. 어떤 운명은 다른 운명을 배반한다. 삶의 불행은 여러 운명의 충돌로 빚어진다. 엘리 역시 내 운명이라면, 엘리는 너무 많은 것을 배반한다. 깊이 생각할 필요도 없다. 일단 똥오줌! 엘리의 똥오줌 때문에 나는 하루에도 몇번씩 미치고 팔짝 뛴다.

엘리는 하루에 열번도 넘게 똥을 싼다. 똥도 그럴진대, 오줌은 말해 뭐 하겠나. 처음엔 마당에 질펀하게 깔린 똥을 커다란 플라스틱 대야에 퍼 담아 재래식 화장실에 쏟아부었다. 그러다보니 한달에 한번씩 똥 푸는 차를 불러야 했다. 돈은 돈대로 깨지고 오해는 오해대로 받았다. 위생사 아저씨의 눈빛이 점점 수상쩍게 변했다. 십년 전에, 엄마는 나보고 할 줄 아는 게 먹고 싸는 것밖에 없다고 (진지한 표정으로) 말하곤 했다. 위생사 아저씨도 나를 그런 식으로 생각하는 것 같았다. 너무 많이 먹고 너무 많이 싸는 놈으로. 억울했다. 그렇다고 엘리의 똥구멍을 막아버릴 수도 없고. 솔직히 똥은 누구나 싼다. 인간도 싸고 동물도 싸고 곤충도 싸고 물고기도 싼다. 근데 엘리는 너무 많이 싼다. 그게 문제다. 똥을 더럽다고 생각하는 건 인간뿐이다. 동물은 똥을 더러워하지 않는다. 엘리를 보면 알 수 있다. 엘리는 똥을 몸에 막 묻히고 다니니까. 어릴 때 키웠던 강아지는 자기 똥을 먹기도 했다. 인간은 언제부터 똥을 더럽다고 생각했을까? 인간이 동물보다 불행한 이유 중엔 분명, 더럽다고 생각하는 게 너무 많은 까닭도 있을 것이다. 아무튼 엘리의 똥은 더럽다. 더럽게 많다.

장날에 아주 커다란 플라스틱 통을 여러개 사왔다. 그것을 엘리에게 보여주며 사정했다. 제발 여기에만 똥을 눠.

똥구멍을 여기에 조준하란 말이야. 엘리는 마려운 걸 참지 못했다. 눈으로 배변통을 찾기도 전에 똥은 이미 나오고 있었다. 그 잠깐을 왜 못 참느냐고 신경질을 냈더니, 엘리 는 똥을 참는다는 것 자체를 이해 못했다. 그걸 어떻게, 도 대체 왜 참아야 하느냐고 짜증을 내며 발을 쿵쿵 굴렀다. 하마터면 밟힐 뻔했다. 어쩔 수 없지. 엘리가 똥을 눌 때마 다 부리나케 달려가 똥구멍 밑에 배변통을 갖다 대는 수밖 에. 근데 그게 말이 쉽지, 하루 종일 엘리 옆에서 엘리가 똥 누기를 기다리고 있을 수도 없는 노릇 아닌가. 나는 매일 발을 쿵쿵 구르며 바닥에 퍼질러진 엘리의 똥을 배변통에 쓸어 담는다.

밤이 되면 엘리는 산에 간다. 밥 먹으러. 그때마다 엘리 몸에 배변통을 묶어서 산에 똥을 버렸다. 초식동물이라 그 나마 다행이지, 안 그랬다면 그 먹성을 어떻게 견뎌냈을 지. 매일 남의 집 닭이나 돼지를 훔쳐다 먹여야 했을지도 모른다. 얼마 전에 인간을 잡아먹은 코끼리 기사를 봤다. 코끼리 뱃속에서 인간 열일곱명의 DNA가 검출됐다는 거 다. 이상기후로 먹을 게 없어져 그랬다는 주장도 있고, 사 람들이 아기 코끼리를 죽여서 홧김에 그랬다는 주장도 있 었다. 정말 끔찍한 뉴스였다. 코끼리가, 고기를 먹을 줄 모 르는 게 아니다. 충분히 먹을 수 있는데도 풀만 먹고 사는 거다. 기린도 마찬가지다. 아무렴, 세계에서 첫번째, 두번째로 큰 동물인데. 그런 동물들이 육식을 해대면 남아나는 목숨이 없을 거다. 그러니 지구 평화를 위해 기린도 코끼리도 초식을 한다는 것이 내 결론이다. 엘리도 화가 나면 나를 밟아 오징어포처럼 만들어 질경질경 씹어 먹을지도 모른다. 아, 생각만 해도 입안이 쩍쩍 마른다. 엘리가 신경질을 낼 때마다 나는 잔뜩 졸아서, 하지만 오기로 똘똘 뭉쳐서 소리 지른다.

먹어! 먹어보라고, 자식아! 나 술 담배 엄청 하는 거 알지? 먹어봐! 당장 먹어치우라고!

엘리가 어기적어기적 산을 오를 때마다 나는 엘리 등에 앉아 밤하늘을 본다. 윙크를 던지며 날 유혹하는 많은 별을 보고 있노라면 기분이 아주 좋아진다. 배변통에서 철퍼덕거리는 엘리의 똥도, 그때만은 그리 나쁘지 않다. 엘리의 똥은 훌륭한 거름이 되었다. 여름이 되자 산에는 짙푸른 풀과 나무가 수북하게 자랐다.

이것은 나의 연애 이야기다

애인은 스물아홉살에 결혼하고 싶다고 했다. 자, 유의해서 듣자. '스물아홉살에 결혼하고 싶다'고 했지, '스물아홉에 너랑 결혼하고 싶다'가 아니다. 이런 말도 했다. "솔직히 넌 마음에 드는데, 네 집안이나 조건은 마음에 안 들어. 너란 사람은 참 괜찮은데 말이야." 이 말은, 아마 이런 의미일 거다. 나랑 결혼할 생각이라면 네 집안이나 조건을 지금보다 업그레이드해야 해. 지금부터 이년을 주겠어.

집안을 업그레이드할 순 없으니(집안은 내 키처럼 운명이다. 역시 운명은 상호배반적인가?) 조건을 업그레이드해야 할 텐데, 근데…… 내가 왜? 나는 결혼하고 싶지 않았다. 결혼을 하면 애를 낳게 될 테고 애를 낳으면 평생을 노예처럼 일만 해야 할 테니까. 나는 아침 일곱시부터 밤 열두시까지 돈 벌고, 애는 아침 일곱시부터 밤 열두시까지 공부해야 할 거다. 그래봤자 나는 평균 연봉에도 못 미치는 돈을 벌 테고, 애는…… 반에서 이십등이나 할까? 나는 애가 공부를 못한다고 불행해할 테고, 애는 아빠가 돈을 많이 못 번다고 불행해할 것이다. 아침 일곱시부터 밤 열두시까지 일하면서도 무능한 가장 소리나 듣고 싶진 않다. 내 자식이 아비가 된 뒤에도 마찬가지 아닐까? 그런 생각을 하다보면 사는 게 대체 뭘까 싶다. 엘리는 오십년 동안 스무마리 수컷과 짝짓기 해서 열두마리 아들딸을 낳았는데, 그중 살아남은 자식은 다섯마리뿐이라고 한다. 사바

나를 떠돌며 먹고 자고 도망치고 사랑하고 새끼 낳고 돌본 게 인생의 전부였다고 담담하게 말하는 엘리. 까만 눈동자가 반짝인다. 자식, 우나?

결혼 얘기를 기점으로 우리 연애는 서서히 죽어갔다. 애인은 결혼 생각도 없는 남자와 계속 만날 이유가 없다고 했다. 자기는 단란한 가정을 꾸리고 싶다고 했다. 그건 나도 마찬가지다. 우린 같은 꿈을 가졌지만 헤어졌다. 왜냐. 나는 내 꿈이 실현 불가능하다고 생각했고, 애인은 가능하다고 생각했기 때문이다. 아니, 결국 키 문제일 수도 있다. 아무것도 업그레이드하지 못한 내 문제일 수도 있고. 아니다. 사랑이 다해서 헤어졌다. 그뿐이다. 다른 건 다 핑계다.

헤어지자는 말은 애인이 먼저 했다. 애인이 그 말을 꺼냈을 때, 나는 더는 그애를 사랑하지도 않으면서 행패를 부렸다. 헤어질 수 없다며 그애를 붙잡은 게 아니다. 어떻게 내게 이럴 수 있느냐고 그애를 들볶았을 뿐이다. 나를 왜 사랑했으며 이제는 왜 사랑하지 않느냐고 억지 부렸다. 분명 지질해 보였겠지. 하지만 그건 그애와 함께 보낸 시간에 대한 내 나름의 예의였다. 헤어지자는 말을 옳다구나, 땡이로구나, 하고 받아들이자니 자존심 상했다. 허무했다. 또 슬펐다. 내 생애 찬란한 순간은 그애와 함께한 세월에 집약되어 있다. 물론 비참한 순간도. 싸우기도 많

엘리 115

이 싸웠다. 말도 안 되는 것을 빌미 삼아. 바람도 없는데 흔들리는 코스모스처럼, 내 마음은 꽃잎을 뱉어내며 무던히도 흔들리고 꺾이고 신경질을 부렸다. 결혼했다면 우리 사랑도 죽지 않고 살아남았을까? 결혼을 불가능한 꿈이라고 단정해서 미안하다. 하지만 지금도 그것이 실현 가능한 꿈이라고 생각하진 않는다. 먹고 자고 도망치고 사랑하고 새끼 낳고 돌보는 게 정말 인생의 전부일지라도, 아침 일곱시부터 밤 열두시까지 일하는 와중에 문득 오십살이 되고…… 그래, 그게 내 인생의 전부였다고 담담하게 정리하긴 싫다. 아, 똥. 엘리가 또 똥을 싼다.

이것은 나의 꿈 이야기다

헤어질 때 애인은 나한테 그랬다. 넌 꿈도 없느냐고. 무성의한 태도로 없다고 뇌까렸더니 그애는 대놓고 나를 경멸했다. 그애는, 내가 사랑한다고 말하지 않는 것도 불만이라고 했다. 근데 솔직히, 나는 사랑도 꿈도 입 밖으로 소리 내어 말하기 싫다. 소리 내어 말해버리면 굉장히 부질없고 하찮은 것이 될까봐 두렵다. 내 소중한 꿈과 사랑을 남들이 아무렇게나 말하는 것도 짜증 난다. 내가,

사랑해.

하고 말했다면 애인은 십중팔구 이렇게 되물었을 것이다.

얼마나?

그 순간 가늠할 수 없는 내 사랑은 수치화의 틀에 갇히고 만다. 혹은 이렇게 되물었을 수도 있다.

정말?

그 순간 절대적이던 내 사랑은 참과 거짓의 이분법이 존재하는 저속한 세상으로 곤두박질친다. 되묻지 않고 이렇게 대답했을 수도 있다.

나도.

그럼 오직 나만 느낄 수 있던, 질문도 대답도 없이 완전했던 그것은 굉장히 흔해빠진 것이 되어버린다. 아니, 내 사랑과 네 사랑을 어떻게 같은 말로 나타낼 수 있지? 사랑에 대한 질문과 대답은 언제나 허무하다. 꿈도 마찬가지다. 사람들은 꿈에 관대하지 못하다. 무언가가 되고 싶다고 말하면 그거 되려면 되게 어렵고 힘들다던데,라는 말부터 늘어놓는다.

사실 영화를 만들고 싶었다. 써놓은 시놉시스도 여러개 있다. 로드무비를 좋아한다. 정처 없이 떠돌며 늙어가는 삶. 부유하는 것만으로도 충분한 인생. 엘리는 인생이 원래 그런 거라고 말했다. 그거야 니가 사바나에 살던 코끼리니까 할 수 있는 말이지, 하고 퉁을 쳤다. 대한민국에서 살아남으려면, 살면서 최소한 무시당하지 않으려면, 일단 안정적인 직장과 주택을 소유해야 한다. 엘리 입장에선 전혀 이해하지 못할 삶이다. 영화를 만들면 행복해질까? 그러니까 내 말은, 꿈을 이루면 행복해지겠느냐는 거다. 잘 모르겠다. 십대 때 내 꿈은 이십대가 되는 거였다. 하지만 나는 지금 행복하지 않다. 애인을 사귀기 전에는, 진짜 이 사람이 날 사랑해주면 세상을 다 가진 듯 행복할 것 같았다. 근데 사실, 그것을 이루면 행복하겠지 하고 상상하는 순간이 가장 행복했다. 꿈을 이루는 것보다 꿈을 품는 게 더 행복했다는 말이다. 어쨌든 내 꿈은 행복해지는 거다. 그 과정에 영화 만들기가 있다. 만들려고 아등바등하다보면 더러 행복한 순간도 있을 것 같다.

웃기고 자빠졌네.

형이 그랬다. 나보다 세살 많은 형. 세상에서 최고로 고리타분하고 지루한 꼰대 형. 형이 해준 이야기를 죽 나열해보면 이렇다.

세상이 그렇게 만만한 줄 아냐. 정신 바짝 차려라. 야, 사랑이 밥 먹여주냐. 밥은 돈이 먹여준다. 젊을 때 바짝 벌어놔야 늙어서 고생 안 하는 거야. 사람이 뭐든 가진 게 있어야 큰소리치고 사는 거다. 영화판에 깡통 차고 다니는 빛쟁이가 넘쳐난다더라. 니가 그 바닥에 가서 뭘 할 수 있겠냐. 자기 밥벌이도 제대로 못하는 주제에. 봉준호, 박찬욱처럼 스타 감독 될 자신 없으면 시작할 생각도 하지 마라. 한달에 백만원도 못 벌면서 니 몸이나 제대로 건사할 수 있을 것 같아? 그게 바로 민폐야, 민폐. 그 자리에 가만있는다고 유지되는 게 아냐. 바로 퇴보하는 거지 등등.

나도 안다. 보고 듣고 배운 게 있으니까. 하지만 세상은 만만치 않고, 사랑은 밥 안 먹여주고, 젊을 때 바짝 돈 안 벌고 뜬구름만 잡다보면 늙어서 고생하고, 가진 게 없는 사람은 침묵해야만 하고, 일등이 아니라면 시도조차 금지되는 게 세상의 룰이라면 나는 절대 행복해질 수 없다. 왜냐. 나는 꿈꿀 때가 더 행복한 인간이니까! 불행을 피하겠다는 게 아니다. 진짜로 불행해지는 그때 그 순간 피하지 않고 받아들이면 되지 않나. 언제 올지도 모를 불행 때문에 현재를 망치고 싶진 않다. 형이 정말 어른이라면, 나를 사랑하고 걱정하는 가족이라면, 내게 미리 불행을 주입하는 대신 내가 진짜 불행해지는 바로 그날에 나를 위로하고 쓰다듬어줘야 한다. 위로와 걱정은 일이 일어난 다음에 해도 늦지 않으니까.

아, 말은 길어지고 엘리 똥은 쌓여가는구나. 아무튼 영화. 나는 엘리를 나의 첫 작품에 등장시키기로 했다. 밤마다 산으로 끌고 가서 밥도 먹이고 똥도 치워주는 사람으로서, 또 유일한 대화 상대로서, 엘리도 내 청을 거절하진 않을 거라고 확신한다. 이건 아주 중요한 문제다. 엘리는 애완동물이 아니다. 내가 엘리를 키우는 게 아니란 말이다. 엘리는 나를 주인으로 생각하지 않는다. 같이 사는 동물 정도로 인식한다. 어쩌면 나를 애완동물이라고 생각할지도…… 어쨌든 엘리의 신경을 거스르면 안된다. 영화를 찍는 데 무엇보다 중요한 건 엘리의 의사. 엘리가 카메라 기피증이 있다거나, 내가 제시하는 조건에 동의하지 않는다거나, 자기 의자와 숙소를 따로 마련해달라거나, 니콜라 포미체티 수준의 패션 디렉터가 참여하지 않으면 촬영을 거부하겠다거나, 기타 등등 불만을 표출하면 영화 못 찍는다. 자칫 잘못했다간 제 감정을 못 이긴 엘리가 쿵! 나를 깔고 앉아버릴 수도 있다. 정말 조심해야 한다.

　시놉시스 내용은 대충 이렇다. 코끼리와 같이 사는 남자가 있다. 코끼리를 아프리카로 돌려보내려고 고군분투하던 남자는 항만에서 코끼리를 압수당하고 만다. 국가에 코끼리를 뺏긴 것이다. 남자는 코끼리를 되찾기 위해 또 고군분투한다. 하지만 강아지도 이구아나도 아닌 코끼리를 구출하기란 정말 쉽지 않다. 코끼리가 걸으면 땅이 흔들린다. 덥다고 귀라도 펄럭이면 가로수가 휘청거린다. 겁이 많아 걸핏하면 비명을 질러대는 코끼리. 아, 귀가 찢어질 것 같다. 게다가 상아를 노리는 밀수업자들과의 싸움도 만 만찮다. 쥐뿔도 없는 남자이니 코끼리를 이동시키겠다고 배나 기차를 동원할 수도 없다. 결정적으로 코끼리가 비협 조적이다. 코끼리는 남자도 자기를 해치려는 나쁜 놈인 줄 알고 걸핏하면 도망치려고 한다. 남자는 국가와 밀수업자 를 상대로 사투를 벌이면서 자꾸 도망가려는 코끼리도 붙 잡아야 한다. 결국 남자는 헷갈린다. 내가 상대해야 할 적 은 국가인가, 밀수업자인가, 아니면 이놈의 코끼리인가. 게다가 똥! 한시간마다 싸대는 그의 똥을 대체 어찌할 것 인지!

이것은 나의 사투 이야기다

영화 제목은 '사투'다. 사투의 주체는 주인공일 수도 있 고 코끼리일 수도 있다. 소가 주인공인 영화도 있으니까 코끼리도 주인공을 할 수 있다. 게다가 내겐 진짜 코끼리 도 있다. 근데 카메라가 없다. 요즘은 스마트폰으로도 영 화를 찍던데, 난 스마트폰도 없다. 동영상 촬영이 되는 디 지털카메라가 있을 뿐이다. 아무리 아르바이트를 해도 빚을 갚고 나면 차비만 뚝 떨어졌다. 독립영화 제작지원 사업에 시놉시스를 보내봤지만 연락이 없다. 내용이 마음에 안 들 수도 있고, 코끼리 섭외를 문제 삼는 사람도 있을 것이다.

나는 누구에게도 엘리의 존재를 말할 수 없다. 사람들이 엘리를 동물원에 보내려 할지도 모르니까. 동물원 코끼리는 평균 십칠년밖에 못 산다고 들었다. 앞서 말했다시피 엘리는 오십살이 넘었다. 동물원에 가면 바로 죽을 게 뻔하다. 아니 바로 죽진 않더라도 이십년은 더 살 수 있을 걸 이년밖에 못 살지도 모른다. 엘리를 구경거리로 만들고 싶지도 않다. 엘리는 성격이 괴팍하고(진짜 개떡 같다) 또 한편으론 굉장히 예민하다. 예민하면서도 괴팍한 사람이 군중의 구경거리가 된다고 생각해보라. 코끼리라고 다를 것 없다. 엘리는 매일 마취총을 맞아야 할 거다. 생각만 해도 끔찍하다. 그렇다고 내가 엘리와 평생 살겠다는 건 아니다. 그럼 내 인생이 너무 피폐해질 테니까. 똥오줌은 이제 말 꺼내기도 지긋지긋하고, 언젠가는 엘리의 정체가 들통날 텐데, 그럼 동네 사람들도 분명 난리를 칠 것이며, 돈도 안 되는 그딴 거나 키우고 앉았다고 형은 나를 더 한심하게 볼 것이고, 무엇보다 남은 생을 나랑 산다면 엘리도…… 불행하겠지.

엘리는 아프리카로 가야 한다. 엘리의 고향. 다섯마리 아들딸이 있고 수십마리 언니동생이 있는 그곳으로. 코끼리는 가족이 죽으면 나뭇잎이나 흙으로 몸을 덮어주고 그곳을 종종 찾아가 코로 뼈를 만지며 오랜 시간 애도한다고 들었다. 엘리는 반드시 아프리카에서 죽어야 한다.

사실 영화를 찍으려는 이유도 엘리를 아프리카에 보내기 위해서다. 영화를 찍다보면 정말 영화처럼, 엘리를 아프리카로 보낼 수 있을지도 모르니까. 영화를 통해 현실 문제를 해결할 속셈인 거다. 그렇다. 영화는 바로 엘리와 내가 반드시 이뤄야 하는 꿈이다. 엘리를 아프리카로 보내고 영화도 찍으면서 결국 행복해지는 게 내 꿈이니까. 그리고 오십살이 되기 전에 죽을 것이다. 내가 죽으면 내 뼈를 어루만지며 나를 애도하고 추억해줄 사람이 있을까? 엄마도 형도 나보다 나이가 많으니까 먼저 죽을 텐데. 결혼을 해서 자식을 만드는 수밖에 없나? 아니다. 내가 엄마랑 형보다 일찍 죽으면 된다. 나는 오십살이 되기 전에 반드시 죽어야 한다.

가족을 생각하면 슬프고 짜증 나고 죄책감이 든다. 엄마는 나한테 실망이 크다. 어릴 때는 공부도 잘하고 말도 잘 듣던 막내아들이 나이 들수록 속만 썩인다고 나만 보면 가슴을 쾅쾅 친다. 근데, 인간은 원래 변하는 거다. 한결같은 인간은 없다. 그게 자연의 이치다. 엄마는 내가 자연의 섭리를 거스르고 한결같기를 원한다. 뭐든 열심히 하고 말도 잘 듣길 바란다. 그래서 요즘 엄마랑 연락을 잘 안 한다. 전화가 와도 자꾸 피하게 된다. 명절에도, 제사 때도 집에 안 갔다. 엄마는 지금 내가 어디 사는지도 모른다. 막내아들이 산 아래 버려진 집에서 코끼리와 살고 있다는 걸 안다면 엄마는 심장을 토하며 울 것이다. 정신병원에 데려가려고 할지도 모른다. 엄마를 생각하면 죽고 싶다. 내가 죽어 없어지는 게 모두의 정신건강에 이로울 것 같다. 지긋지긋한 죄책감. 애인한테도 이런 죄책감을 느껴야 했다. 너무 좋아하면 죄책감과 원망은 옵션으로 붙는 걸까?

형에게 나는 실패자다. 왜냐면 영어 공부도 안 하고 취업 준비도 안 하고 있으니까. 형이 하도 무시하기에 실은 영화를 찍고 싶다고 말했다가 세상이 만만찮다는 말이나 듣게 된 거다. 하지만 나는 아무것도 실패하지 않았다. 왜냐하면 나는 아직 스물여덟살이니까. 스물여덟살밖에 안 된 주제에 도대체 뭘 이루고 뭘 실패할 수 있지? 그런데도 형은 나를 실패자 취급한다. 아직 아무것도 시도하지 않은 나를, 시도하지 않았으므로 실패자라고 단정하는 거다. 내가 영화를 만들어내더라도 형은 나를 실패자라고 하겠지. 관객 천만명을 돌파하는 영화를 만들지 않는 이상, 형한테 나는 영영 실패자다.

엄마는 매일 절에 가서 부처님께 백팔 배를 올린다. 절을 백팔번이나 하는 동안 분명 무언가를 기도할 텐데, 기도할 게 있는 삶은 좋은 거다. 바라는 게 있다는 거니까. 내바람은 언제나 하나였다. 행복하게 사는 것. 내가 행복하기 위해선 일단 엄마도 형도 헤어진 애인도 행복해야 한다. 그리고 엘리도. 그래야 나도 행복해진다. 나는 언제나 주변 사람들부터 행복하게 해달라고 기도한다. 내 일은 내가 알아서 할 테니까 주변 사람들 소원이나 잘 들어주라고. 코끼리를 신으로 모시는 사람도 있다고 들었다. 그렇다면 나는 신과 사는 셈이다. 어마어마한 똥오줌을 발사하는 신과. 신은 소원을 들어주는 존재다. 이거, 중요하다. 소원을 이뤄주는 게 아니라 들어주는 신. 듣는 건 나도 할 수 있다. 그럼 나도 신이다. 아니다. 소원을 듣는 건 정말 힘든 일이다. 대부분의 소원은 불행한 이야기 다음에 따라오니까. 우리 엄마 소원은 내가 얼른 정신 차리고 취직해서 안정적인 돈벌이를 하는 거다. 그런 소원이 생긴 이유는 내가 지금 개차반 인생을 살고 있기 때문이다(이건 엄마 표현이다. 형 표현에 따르면 실패자고). 엄마의 소원을 들으려면 엄마가 생각하는 불행과 불만도 같이 들어야 한다. 지독한 일이다. 역시 신은 아무나 하는 게 아니다. 연민도 자존심도 없어야 신을 할 수 있다. 엘리는 자존심이 엄청 세지만 사람의 불행을 잘 이해하지 못하니까 신이 될 수도 있겠다. 엘리, 내 기도를 좀 들어봐. 엘리가 오줌을 싼다. 오줌만은 제발 하수구 구멍에 싸란 말이야! 야, 이 개만도 못한 코끼리야! 내 말이 똥이냐? 똥이야?

이것은 나의 가족 이야기다

믿기지 않지만, 나는 세살 때 한글을 깨치고 다섯살 때 곱셈을 했다고 한다. 이건 우리 집안의 전설이다. 엄마아빠는 내가 세계적으로 유명한 박사가 될 거라고 믿었지만, 중학생이 되면서 나는 급속도로 바보가 됐다. 내 머리는 곱셈만 이해하고 방정식은 이해 못했다. 나는 세상에서 미지수가 제일 싫었다. 수학시간에 왜 X, Y 따위의 알파벳을 끌어들이는지도 도통 이해할 수 없었다. 솔직히, 나를 공부하게 했던 힘은 칭찬이다. 칭찬받는 게 좋아서 백점 맞는 것도 좋았으니까. 어느 날부터인가 내가 백점을 맞아도 부모님은 더이상 칭찬해주지 않았다. 대신 걱정을 했다. 시골 학교에서 일등 해봤자 우물 안 개구리라는 말만 했다. 백점을 맞으면 걱정을 했고 구십점을 맞으면 야단을 쳤다. 성적은 급속도로 떨어졌다. 엄마아빠가 나한테 실망하는 티를 너무 내니까, 나는 괜히 반항했다. 내가 공부를 못하는 진짜 이유는 머리가 나빠서가 아니라 공부를 안 해서라고 꾸미고 싶었다. 그건 다 엄마아빠 탓이라고 항의하고 싶었다. 학교에선 말도 없고 시무룩한 애였는데, 집에만 오면 거친 행동을 하며 에이, 씨발, 몰라! 하고 소리 질렀다. 그때도 엄마아빠는 아침 일곱시부터 밤 열두시까지 일했다. 엄마아빠가 주말에도 못 쉬고 죽어라 일만 하는 게 나 때문인 것 같아서 나는 죄책감에 빠졌다. 그럴수록 더 삐뚤어졌다. 형한테 많이 맞았다. 형은, 나 때문에 또래보다 일찍 어른이 됐다.

대학 가기도 싫었다. 가봤자 돈 낭비인 것 같았다. 대학에 안 가겠다고 했을 때, 아빠가 전문대라도 가라고 했다. 전문대 가서 이년을 놀더라도 고졸이랑은 급이 다르다고. 초봉부터 차이가 난다고. 그 말이 너무 웃기게 들렸다. 결국 급을 결정하는 건 돈이란 말이었다. 내가 앞으로 살아갈 곳은 그런 세상이었다. 아빠랑 다투다가 확 뒈져버릴 거라고 소리 지르고 집을 나왔다. 무작정 강릉 가는 버스를 탔다. 바다에 빠져 죽을 생각도 잠깐 했다. 그럼 엄마아빠가 무지 슬퍼하겠지? 나는 엄마아빠를 슬프게 하고 싶어서 죽을 생각을 했다. 어부가 될까. 그런 생각도 했다. 망

망대해에서 꽁치나 오징어만 대하며 살고 싶었다. 원망이나 실망이나 기대나 연민이나 죄책감 같은 인간의 감정에서 벗어나고 싶었다. 근데 그런 건 인간만의 감정일까? 그래, 엘리? 하긴, 너한테 일말의 연민이라도 존재한다면 적어도 오줌만큼은 하수구 구멍에 싸겠지. 피도 눈물도 없는 코끼리 같으니라고.

낡은 오토바이를 타고 나를 찾으러 나간 아빠를 커다란 레미콘 트럭이 들이받았다. 오토바이도 날아가고 아빠도 날아갔다. 나는 죽지도 못하고 어부도 못 되고 일주일 뒤 집으로 돌아왔다. 내가 돌아온 날은 아빠의 오십번째 생일이었다. 아빠는 무덤 속에서 나를 맞았다. 엄마가 두 주먹으로 내 가슴을 치며 울었다. 이 새끼야. 이 새끼야. 엄마는 나도 죽은 줄 알았다고 했다. 살아 돌아와서 다행이란 말은 하지 않았다. 아빠는 나 대신 죽은 걸까? 정작 죽고 싶은 사람은, 죽어버리겠다고 마음먹은 건 나였는데 아빠가 죽었다. 이런 개 같은 경우가 세상천지 어디 있나. 못돼먹은 나한테 벌을 주려고 신이 아빠를 죽였나? 엿 같은 신. 비겁한 신. 나보다 더 못돼 처먹은 신. 지옥에나 떨어져버려! 이 염병할 신 새끼야!

니가 아버지를 죽였다고, 형이 말했다. 엄청 취해 있었다. 나를 찾으러 나갔다가 죽어버린 건 아빠의 운명일까?

내가 집을 안 나갔으면 아빠 안 죽었을까? 운명은 어디까지가 운명이지? 아빠는 결국 나 때문에 죽을 운명이었나? 세살 때 한글을 깨치면 안 되는 거였다. 다섯살 때 곱셈을 해서도 안 되었고, 엄마아빠는 칭찬 따위 하지 말았어야 했다. 아니다. 괜히 태어났다. 나는 태어나지 말았어야 했다. 그럼 엄마아빠랑 형은 오붓하게 오래오래 살았을 텐데. 아빠는 오십살도 되고 육십살도 되고 칠십살도 되었을 텐데. 환갑엔 제주도에 놀러 가고 칠순엔 동남아에 놀러 갔을 텐데. 아빠가 죽고 없어지자 엄마는 절에서 살다시피 했다. 절을 하도 많이 해서 무릎 연골이 다 부서졌다. 내가 안 태어났으면 엄마 무릎도 멀쩡했을 거다. 코끼리로나 태어날걸. 엘리의 네번째 아들로 태어날걸. 그럼 엘리의 무릎 연골이 부서졌을까? 설마 그랬을까?

이후에도 나는 변하지 않았다. 계속 반항했다. 아빠가 죽어서 변했다는, 철들었다는 말 따위 듣고 싶지 않았다. 아빠의 죽음으로 무언가를 바꿔놓고 싶진 않았다. 그건 아빠의 목숨을 그 무언가의 대가로 만드는 일이니까. 나는 더 미친놈처럼 굴었다. 아빠가 죽어서 좋아지는 건 단 하나도 없어야 했다. 모든 게 더 나빠져야 했다. 당연하지! 난 절대 좋은 놈이 될 수 없다. 엄마는 나를 원망할까? 사람들은 아니라고 말하겠지. 부모 마음은 그렇지 않다고.

나는 부모가 아니라서 모르겠다. 그리고 우리 엄마 아닌 다른 부모들의 보편적인 마음 따위는 알고 싶지도 않다. 난 엄마가 나를 원망할 거라고 생각한다. 원망했으면 좋겠다. 원망해야 한다. 부모 마음은 그렇지 않다고 말하는 사람들, 정말 그런 일을 안 겪어봤으니까 그렇게 말할 수 있는 거다. 엄마는 나를 증오하고 원망하니까, 그러니까 자꾸 절에서 절을 하는 거다. 그러다가 무릎까지 부서진 거다. 엘리가 커다란 귀를 펄럭인다. 더운가. 혹시 내 얘기를 듣는 건가. 엘리, 너는 큰 귀를 가진 신이니까 내 소원을 들어줄 수 있겠지. 엘리가 기다란 코로 나를 감아올려 등에 태운다. 나는 엘리의 등에 납작 엎드린다. 엘리와 나 사이에 끼인 심장 두개가 엇박자로 둥둥둥둥 뛴다. 엘리가 천천히 걷는다. 보름달 밝은 밤이다. 논 가득 푸른 벼가 출렁인다. 벼를 뜯어 먹으려는 엘리를 간신히 말린다. 엘리가 논밭의 곡식을 하도 야금야금 뜯어 먹어서 마을은 요즘 난리가 났다. 사람들은 산에서 멧돼지가 내려와 농작물을 먹어치운다고 생각하는데, 그 오해가 그저 고마울 뿐이다. 겨울이 오기 전에 꼭 아프리카로 가야 한다. 한국의 겨울은 엘리에게 지옥과 같을 테니까. 야, 엘리. 둥둥둥둥 소리에 귀를 기울이다 손을 뻗어 엘리의 귀를 잡아당긴다.

넌 어떻게 여기까지 온 거지?

이것은 나의 비밀 이야기다

뿌우우우.

걸어서?

뿌.

인도양을?

뿌우.

뺑치고 있네. 바다를 어떻게 걸어서 건너냐.

뿌르르르 부룩부룩.

가끔 날아?

뿌.

니가 무슨 덤보냐.

뿌우우우우우우우우우우우.

야, 아냐. 걔는 만화 주인공이야. 진짜 코끼리 아니야.

뿌우우우.

그래, 동명이……상(象).

……….

이름만 같다고.

……뿌우.

니 동생이랑 이름만 같다고.

뿌엑!

야야야야! 이러지 마. 하지 말라고!

뿌에에에에에엑!

성격도 개떡 같아서 진짜! 야, 똥 튄다. 똥 튄다니까! 아
드러.

………

좋냐?

………

똥 싸니까 좋아?

………

도대체 왜 나한테 온 거야.

………

나보고 뭘 어쩌란 거야.

………

성격도 지랄 맞고. 똥이나 싸고. 진짜 돌아버리겠네.

………

겨울 금방 온다, 너.

……뿌.

아는 애가 이렇게 천하태평이냐.

뿌우우우우. 뿌우. 뿌우. 뿌우우우우우우.

됐어, 자식아. 나는 그럴 맘 눈곱만큼도 없어.

뿌엑!

어떻게든 갈 거야.

뿌에에에엑!

됐어. 거기선 생 까고 살아. 그럼 될 거 아냐.

부우우우우우우우! 부우우우우우우우! 부우우우우우우!

이것은 나의 사랑 이야기다

살면서 가장 힘든 건, 언제나 대화였다. 가족과의 대화.
애인과의 대화. 친구들과의 대화. 가족들은 내 앞에서 걱
정만 하고, 애인은 종종 나를 하루살이만도 못한 존재로
만들었으며, 친구들은 차 얘기, 돈 얘기, 여자 얘기, 힘들어
죽겠다는 얘기만 했다. 불가능한 나의 꿈, 이를테면 행복
에 관한 이야기엔 아무도 관심 갖지 않았다. 난 행복할 자
격이 없는 사람인가? 다들 그렇게 생각해서 말도 못 꺼내
게 하는 걸까? 사람들은 내 말을 오해하고 제 식대로 이해
했다. 나는 성숙하지도 않고 어른스럽지도 못해서 자주 그
들과 싸웠다. 누군가는 나 때문에 상처받았고, 죽었다. 관
계가, 대화가 너무 짜증스러웠지만 나는 그들을 사랑하고
(사랑한다), 밑도 끝도 없는 죄책감을 느끼며(지긋지긋하

다), 외면하고 싶다가도 보고 싶어서(너무 보고 싶어서) 자주 울었다(소리도 없이). 엘리 똥을 버린 곳에 오디 싹이 돋고 뱀딸기가 자랐다. 엘리는 그것들을 다시 뜯어 먹었다. 먹고 하는 일이 똥 싸는 것뿐이라고 엘리를 구박했지만, 상아에 제 코를 얹고 앉은 채 나를 빤히 보는 엘리의 까만 눈을 보고 있노라면, 어마어마한 덩치의 그것이 꼭 죽는 날까지 떼버릴 수 없는 오기 같고, 쌍욕을 퍼붓고 헤어졌지만 좀처럼 잊을 수 없는 애인 같고, 완성되기도 전에 부서진 내 사랑 같고, 죽을 때까지 닿기 위해 달려가야만 하는 꿈 같고, 레미콘 트럭 같고, 늙지 않는 아빠, 사는 게 만만찮다고, 정신 똑바로 차리라고 말하면서도 걸핏하면 전화를 걸어 살아 있느냐고 묻는 형, 형의 둥근 어깨, 백태 낀 혀, 엄마의 조각난 무릎뼈, 내 가슴을 사정없이 두드리던 두 주먹, 아빠가 죽은 줄도 모르고 바라봤던 바다, 검은 구름, 하지만 엘리, 노래도 곧잘 부르는 엘리, 반드시 아프리카에서 죽어야만 하는, 하지만 오늘도 하루만큼 나이를 먹어버린, 당장 내일 죽을지도 모를 엘리. 나는 오십살이 되기 전에 죽을 거다. 아빠는 어디로 갔을까? 죽으면 가는 데가 진짜 있긴 하나? 엘리는 그런 것을 알까? 알지도 모른다. 어딘가에선 엘리도 신이니까. 신이 아니더라도 알지도 모른다. 돌고래도 알고 하마도 알고 기린도 알고 두더지도 알고 나비도 아는데, 인간만 모르는지도 모른다. 왜냐하면, 인간은 너무 겁이 많으니까.

이것은 나의 믿음에 관한 이야기다

간단히 배낭을 꾸렸다. 물과 먹을 것을 조금 넣고 두꺼운 옷도 한벌 넣었다. 두통약과 멀미약과 후시딘 연고도 챙겼다. 흰빛이 강한 손전등도 샀다. 메모리카드도 사고 디지털카메라의 배터리도 세개 더 사서 가득 충전했다. 모자를 쓰고 마스크로 얼굴을 가렸다. 엘리 등에 검은색 천을 덮었다. 우습겠지만, 위장막이다. 자정 넘어 엘리의 등에 올라탔다. 밤에만 이동하기로 했다. 사바나를 누비던 엘리니까, 한국쯤이야 금방 벗어날 수 있을 거다. 밤중에 한적한 길을 걸어가는 어마어마한 덩치의 코끼리를 보더라도, 사람들은 그것을 진짜라고 믿지 않을 것이다. 그들이 나와 엘리를 충분히 의심하기만을 바랄 뿐이다. 내 꿈을 의심하고 내 진심을 의심했듯.

엘리가 천천히 걷는다.

디지털카메라의 녹화 버튼을 누른다. 액정엔 까만 화면만 뜬다.

우린 아프리카로 간다.

걸어왔다니까, 날 수도 있다니까, 믿어보기로 했다. 지금 내가 믿을 건 엘리뿐이다.

창

천천히 계단을 올라 사층 세번째 교실로 들어선다. 한번도 본 적은 없지만 왠지 낯익은 아이들이 교실 가득 들어차 있다. 몇몇은 나를 보고 인상을 구기고 몇몇은 눈을 피한다. 앉을 자리를 찾아 두리번거린다. 아무 자리나 골라 앉으면 그만이지만, 아무도 나를 반기는 것 같지 않아 책상과 책상 사이를 서성일 뿐이다.

어젠 6반 27번이 죽었지.

창가에 모여 있는 아이들이 수군거린다.

엊그젠 2반 5번이었나.

아니, 3반 5번이었어. 그전엔 3반 40번.

고개를 돌려 교실 밖에 걸린 팻말을 본다. 내가 들어온 곳은 7반. 그럼 난 몇번이지? 가방에서 책과 공책을 꺼내 샅샅이 뒤진다. 얼마 전 한 여학생이 투신자살을 했다. 아이들은 소녀의 더운 피가 마르기도 전에 무서운 소문을 만들어냈다. 자살한 소녀가 원한을 품고 날마다 학생을 한명씩 죽일 것이라고. 소문은 금세 건물 전체를 휩쓸었다. 두려움으로 미쳐버린 아이들은 아침마다 한명을 골라 창밖으로 밀었다. 소녀의 영혼이 자기를 죽이기 전에 먼저 희생자를 만들어내는 것이다. 아이들은 누군가 죽어야 안도했다. 서로의 눈을 피하다가도 어쩌다 눈이 마주치면, '내일은 쟤를 죽이자!' 하는 눈짓으로 다른 이를 가리키기 바빴다.

지금까지 일어난 일을 단숨에 깨닫는다. 나를 죽이자고 선동할 만한 아이를 떠올려본다. 평소 사이가 안 좋았거나, 나를 만만하게 생각하는 사람. 그가 나를 죽이자고 주장하기 전에 내가 먼저 그를 죽여야 한다. 앉아 있던 아이들이 조금씩 몸을 움직여 책상을 치운다. 책상과 책상 사이에 작은 길이 만들어진다. 누군가가 내 어깨를 툭 친다. 돌아보기도 전에 여러 손바닥이 내 등을 민다. 툭. 툭. 툭. 툭. 몸이 제멋대로 움직인다. 단발머리가 볼을 스치며 시야를 가린다. 의자를 잡고 책상을 잡을 때마다 끼익, 끼익, 불길한 소리가 촉각으로 느껴진다. 아무리 애를 써도 다수의 힘을 이길 순 없다. 아이들의 입이 금붕어처럼 뻐끔거린다. 적막 속에서, 떠밀리지 않으려고 갖은 수를 다 쓰지만 결국 창으로 내몰린다. 수많은 손이 내 머리를, 목과 등을 밖으로 밀친다. 창밖으로 상반신이 거의 다 넘어갔을 때, 옆 교실과 그 옆 교실, 옆과 옆과 옆의 창에 나처럼 매달려 떨어지지 않으려고 안간힘을 쓰는 아이들을 보고 말았다. 그중 몇몇과 눈을 맞추고, 간절히 애원한다. 네가 먼저. 제발. 네가 먼저.

빡!

누군가 떨어졌다.

시멘트 바닥에 흥건히 피가 고인다. 아이들이 내 몸에서 손을 뗀다. 한 명이 죽었으니, 오늘의 저주는 끝이다. 이제 남은 하루를 편히 보낼 수 있다. 손을 털며 여기저기로 흩어지는 아이들이 입술을 꽉 깨문다. 나 대신 떨어진 게 아니야. 나 때문이 아니야. 나는 팔에 얼굴을 묻으며 중얼거린다. 나는 버텼어. 죽을힘을 다해 버텼을 뿐이야. 내가 버텼기 때문에 누군가가 죽었다는 사실로 괴롭다. 살아남았다는 안도감이 조금씩 차오를수록 내일 순서는 다시 내가 될 거라는 공포가 온 정신을 지배한다. 죄책감과 안도와 공포로 뒤범벅된 감정을 견디지 못하고,

악!

소리를 지르다가 눈을 뜬다.

꿈이다.

지독한 꿈이다.

적막이 목을 죄어온다. 시계를 본다. 새벽 네시 반. 안도
감에 몸을 뒤척이다 나도 모르게 운다.

무섭다.

통유리

가슴이 아프다. 선인장을 삼킨 것처럼 따끔거린다. 곧
빈 통 나뒹구는 소리의 기침이 시작될 것이다. 아침 여덟
시. 스포이트의 고무를 꾹꾹 누르듯 한곳으로 밀려 나오는
사람들. 버스정류장은 이미 사람들로 가득하다. 횡단보도
너머로 신호 대기 중인 버스가 보인다. 꽉 찼으므로, 이 정
류장엔 멈추지 않을 것이다. 나는 일찍 일어났고, 일찍 나
왔다. 지갑을 두고 나와 집에 다시 들어갔다 나온 것도 아
니고 급작스러운 사고를 당한 것도 아니지만, 나는 늦을
것이다. 이런 사정을 말하면 실장은 택시라도 잡아타라고
말하겠지만 매일 아침 택시를 탈 만큼 넉넉한 살림이 못
된다. 내일부터는 조금 더 일찍 나와야겠다. 모두 나와 비
슷한 생각을 하고 있을까 걱정이다. 내가 일찍 나오는 만
큼 여기 있는 사람들이 모두 일찍 나오면 어떡하나.

사람을 가득 실은 버스가 정류장을 무심히 지나간다.

간신히 버스를 탄다. 잡을 데가 없어 그냥 선다. 발바닥에 접착제라도 붙이고 싶다. 뒷문에 얼굴이 눌린 채 바짝 붙어 있는 남자를 본다. 내가 그를 빤히 보듯 그 역시 누군가의 구두코를 빤히 보고 있다. 무슨 생각을 할까? 나는, 무슨 생각을 하고 있다. 급정거와 서행을 반복하는 버스. 무질서하게 흔들리는 몸. 다들 그러고 있으니까 아무도 나를 탓하지 않겠지만, 누구라도 나를 탓할 것만 같다. 왜 아무것도 잡지 않느냐고. 제발 건드리지 말라고. 밀지 마. 밀지 말라고. 씨발, 나보고 어쩌란 겁니까!

버스에서 내려 지하철역으로 간다. 하루치의 표를 끊듯 무가지를 집어 드는 사람들. 계단을 뛰어내려가고 교통카드를 찍고 줄을 서고 무가지를 펴 든다. 창문보다 작은 신문에는 똑같은 기사가 조금씩 다른 모양으로 담겨 있다. 뉴스는 어디에나 널려 있다. 발에 채는 신문. 지하철 전광판. 휴대폰의 작은 화면으로 째깍째깍 떠오르는 헤드라인. 지하철이 도착한다. 문이 열리고 우르르 사람들이 내린 뒤, 그보다 많은 사람들이 지하철 안으로 몸을 구겨 넣는다. 세계대전인가, 그런 게 두번이나 났다고 배웠다. 그때 어마어마한 사람들이 죽었다고 들었는데, 당시 지옥의 입구가 이렇지 않았을까 싶다.

지하철 한대를 그냥 보낸 뒤 다음 지하철에 간신히 탄다. 허리를 약간 비틀고 무릎과 손을 모으고 고개를 쳐든 자세로, 사람과 가방과 이어폰과 휴대폰과 입 냄새와 비듬 사이에 겨우 자리를 잡는다. 멍한 표정으로 천장 모서리에 걸린 광고판을 쳐다보고 있는데, 엉덩이와 치골 사이에서 백만마리 지렁이가 태어난 것처럼 끔찍한 느낌이 든다. 겨우 고개를 돌려 뒷사람을 쳐다본다. 마른 남자가 고개를 숙인 채 휴대폰을 만지작거리고 있다. 지하철 문이 열린다. 내리는 사람들에 휩쓸려 문 쪽으로 자리를 옮긴다. 시계를 보며 회사에 도착할 시간을 셈하는데, 방금 전 치골에서 태어난 백만마리 지렁이가 동시에 꿈틀거리는 게 느껴진다. 돌아보니 아까 그 남자가 또 내 뒤에 서 있다.

그저 닿는 게 아니라 확실히 만지는 거다. 그것도 허벅지와 엉덩이 사이의 굴곡만을 교묘하게. 소리를 지를까 생각해보지만 아무도 나를 도와줄 것 같지 않다. 아침부터 싸우기도 싫고 구경거리가 되기도 싫고, 아, 아무도 안 도와주는데 혼자서 바락바락 악을 써가며 미친년이 되기도 싫고 잘잘못을 가리기도 싫고, 경찰서도 가야 할 테고, 이 징그러운 백만마리 지렁이 같은 작자랑 단 한순간도 눈을 맞추거나 말을 섞기도 싫고, 솔직히…… 무섭다. 입술이 덜덜 떨릴 정도로 무섭다. 따지기 전에 엉엉 울지나 않

으면 다행이지. 그러다가 지각이라도 하게 되면 정말······
입술을 꽉 깨물고 사람들 사이를 비집으며 자리를 옮긴다.
내가 움직이자 여기저기서 불평이 터져 나온다. 당한 건
난데 왜 내가 도망치고 있나 억울한 마음도 들지만, 그게
바로 내 인생의 본질 아닌가 싶다. 당하고 도망치고 억울
해하고 무서워하면서도 지각만큼은 절대 해선 안되는.

　기침이 터져 나온다. 좁은 지하철 안에서도 슬금슬금,
사람들은 나를 피한다.

　출퇴근카드가 없다.
　회사 출입문 바로 옆에 일렬로 걸려 있는 카드를 다시
한번 차근차근 훑어본다. 다른 이의 카드는 다 있는데 내
카드만 없다. 혹시 다른 데 흘린 건가 싶어 문 주위를 샅샅
이 찾아보고 가방 속까지 뒤져본다. 없다. 당황스럽다. 이
런 식으로 해고 통지를 하는 건가 싶어 무섭다. 카드를 찾
는 사이 십분 넘는 시간이 훌쩍 지났다. 출입문 바로 옆에
앉아 있는 총무과 직원에게 작은 소리로 묻는다. 여기 있
던 제 카드 혹시 못 봤어요? 나열된 카드를 뒤적이던 직원
이 너무나 손쉽게 카드를 뽑아준다. 내 이름 석자가 적힌
카드는 다른 사원의 카드 뒷장에 겹쳐 있었다. 나를 엿 먹
이려는 누군가의 수작이 분명하다.

09:13.

지각이다.

실장실은 다행히 텅 비어 있다. 실장은 사무실 안쪽에 사방이 통유리로 된 자기만의 방을 갖고 있는데, 통유리 안에는 호피무늬 소파와 무릎 높이의 탁자, 넓은 책상과 장식용 책장, 그리고 하이힐 수십켤레가 너부러져 있다. 실장은 그 안에서 하루에도 몇번씩 하이힐을 갈아 신는다. 호피무늬 소파에 앉아 발을 육십도 정도 들어, 날 선 하이힐로 통유리 너머를 겨냥한다. 사원들을 감시하는 게 싫증 난다는 듯, 조용한 이 세계가 원망스럽다는 듯.

아무도 통유리 바로 앞에는 앉지 않으려고 했다. 그 자리는 실장에게 등과 뒤통수를 무방비로 드러내는 곳이니까. 아무리 아프고 졸려도 엎드려 잘 수 없고, 틈틈이 웹서핑을 하거나 웹툰을 볼 수도 없는 자리. 실장이 궁금해하는 것은 사원의 표정이나 안색이 아니라 그 사원의 컴퓨터 화면이다. 자리의 주인은 실장을 전혀 볼 수 없지만, 실장은 그의 일거수일투족을 낱낱이 볼 수 있기에 모두들 기피하는 자리.

그곳이 내 자리다.

오선배가 문을 열고 들어온다. 지각이지만, 오선배는 출퇴근카드 따위 신경도 안 쓴다. 모두들 적당히 눈치를 보며 지각하는 사람들의 출퇴근카드를 대신 찍어준다. 그러니까, 내 것만 빼고.

나는 사원이 서른명 남짓인 이 회사의 왕따다. 이유는 나도 모른다. 누구라도 설명을 해주면 좀 좋겠는가. 사람들은 심심할 때마다 나나 실장을 흉보며 자기들만의 비밀을 만든다. 실장과 한 세트로 묶여 욕을 먹는 것도 억울하고 분하지만, 실장까지 나를 배꼽에 낀 때처럼 생각한다는 게 더 수치스럽다. 같은 왕따라도 실장과 나는 급이 다르다. 아무도 대놓고 실장을 따돌리지는 않으니까. 회사의 최고 권력자인 실장과 비정규직인 나는 나머지 사람들을 둘러싼 유리에 늘 튕겨지는데, 그들의 유리도 알고 보면 실장이 통유리 너머로 감시하는 대상에 불과하다. 어디에도 소속되지 못한 채 여기에도 유리, 저기에도 유리. 쇼윈도 같은 이곳에서 나는 아파도 아픈 티를 낼 수 없다.

이곳의 채용공고를 처음 접했을 때는 이미 갖가지 회사에서 열번도 넘게 퇴짜를 맞은 상태였다. 이곳에 서류를 넣고 얼마 지나지 않아 면접을 보러 오라는 연락을 받았다. 잘 보이고 싶은 마음에 삼개월 할부로 정장 한벌과 구두도 샀다. 형식적인 면접을 본 뒤 출근하라는 명령을 받았다. 몇달간 인턴으로 쓰다가 정사원으로 채용하겠다고 했는데, 두달이 지나고 여섯달이 지나고 일년이 지나도록 나는 계속 인턴이었다. 일년 반이 지난 후 실장은 나에게 비정규직 근로계약서를 내밀었다. 그만둘 생각도 해봤지만 다른 직장을 구할 자신이 없었다. 대부분의 회사는 생년월일과 경력부터 봤다. 이십대 후반에 이렇다 할 경력도 없는 내가 비집고 들어갈 회사는 화성의 수분 함량만큼이나 희박했다. 게다가 한 직장에서 이년도 못 버틴 것을 경력이라고 내밀면, 나를 인내심 없고 무능력한 사람으로 여길 게 분명했다. 어떻게든 이년 이상은 버텨야 했다. 다른 직원에 비해 턱없이 적은 월급을 받을 때마다 이십사개월이나 삼십육개월 할부로 내 청춘과 인격을 팔아넘긴 기분이지만, 별수 없다. 청춘과 인격이 밥 먹여주는 건 아니니까.

기침이 가슴을 차고 오른다. 얼굴과 손발이 죄다 후끈거릴 만큼 열이 나고 입에서는 계속 단내가 난다. 눈앞으로 아지랑이가 피어올라 도무지 정신을 차릴 수가 없는데, 다만 십분이라도 누워 눈을 붙이면 좋겠는데, 족히 십 센티미터는 넘어 보이는 하이힐을 신은 실장이 오른손엔 마우스를, 왼손엔 커피잔을 쥐고 등 뒤에서 나를 노려보고 있을 것을 생각하면…… 눈에 물파스라도 발라야 하나.

파티션 너머로 오선배의 머리가 보이지 않는다. 엎드려 자는 게 분명하다. 하지만 지금 누구보다 휴식이 필요한 사람은 나다. 내 어깨 위로 연기가 피어오르는 게, 온몸이 석류처럼 빨갛게 달아오른 게 안 보이나? 왜 아무도 내게 어디 아프냐고 물어보지 않는 거지? 이렇게 온 사무실이 울릴 정도로 기침을 하고 있는데. 다들 귀마개라도 하고 있나? 내게 말을 걸거나 나를 걱정하고 위로하면 벌금을 내기로 자기들끼리 약속이라도 한 걸까?

서랍에서 손거울을 꺼내 실장실의 통유리를 살짝 비춰본다. 실장은 모니터를 보며 마우스를 신중하게 굴리고 있다. 다른 사업 건을 찾아보는 것일 테지. 만약 이 상태에서 사보 제작을 더 맡게 된다면, 사람을 더 뽑는 수밖에 없다. 하지만 실장은 절대 그런 생각 따윈 하지 않을 것이다. 던져주고 마감 날짜만 통보하면 그만이니까. 일은 날이 갈수록 많아지는데 월급은 오를 기미도 안 보이고, 야근수당 없는 야근은 어느새 일상이 되어버렸다. 정규직 전환이나 주오일제는 프랑스 몽펠리에의 미스터 마르탱 같은 얘기다.

나와는 거리가 먼 얘기란 거다.

열심히 땅을 파다보니, 내 손은 어느새 두더지의 앞발처럼 크고 넓적하게 변해 있다. 왜 땅을 파는지 모르겠지만 이왕 파던 것이니 열심히 판다. 파고 파고 또 파다보면 나도 모르던 이유가 퐁! 튀어나오겠지. 후회는 그때 해도 늦지 않을 것이다. 길고 뾰족한 발톱 끝에 마른 나무뿌리 같은 것이 마구 걸리고 손발은 자꾸 찢어지지만, 태어나서 지금까지 땅만 파온 것처럼 나의 땅파기 실력은 수준급이다. 저 깊은 곳엔 분명 돈이나 금 같은 것이 있을 것이다. 혹은 이 땅의 반대편이 있어도 좋겠다. 그게 무엇이든, 아무것도 없는 것보다는 낫다. 하지만 아무리 땅을 파도 그 끝은 보이지 않고, 제자리에서 물장구치는 오리처럼 더 깊이 들어가지도 못한다. 시점이 점점 멀어지며 조그만 점이 된 내가 보인다. 멀리서 보니 사람인지 두더지인지 개미인지 플라나리아인지도 모르겠고, 더 심각한 건, 내가 판 흙이 다시 흘러내려와 결국 제자리만 파고 있는 꼴이란 거다. 투명한 플라스틱 통에 감금된 개미처럼 나는 거대한 통유리에 담겨 있다. 그렇다면 아무리 열심히 땅을 파도 내가 닿을 곳은 결국 통유리의 끝에 불과하단 소리 아닌가. 차라리 파고들어간 자리에서 용암이 분출되는 게 낫지! 넓적한 손이 점점 쪼그라든다. 손과 함께 몸도 사정없이 쪼그라드는데, 먼지처럼 작아진 내 어깨를 누군가가 톡톡톡톡 건드린다. 돌아보고 싶지만, 세상에서 가장 작은 존재가 되어버린 터라 고개 한번 돌리기도 힘들다. 톡톡톡톡은 멈추는 대신 점점 더 세진다. 어깨와 목이 분리될 것처럼 아프다. 톡톡톡톡톡. 톡톡톡톡톡. 톡톡톡톡톡.

아, 씨!

소리 지르며 고개를 번쩍 든다.

쉼 없이 울리는 책상 위 전화기. 무성의하게 내 어깨를 두드리던 옆자리 동기가 얼른 손을 거두고 파티션 너머로 얼굴을 감춘다. 수화기를 통해 들려오는 실장 목소리. 잠깐 들어오란다. 황급히 수화기를 내려놓고 동기를 슬쩍 훔쳐본다. 채팅을 하던 동기가 잽싸게 창을 닫는다. 그리고 굉장히 기분 나쁜 표정으로 나를 본다.

그래도 깨워준 게 어디야.

머리를 쓸어 넘기며 생각한다. 실장이 통유리를 박차고 나와 하이힐로 내 등짝을 후벼 파기 전에 내 어깨를 수십번이나 두드려준 게 어딘가. 물론 전화벨 소리가 너무 시끄러워서 그런 것이겠지만. 어쩌면 동기는 오늘 벌금을 내야 할지도 모른다. 어쨌든 나를 도와줬으니까. 하지만 아주 적은 양의 벌금을 내겠지. 나와 대화를 나눈 것은 아니니까.

통유리 문을 열고 들어가 책상 앞에 열중쉬어 자세로 선다. 상사 앞에 설 때는 꼭 이런 자세를 취하게 된다. 치마를 입고 있어도, 하이힐을 신고 있어도 마찬가지다. 손을 주머니에 넣자니 버릇없어 보일 것 같고 다소곳이 앞으로 모으자니 왠지 비굴해 보일 것 같으니까, 나도 모르게 손을 뒤로 감추는 것이다. 손이 뒤로 가니 발은 자연스럽게 살짝 벌어진다. 우스꽝스러울 수도 있지만, 버릇이라 고치기도 힘들다. 실장은 나를 빤히 쳐다볼 뿐 별다른 말을 안 한다. 하긴, 할 말도 없을 것이다. 말단사원인 내게 따로 시킬 일도 없거니와 내가 무슨 일을 하는지도 모를 테니까. 나를 보면서, 쟤는 뭔데 저 자리에 앉아 월말이면 꼬박꼬박 내 돈을 갉아먹는 거지? 이런 생각이나 하겠지. 기침이 터져 나온다. 실장은 손으로 입과 코를 막고 기침이 끝날 때까지 기다리다가 무얼 하고 있었느냐고 묻는다. 나는 사보에 실을 이미지를 고르던 중이라고 대답했다.

엎드려 있었잖아.

알면서 왜 묻지? 나는 대답 대신 실장이 쥐고 있는 마우스만 집요하게 쳐다본다.

밤에 뭐 하고 회사 와서 자나. 그것도 아침부터.

실장이 긴 손톱으로 책상 유리를 톡톡 친다. 죽어도 어디 아프냐고 물어보지 않는 심보는 뭘까. 한번이라도 그렇게 물어봐주면 어디 덧나나. 어쩌면 실장도 다른 사원들과 한편인지 모른다. 아니, 한편은 아니더라도 나를 걱정하고 위로하면 벌금을 내자는 약속엔 동참했는지도.

죄송합니다.

라고 말했다. 달리 할 말이 없었다.

정신 차려. 돈이 남아돌아 월급 주는 거 아니니까.

모니터를 보며 마우스를 몇번 딸각거리던 실장이 손에
쥐고 있던 커피잔을 내민다. 엉겁결에 커피잔을 받아들었
다. 뭐지. 티타임이라도 갖자는 건가. 평소에도 눈치가 없
다는 말을 꽤 들었는데 정말, 어디 가서 사거나 배울 수도
없는, 태생적으로 없는 그것 때문에 나는 자주 야단맞고
무시당하고 따돌려졌다. 눈치 없는 스스로를 너무 의식하
다보니, 상대가 어떤 말이나 행동을 할 때마다 커다란 손
아귀가 머릿속으로 푹 들어와 뇌를 꽉꽉 움켜쥐는 것 같았
다. 상대의 행동엔 분명 어떤 의미가 있다는 강박과, 여기
서 뭐라도 해야 하는데 뭘 해야 할지 모르겠다는 무력감
과, 뒤이어 닥쳐올 비난이나 치도곤에 대한 두려움이 좌르
르륵, 빳빳한 종잇장처럼 넘어갔다.

커피잔을 쥔 손이 나도 모르게 떨린다.

뭐 해?

실장이 눈을 치뜨며 쏘아붙였다.

네?

실장이 눈짓으로 탁자에 놓인 커피메이커를 가리킨다.
허둥대며 커피를 따라 와 실장에게 건네준 뒤 통유리 밖으
로 나서는데, 하여튼 어쩌고저쩌고 하는 실장의 비난이 머

리카락을 쫙쫙 잡아당긴다.

통유리를 비춰보던 손거울에 발갛게 익은 내 얼굴이 담긴다. 사원들은 채팅으로 오늘 점심은 어디에서 먹을지 정하고 있을 것이다. 언제나 그러듯 난 혼자 먹어야겠지. 열은 내릴 줄 모르고 기침은 멎을 줄 모르고. 이대로 쓰러지기라도 하면 좋겠지만 쓰러진다고 뭐가 달라지겠나. 아무도 나를 일으켜 세우거나 업어주지 않을 것이다. 서로 눈치나 보면서 모르는 척하겠지. 쇼하는 거라고 코웃음이나 치겠지. 그러다가 내가 끝내 일어나지 않으면, 치우긴 치워야 할 테니까 119 정도는 부를지도 몰라. 저거 무슨 전염병 걸린 거 아냐? 신종 플루 같은 거 묻히고 들어온 거 아냐? 그런 말들이나 하면서.

과장이 심하다고? 피해의식이라고? 설마 그렇게까지 하겠느냐고? 그래, 나도 이게 그저 과대망상에 피해의식이라면 좋겠다. 정말 좋겠다.

WINDOW

열두시가 되자마자 사람들은 사무실을 빠져나가고, 나

는 비로소 아주 편한 자세로 책상에 엎드린다. 약국에 가서 약을 사 먹을까 생각도 했지만 약을 먹으려면 밥을 먹어야 하고, 약과 밥을 함께 먹으면 오후 내내 졸음을 이기지 못해 의자에 앉아 헤드뱅잉을 할 게 분명하고, 그럼 또 실장은 나를 시도 때도 없이 불러댈 거다. 그럴 바엔 차라리 잠을 좀 자두자.

오늘은 다들 어디에서 밥을 먹을까.

언제나 그들과 같은 식당에 들어가지 않기 위해 조심해야 했다. 전에 한번, 그들이 먼저 들어간 식당에 멋모르고 뒤늦게 들어가 같이 점심을 먹어야 하는 참담한 상황에 놓인 적이 있었다. 그때 그들은 밥을 먹는 내내 정말이지 단 한마디도 하지 않았다. 너무 어색하고 불편해서 나는 굉장히 급하게 밥을 먹었고, 덕분에 종일 화장실에 들락거리느라 실장에게 괜한 욕을 들어야 했다.

이곳은 세번째 직장이다. 대학을 졸업한 뒤 처음 일한 곳은 간판 디자인 회사였는데, 사원이라곤 네명에 불과한 규모가 작은 곳이었다. 사장은 주말에건 밤에건 시도 때도 없이 일을 시켰고, 야근을 하지 않으면 불성실하고 나태한 사람으로 간주했다. 그러니까 할 일이 없어도 최소한 밤 열시까지는 회사에 붙어 있어야 했는데, 야근수당도 저녁도 따로 주지 않았다. 처음엔 사회생활이 다 그렇겠거니 생각하면서 버텼다. 하지만 매일 점심과 저녁을 사 먹느라 월급의 절반이 식비로 나갈 판이었고, 저녁을 굶자니 배가 고파 견딜 수가 없었다. 허기보다 더 참을 수 없었던 건 사장의 노골적인 무시와 희롱이었지만.

두번째 직장은 전단지 디자인을 맡아 하던 곳이었다. 그곳에서도 나는 왕따였다. 아직도 이유는 모르겠다. 다만, 내가 직장을 그만둘 때 선배가 인심 쓰듯 해주었던 말은 기억한다.

너, 너 혼자 착한 척하겠다고 사장이 던져주는 일 무작정 다 받아 하면, 그럼 그 일폭탄이 다른 사람한테도 떨어질 거라는 생각 안 해봤어?

아, 그런 이유가 있었단 말인가. 하지만 나는 선배의 말을 이해할 수 없었다. 뭐 그 정도로 나를 따돌리나. 그런 문제라면 따돌리기 전에 말해줄 수도 있을 텐데. 말해주면, 내가 짐승도 아니니까 알아듣고 고쳐볼 수도 있을 텐데. 게다가 사장이 주는 일을 못하겠다고 하는 것도 좀 그렇다. 그럼 나만 욕먹는데. 굳이 막내인 내가 나서서 할 말인가, 그게. 또 그런 문제라면 내가 아니라 사장을 미워해야 하는 것 아닌가. 결국 나는 선배의 말을 다른 식으로 이해해버렸다.

내가 제일 만만하니까 나한테 화풀이하는 거지.

사장은 원폭 투하하듯 일을 시키고, 그런 사장에게 대놓고 반항은 못하겠고, 그렇지만 화는 나고, 그러니까 누군가에게 명목상 책임을 떠넘기고 화를 내야겠는데 저기 구석에 처박혀 있는 애가 보이고, 만들다 만 두부처럼 생긴 주제에 별 불만 없이 사장이 주는 일을 꾸역꾸역 다 해내고 있고.

나는 그런 식으로 당첨된 거다.

괜찮지 않아도 괜찮다고 해야 하고, 할 수 없어도 하겠다고 해야 하며, 웃고 싶지 않아도 웃어야 하고, 내 방식과 기분이 아니라 조직의 분위기를 따라야만 하는 게 이 사회의 도덕이고 상식이다. 무시당하지 않으려면 틈을 비집고 들어가 많은 말을 해야 하고, 많이 본 척, 경험한 척, 아는 척, 아, 그거요? 까르르르르. 어머, 세상에. 그거 완전 멋지지 않아요?라고 발랄하고 똑 부러지게 대꾸해야만 하는 적절한 타이밍. 그 타이밍과 타이밍 사이에서 나는 기압과 중력이 완전 딴판인 별에 불시착한 외계인처럼 숨조차 제대로 쉴 수 없었다. 세번째 들어온 이곳에서만큼은 그런 존재가 되고 싶지 않았다. 만만해 보이지 않기 위해 이기적이고 눈치 빠른 사람이 되려고 애썼다. 실장이 일을 시키려고 하면 무조건 바쁜 척했고 일을 분담해야 할 때도 가장 쉬운 일을 차지하려고 안간힘을 썼다.

회사에 들어온 후 처음 갖는 회식자리였다. 식당에 들어가 자리를 잡고 앉자마자 수저통에서 내 몫의 수저를 꺼내 내 앞에 가지런히 놓았다. 사람들은 아무도 자기 수저를 챙기지 않았다. 밥이 나오면 알아서들 챙기겠지, 생각하다가 내가 챙겨주길 기다리는 건가? 잠깐 의심해보기도 했다. 나는 그들의 기대를 모르는 척 오직 내 수저만 사수했다. 당해봐서 아는데, 그렇게 사소한 일에라도 한번 쉬운 애로 찍히고 나면 사람들은 대놓고 나를 이 일 저 일에 막 부렸다. 원래 그런 일이나 하는 사람인 양.

음식이 나올 때까지도 그들은 내 옆의 수저통만 쳐다봤다. 왠지 나를 시험하는 것 같았다. 네가 하나 안 하나 두고 보자. 모두의 눈빛과 숨소리가 그런 식으로 읽혔다. 그럴수록 더 혼란스러워졌다. 그런 건 당연히 신입의 일이라고 생각하는 그들의 오만과 거만도 싫었고 그런 그들을 의식하면서 안절부절못하는 스스로가 너무 못마땅했으며 은근히 오기도 생겼다. 만만하게 보이면 안 된다는 생각이 커다란 암초처럼 버티고 서서 다른 생각을 죄다 박살냈다. 기다리다 못한 오선배가 못마땅한 표정으로 수저통을 옮기다가 내 앞의 물컵을 엎어버렸다. 사타구니 쪽으로 쪼르르르 물이 흘러내렸다.

에이 씨, 뭐야 이게.

뜻대로 돌아가지 않는 상황이 거북하고 불편해서 나온 탄식이었지만, 아무도 내 욕을 그런 식으로 들어주지 않았다. 사람들은 어이없어하며 헛기침 비슷한 걸 했다. 식사를 마치고 들어간 호프집에서 상황은 더 악화되었다. 나는 아무에게도 술을 따르지 않았고 억지로 웃거나 맞장구치지 않았으며 상사에게 냅킨이나 물 따위를 챙겨주지도 않았다. 젊은 사람이 그렇게 약아빠지게 살면 안 된다고 몇몇 선배가 충고 비슷한 비난을 퍼부었다. 제대로 소화되지 않은 음식물이 식도를 통해 계속 역류하는 게 너무 불쾌했던 나머지, 나는 퉁명스럽게 대꾸했다.

왜 나한테만 그래요? 내가 뭘 그렇게 잘못했는데?

그날부터 나는 벌레가 됐다. 다른 이유는 없다. 세련되지 못해서다. 남들은 세련되게 이기적인데, 나는 눈치도 없고 촌스럽다. 그렇다고 계속 상처만 받고 있을 수도 없다. 그들이 나를 무시하든 말든 신경 쓰지 않으면 된다. 지금 이 순간에도 그들이 나를 어떤 반찬으로 만들어 씹어 먹고 있을지…… 궁금하지도 않다. 비겁하고 옹졸한 사람들이다. 오죽 할 일이 없고 심심하면 나 같은 애를 따돌리고 욕하면서 뿌듯해하고 즐거워하겠나. 그들은 나를 하찮은 존재로 만든 뒤 우월감과 안도감을 느끼는 게 분명하다. '내가 쟤보다는 낫잖아' 같은 유치한 심사로.

하지만.

괴롭지 않은 건 아니다.

겨우 견디고 있다.

어딜 가나 마찬가지란 생각도 들고, 여기서 지면 안 된다는 오기도 생기고, 다른 직장을 구할 엄두도 안 나고, 더럽고 치사하지만 사는 게 다 그렇다던데…… 진짜 그럴까. 오선배도, 옆자리 동기도, 할 줄 아는 것이라곤 유치한 아부뿐인 정과장이나, 설마, 실장도 나처럼 체념하고 견디는 중일까. 고비 사막이나 남극 같은 데에도 왕따란 게 있을까. 사람도 별로 없고, 살아남는 게 가장 중요한 문제인 그런 곳에서도 사람들은 서로를 따돌리고 무시하고 패를 나누고, 그렇게들 살까.

엎드린 자세로 한동안 모니터만 바라보다가 인터넷 연결 아이콘을 클릭한 뒤 주소창에 블로그 주소를 입력한다. 그런 것을 통해 좋아했던 남자나 잊고 지냈던 동창들의 사생활을 엿본다. 비공개로 해놓지 않는 이상 그들이 요즘 무슨 일을 하며 어떻게 살고 있는지 쉽게 알아낼 수 있다. 요즘은 샘나는 친구의 블로그를 그런 식으로 엿본다. 그녀와 따로 연락을 주고받지 않아도 그녀가 만나는 남자나 먹은 음식이나 주말에 다녀온 여행 따위, 다 알 수 있다. 모니터 속 그녀는 언제나 행복해 보인다. 기죽지 않고, 실패하지 않는다. 예쁜 음식만 먹고 세련된 데이트만 하고 유행하는 책과 영화만 보며 넘치는 사랑을 받는다. 나도 그녀처럼 당당하고 폼 나게 살고 싶다. 타인의 사생활을 엿보다 보면, 그렇다. 거대한 질투심이 끓어오르고, 덩달아 내 삶이 남루해져 괴롭다. 괴로워하면서도 나는 열심히 그들의 블로그를 드나들며 방문자 수를 늘린다.

어쩌면, 그녀의 불행을 기다리고 있는지도 모른다.

하지만 불행도 예쁘게 포장하면 그럴듯한 시련이 될 테고 그녀의 이웃들은 기다렸다는 듯 갖가지 응원 메시지를 보내겠지. 그럼 나는 그녀의 시련마저 부러워하게 될 것이다.

공개하는 불행은 진짜 불행이 아니다.

내가 왕따 처지를 인터넷에 공개하지 않는 것처럼.

문득 옆자리 동기의 사생활은 어떤지 궁금해진다. 동기의 모니터를 들여다본다. 작업표시줄에 축소된 메신저가 깜빡거린다. 창 닫는 걸 깜빡한 걸까. 뭐에 홀린 것처럼 축소된 대화창을 클릭한다.

사무실 사람들과 주고받은 대화가 조그맣게 뜬다.

창 가득, 내 욕이다.

위로

위로

더 위로

스크롤을 아무리 올려도

온통 내 얘기뿐이다.

나는 눈치 없고 이기적이고 촌스럽고 뻔뻔하고 싸가지
없고 무식하고 불필요하고 무능력하고 왜 사나 싶은데 왜
죽지도 않을까 싶고 뚱뚱하고 냄새나고 더럽고 역겹고 당
장 뒈져버려 이 걸레 같은 년!

가만히 손을 들어 땀인지 눈물인지 모를 것을 닦는다.
왼손으로 이마를 짚어본다. 손거울에 비치는 건 오미자보
다 더 빨갛게 달아오른 얼굴. 작업표시줄에 있는 동기의
작업 파일에 눈이 간다. 작업 파일이 들어 있는 폴더를 찾
아 마우스 오른쪽에 손가락을 올려놓고 손톱으로 톡톡톡
톡. 동기가 내 어깨를 두드린 것처럼 톡톡톡톡. 적막한 사
무실엔 시곗바늘 소리만 이리저리 오간다. 메신저 대화창
의 '자존심도 없나봐'란 글자가 뾰족한 칼끝이 되어 내장
을 들쑤신다. 폭탄 스위치를 누르듯,

클릭.

모든 폴더의 내용을 삭제하시겠습니까?

클릭.

더불어 중요한 파일이 들어 있을지 모를 다른 폴더도 모두, 삭제하시겠습니까?

클릭.

잠깐. 휴지통을 비우셔야죠.

클릭. 클릭. 클릭.

휴지통을 비운다.

자리를 옮겨 다른 사람들의 컴퓨터에도 손을 댄다.

가방을 들고 사무실을 나서려다 실장실의 통유리에 비친 나를 잠깐 쳐다본다. 당장 뒈져버려도 시원찮을 걸레 같은 년이 부스스한 몰골로 질질 울고 있다.

춤이나 노래를 배워볼까, 생각한 적도 있다. 사람들은 춤 잘 추고 노래 잘하는 사람을 좋아하니까. 소녀시대 동영상을 틀어놓고 옥탑방 창을 모두 잠근 뒤 혼자서 이불을 뒤집어쓰고 꽥꽥 노래를 부르거나, 어설픈 웨이브 같은 걸 연습해보기도 했다. 하지만 소녀시대의 소녀들은 나와 베이스부터 달랐다. 팔이나 다리 길이도 그렇고 얼굴 크기나…… 무엇보다 '나는 사랑스러워'라는 자신감…… 같은 기본적인 마인드가 공룡과 초파리의 위장 크기만큼 달랐다. 게다가 노래와 춤을 연습한다 해도 그걸 보여줄 기회도 장소도 없었다. 회식이 있어도 은근히 나를 따돌리니까. 그렇다고 사무실에서 느닷없이 일어나 엉덩이를 흔들며 노래를 부를 순 없지 않나.

내가 고양이나 개였다면, 그러니까 그들과 다른 종족이었다면, 어쩌면 그들도 나를 좋아했을 것이다. 내 성격이나 외모나 지위가 어떻든 아끼고 보살폈을 것이다. 꼬질꼬질한 나를 보고 동기가 어머 예뻐라 하고 호들갑을 떨면, 다른 사원들도 줄줄이비엔나처럼 어머 가여워라, 어머 귀여워라, 어머 깜찍해라, 그랬을 것이다. 길을 떠돌다가 출근하듯 사무실에 들어서면, 기특한 고양이라며 쓰다듬어주고 밥도 주고 내 자리를 마련해주면서 날마다 나를 기다리겠지. 그러다 하루라도 들르지 않으면 왜 안 오나, 어디 다친 건 아닐까, 나쁜 사람한테 해코지라도 당했으면 어쩌나, 걱정을 곱빼기로 하겠지. 하지만 나는 개도 고양이도 거북이도 원숭이도 아닌, 그들과 똑같은 인간이다. 때문에 그들은 나를 따돌리고 경멸하고 욕하고 미워한다. 내가 곧 자기니까. 쓰레기에 걸레에 곧 뒈져버릴 년이라고 치부해버린 내가 바로 자기랑 똑같은 인간이니까.

실장실 서랍을 뒤져 내 이력서와 자소서를 찾아 가방에 집어 넣은 뒤 실장의 컴퓨터를 훑어본다. 얘는 진짜 하는 일이 없네. 헛웃음이 터진다. 폴더엔 미드 동영상이나 영화 파일뿐이다. 컴퓨터를 아예 포맷해버릴까 생각하다가 모든 게 귀찮아져 컴퓨터에 암호를 건다. 암호명은 (실장 하이힐 한켤레 값보다 못한) 내 월급 액수로 설정. 실장실을 나오면서 통유리 아래에 진열되어 있는 수십켤레의 하이힐을 지근지근 밟는다. 굽이 거의 부러질 만큼. 하지만 금세 부러지진 않을 만큼.

유리문을 열고 나오는데, 나도 모르게 손에 힘이 들어간다.

쩍.

통유리가 갈라진다.

창문

회사를 나선 뒤 곧장 집으로 향했다. 병원도 약국도 목욕탕도 마트도, 모두 비행기라도 타야 갈 수 있는 곳처럼 멀게만 느껴졌다. 집에 라면이 있을까. 집에서 밥을 먹어본 지도 꽤 오래됐다. 언제나 야근을 했고 휴일엔 거의 안 먹고 버텼다. 버티고 버티다 저녁이 되면 라면을 끓여 먹었다. 일하지 않는 날엔 하루 한끼로 만족하자고 생각했는데, 대체 왜 그런 생각을 하고 살았는지 모르겠다. 먹는 게, 죄를 짓는 일처럼 느껴졌다. 누군가와 다정하게 앉아 밥을 먹으며 소소한 이야기를 나눈 게 언제던가. 까마득하다.

골목길은 세 사람이 지나가면 한뼘 정도의 틈만 남을 만큼 좁다. 집들은 좁은 길을 사이에 두고 오래된 옷장 속 낡은 옷처럼 켜켜이 쌓여 있다. 뒷집의 일층과 앞집의 이층끼리 마주 보는 주택만 수십채다. 내 방은 골목 모서리 옥탑이다. 사방이 창이고, 사방이 집이고, 사방에 사람들이 살고 있는데, 아무도 나를 모른다는 게 기이하게 느껴진 적도 있다. 가끔 조그만 창문에 붙어 남의 집을 엿보다가 아, 저 집, 오늘은 빨래를 했구나, 그 정도 생각을 했다. 창을 밝히던 불이 꺼질 때면, 자려나보다, 섹스는 하고 잘까, 그런 생각도 했고. 남자 옷만 걸려 있던 집에 하얀색 브래지어나 55사이즈의 티셔츠가 걸린 것이나, 깊은 밤 까만 창으로 파란빛이 새어 나오는 것을 보면서 그들의 사연을 짐작했다. 젊은 남녀가 손을 잡고 반지하방으로 들어갈 때면 까치발을 하고 반가운 소식을 기다리듯 그 창에 불이 켜지기만을 기다렸다. 가만, 귀 기울이면 두 사람의 다정한 말소리와 웃음소리를 들을 수 있을 것도 같았다.

불 켜진 타인의 창과 그 안의 사람들을 볼 때마다 새삼스레 깨닫곤 했다.

아, 저기에도 사람이 사는구나.

저들도 나처럼, 공개할 수 없는 하루치의 불행을 탈탈 털어 옷장에 개켜 넣으며 하루하루를 살고 있을까.

집에 들어서자마자 기절한 듯 잠들었다가 악몽 끝에 눈을 떠보니 사방이 깜깜하다. 여기가 어디인지, 언제인지, 내가 누구인지 알 수 없는 상태로 거친 숨만 헉헉 내쉬었다. 하루 동안 있었던 모든 일이 꿈만 같다. 컵라면을 끓여 들고 창가에 선다. 나무젓가락으로 면을 휘휘 저으며 사람들의 창을 둘러보다가 내 방을 돌아본다. 어두운 방. 구석기의 동굴처럼 아주 오래된, 방금 처음 마주한 듯 낯선 방. 불을 켜둘까, 잠시 생각하다 작은 스탠드만 켠다.

뜨거운 라면 면발을 간신히 넘기며 나란 인간이 존재하는 데 드는 최소한의 돈을 셈해본다. 월세 사십오만원, 공과금 대충 칠만원, 하루 한끼만 먹는다 해도 한달에 십오만원가량, 쓰레기봉투나 샴푸, 비누 등을 사는 데 드는 돈 대충 오만원. 전화 걸 데도 없고 올 데도 없으니 휴대폰은 해지해버릴까. 조직에 들어가지 않고 내가 앞으로 버틸 수 있는 시간은 대략……

다시 일을 구해야겠지.

그럼 또 왕따가 될까. 회사 사람들은 나를 실컷 욕하고 있을 거다. 할 얘기가 얼마나 많겠는가. 하지만 곧 심심해지겠지. 사이사이의 침묵에서 문득, 두려움을 느끼겠지. 또다른 누군가를 나처럼 만들어야 할 테니까. 두고 보라지. 순서는 돌고 돌 것이다.

라면을 다 먹고 담배에 불을 붙이려는데, 건너편 아랫집 창으로 두 사람의 모습이 언뜻 비친다. 서로의 입술을 물고 몸을 만지며 남자는 옷을 벗느라, 여자는 커튼으로 손을 뻗느라 정신이 없다. 여자의 브래지어가 새하얗게 빛난다. 남자의 성기는 빨갛고 커다랗게 달아올랐을 것이다. 바닥에 눕지도 않고 벽에 붙은 채로 서로의 몸을 핥아댄다. 뒤늦게 드러난 여자의 가슴이 사랑스럽다.

사랑스럽다니.

담배연기를 길게 내뿜으며 그 감정을 곱씹는다. 이제 막 섹스를 시작한 그들의 가슴처럼, 나의 가슴이 뛴다. 입안 가득 침이 고인다. 마치 그들과 한 몸이 되어 섹스를 하는 것처럼 영혼이 흥분되는 게 부끄러우면서도 질투가 난다. 내 가슴을 내려다본다. 옷을 걷어 올리고, 작은 가슴을 두 손으로 만진다. 내게도 가슴이 있다. 내게도 성욕이 있으며 나도, 느낄 줄 안다. 그 당연한 사실을 너무 오랫동안 잊고 살았다. 손가락으로 젖꼭지를 살살 문지른다. 처박아뒀던 감각이 서서히 차오른다. 눈을 감고 한 손을 팬티 속에 넣으며 가슴을 꽉 움켜잡는데 문득, 나를 응시하는 수십개의 눈동자가 느껴진다. 누군가 나의 창을 엿볼 것을 상상하자 극심한 불안과 공포가 몰려온다. 급히 창을 닫고 바닥으로 몸을 낮춘다. 이불로 몸을 돌돌 싸맨 채 신경 쓰지 말자고 몇번씩 되뇐다. 걱정 마. 망상일 뿐이야. 알잖아. 아무도 날 신경 쓰지 않는다고.

하지만.

내가 섹스하는 남녀를 엿볼 때, 누군가는 그런 나를 엿봤을 수도 있다. 저렇게나 많은 창이 있는데, 나처럼 남의 창을 엿보는 사람이 어디 한둘이겠는가. 그 생각을 하자 치가 떨린다. 급히 스탠드 불을 끈다. 다시는 남의 창을 엿보지 않을 거다. 저곳에도 사람이 살고 있다는 생각 따위, 절대 하지 않을 것이다. 커튼을 치고 집 안의 문을 꽁꽁 잠근다. 온몸에 벌레가 기어다니는 것처럼 끔찍하고 징그러운 느낌이 좀처럼 사라지지 않는다.

손톱을 세워 벽을 긁는 소리가 들린다. 휴대폰 진동음이다. 실장 번호가 뜬다. 받지 않고 끊길 때까지 기다린다. 휴대폰 액정엔 부재중 전화 아홉통이라는 표시가 뜬다. 모두 회사 번호다. 오후부터 한두시간 간격으로 계속 전화를 한 모양이다. 다시 전화가 올까봐 휴대폰 배터리를 분리해놓는다. 낮에 보았던 메신저 대화가 생각난다. 나를 욕하는 그들의 말투와 행동까지 하나하나 그려진다. 잠잠하던 열이 다시 오르려는지, 몸 안에서부터 한기가 퍼진다. 넓은 가슴을 가진 사람이 내 옆에 누워 나를 꼭 안아준다면, 내 숨소리를 들으며 내 건강을 걱정해준다면 금세 내릴 것만 같은 열기. 옥탑 계단을 오르는 묵직한 발소리가 들린다. 온몸의 잔털이 와륵 솟는다. 환청인가? 손바닥으로 두 귀를 꾹꾹 누른다. 누군가 현관 앞에 서서 내 방을 엿보는 것만 같다. 섹스하는 연인을 엿보는 나를 엿보며, 저 여자 한번 따먹어볼까? 그런 생각으로 여기까지 찾아온 사람인지도 모른다. 불투명한 창 너머로 까만 물체가 스쳐간다. 문을 잠갔던가. 아니 유리를 깨면 그만이다. 눈을 들어 창문을 본다. 불과 몇발자국 너머에 수십, 수백명의 사람이 살지만 나를 도와줄 사람은 아무도 없다. 모두들 잠을 자거나 텔레비전을 보거나 섹스를 하거나 공부를 하거나, 그러고들 있겠지. 나를 엿보고 내가 엿봤던 그 많은 사람들은 지금 어디에 있나. 왜 이 순간엔 아무도 나를 엿보고 있지 않나. 아니 엿보면서도 모르는 척하는 걸까. 피자 조각을 입에 물고 케이블티브이의 페이크다큐를 보듯 내 삶을 구경하는 중일까.

다시 창밖으로 검은 그림자가 어른거린다. 바람일까. 얽히고설킨 전깃줄. 구름이 지나가는 흔적일까. 귀신이라도, 괴물이라도 좋으니 제발 사람만은 아니길. 급히 자리에서 일어나 불을 켜고 컴퓨터의 전원 버튼을 누른다. 오래된 컴퓨터에선 끼리릭, 끼리릭, 소름 끼치는 소리가 난다. 바탕화면이 뜨자마자 인터넷 아이콘을 클릭한 뒤 아무 동영상이나 찾아 튼다. 웃든 노래하든, 춤추거나 떠들거나 욕하든, 뭐라도 함께 있음을 느끼고 싶다. 그것이 비록 손에 닿지 않는, 네모난 창 속 0과 1의 세계일지라도.

소녀시대 동영상이 뜬다. 한두명도 아니고 아홉명이다. 아홉명의 소녀가 두 손 가득 먹을 것을 사 들고 옥탑에 놀러 오는 상상을 한다. 너무 비좁아 앉을 자리도 없지만 소녀들은 까르르까르르, 나를 위해 웃어준다. 싱크대 앞을 서성이며 그릇을 꺼내고 만두를 굽고 김치전을 부치며 또다시 까르르까르르. 나 대신 회사 사람들을 욕해주고 '네 탓이 아니야'라고 말하며 어깨를 다독여준다. 귤을 까주고 유자차를 타주며 얼른 나아서 같이 놀러 다니자고 말한다. 열명이 됐으니 우리도 계를 하자! 한 소녀가 외친다. 한 사람이 한달에 만원씩만 내도 다 합하면 십만원. 일년이면 백이십. 그 돈으로 다 같이 여행을 가는 거야! 소녀들은 박수를 치고 또 까르르 웃는다.

아홉명의 친구를 갖는다는 건 도대체 어떤 기분일까. 이불에 몸을 파묻고 모니터를 멍청히 쳐다보며 생각한다. 낡은 이불 위로 짠물이 뚝, 뚝, 떨어진다. 내 발 아래, 나보다 작은 아이의 방에도 도둑이든 강간범이든, 위험한 누군가가 칼을 들고 들어가는 중이라면. 혼자 사는 할머니가 마지막 숨을 내쉬는 중이라면. 누군가 조용히 꺼져가는 울음으로, 외로워, 낮게 중얼거리고 있다면. 아홉명의 소녀와 함께 그들을 찾아가 내 친구들을 소개하고 (우린 같이 계도 하는 사이예요!) 웃고 먹고 마시고 떠들다보면 (자, 모두 다 같이) 슬픔 이젠 안녕. 버퍼링이 심해 춤과 노래가 뚝뚝 끊긴다. 뚝뚝 끊기는 노래를 마디마디 따라 부른다. 조금만내 계친절하 면어때 무뚝뚝 한말투너 무아파난 이런게익 숙해져 가는건정 말싫어 속상해다. 다. 다. 다다다 하면서 나도 모르게 어깨를 이리저리 움직인다. 너때문 에 내마음 은갑옷입 고 이젠내 가맞서줄 게네화 살은 트러 블트 러블트러 블나 를노렸 어. 불투명한 창을 흘금거리며 너는 슛슛슛 하는 순간, 검은 그림자가 창문 위로 불쑥 솟아오르고 와장

창. 창이
깨진다.

첫사랑

열여섯살 때, 사랑한다는 말을 처음 들었다. 수업을 마치고 집에 가는 길이었다. 같은 초등학교를 다녔던 남자애 서너명이 반대편에서 걸어오고 있었다. 그들과 거리가 가까워질수록 나는 일부러 발끝만 보고 걸었다. 남자애들과 인사하고 말을 섞는 건 열두살 이후로 끊었으니까. 저희끼리 요란하게 떠들며 내 옆을 지나가던 남자애 중 하나가,

야!

하고 나를 불렀다. 당시 이성의 이름은 전부 '야'로 통했다. 나는 돌아보는 대신 걸음을 살짝 늦췄다.

이 새끼가 씨발 존나 사랑한단다!

묵직한 웃음이 와르르 쏟아졌다. 뒤를 돌아봤다. 내 눈치를 보던 남자애들이 서로 옷과 가방을 잡아당기며 달려가기 시작했다. 달려가면서 또 소리쳤다.

존나 보고 싶었대!

그들을 향해 신발주머니를 집어던졌다. 흙길에 내동댕이쳐진 신발주머니에서 낡아빠진 삼선 슬리퍼가 또르르 굴러 나왔다. 나는 가만히 선 채로 흙바닥에 너부러진 슬리퍼 한짝을 집요하게 노려봤다. 그걸 내 손으로 주워서 도로 신발주머니에 담을 것을 생각하니 참았던 신경질이 머리끝까지 치솟았다. 나를 '씨발 존나 사랑한다'는 애가 누구인지라도 알았다면 그나마 좀 덜 억울했을 거다.

*

아버지는 하느님을 사랑한다. 그래서 돈이나 가족보다 믿음이 제일 중요하다고 말한다. 그러면 엄마는, 그럼 하느님하고나 살 것이지 자기랑은 도대체 왜 사느냐고 대꾸한다. 나는 아버지가 하느님이 아닌 엄마와 사는 이유를 안다. 그건 바로 아버지가 짝사랑을 하고 있기 때문이다. 짝사랑이 뭐 별건가? 사랑하는 이에게 사랑한다는 말을 듣지 못하면 짝사랑이지. 아버지에게 효도하는 방법은 딱 하나다. 아버지처럼 하느님을 짝사랑하는 것. 하지만 나는 절대 그럴 수 없다. 아버지와 연적이 될 순 없으니까. 하느님이 아무리 꽃미남 피부미남에 막강파워를 가진 최고 권력자라도 그 짓만은 못하겠다. 나는 아버지와 연적이 되는 대신 하느님과 연적이 되기로 했다. 하느님을 사랑하는 대신 질투하는 쪽을 선택했다. 왜냐. 내겐 하느님보다 아버지가 더 소중하니까. 엄마는 돈을 사랑한다. 엄마 말에 의하면 돈은 전지전능하며 영원불변하다. 그러니까, 음, 신 같은 거다. 돈에게 사랑한다는 말을 들을 수 없으니까 엄마의 사랑도 짝사랑이다. 그래도 엄마는 지치지 않고 사랑한다. 아버지 역시 마찬가지다. 아버지의 유일한 소망은 죽어서 하느님 품에 안기는 거다. 엄마의 소망은 죽기 전에 돈방석에 앉는 것이고.

아버지와 엄마의 사랑이 너무나도 철저하고 완벽해서 나는 외로웠다. 솔직히 나라고 하느님이나 돈과 연적이 되고 싶겠나, 자존심 구겨지게. 외로움에서 탈출하기 위해 나는 별짓을 다 했다. 반항도 해보고 착한 척도 해보고 아픈 척도 해보고 성숙한 척도 해봤다. 하지만 그 모든 '척'은 나를 '성격은 지랄 같고 변덕은 죽 끓듯 하는 애'로 만들어버렸다. 절망과 오기로 똘똘 뭉친 한 시절을 보낸 후에야 나는, 사랑받으려면 일단 무엇이든 사랑하고 봐야 한다는 간명한 이치를 깨닫게 되었다. 나는 부모님과 달리 살아 있는 것을 사랑하기로 했다. 하지만 살아 있는 것을 사랑할수록 더 외로워졌다. 그저 외로울 뿐이라면 어떻게든 꾹 참아보겠는데, 사랑과 함께 오는 외로움은 꼭 경멸이나 굴욕감의 손을 잡고 왔다. 상대가 바람을 피우거나 거짓말을 할 때도, 약속을 안 지키거나 이기적으로 굴 때도, 혹은 그럴듯한 데이트를 마친 뒤 평온한 상태로 잠들기 전에도 마찬가지였다. 모든 감정의 끝물에서는 외로움의 맛이 났다. 무생물을 사랑하는 부모님의 마음을 이해할 수 있을 것도 같았다. 부모님도 외로웠던 거고, 외로운 것이 싫어 무생물을 사랑했던 거다. 무생물은 나를 배신하지 않고, 항상 내 곁에 있으며, 그저 믿고 사랑하기만 하면 되니까.

옛 애인 중엔 사랑한다는 말보다 헤어지자는 말을 먼저 한 사람도 있다. 지긋지긋하니까 이제 그만 헤어지자는 사람 앞에서 나는, 헤어지려면 우선 사랑한다는 말부터 해야 하는 것 아니냐고 따졌다. 사랑한다고 말하지 않으면 절대 헤어질 수 없다고 길길이 날뛰자 그 사람은 적선하듯,

그래, 그거 했다. 됐냐?

라는 말을 던지고는 바로 자리를 떴다. 나는 그를 쫓아가 그의 입에서 끝내 '사랑'이란 단어를 뽑아내고야 말았다. 그런 식으로 복수했다. 그는 아마 '사랑'이란 단어에 알레르기가 생겼을 것이다. 누군가에게 사랑을 고백할 때마다 사랑한다고 말하라며 표독하게 쫓아다니던 내가 떠오르겠지. 젠장, 나라고 사랑을 그렇게 푸대접하고 싶겠나. 애

태우고 주저하고 가슴을 부여잡으며 '사랑'이란 말은 아끼
고 아꼈다가 일기장에나 간신히 쓰던 때가 내게도 분명 있
었다. 그리 오래전 일도 아니다. 겨우 십년. 십년 전 일이다.

*

당시 내가 살던 마을에는 푸른 논과 낮은 집과 커다란
산이 있었다. 산 너머엔 내가 사는 마을과 똑같은 마을이
있을 것이고, 그 너머엔 그런 곳이 또 있을 것이었다. 스무
살이 되고 서른살이 된다는 건, 가파른 산을 넘어 모든 것
이 똑같지만 이름만 다른 마을로 들어서는 것과 같다고 생
각했다. 나는 예쁘지도 않고 특별히 잘하는 것도 없고 반
드시 되고 싶은 것도 없는, 게다가 남들이 가는 길을 의심
없이 적극적으로 따라갈 용기도 없는 열아홉살이었다. 인
생에 대한 기대나 희망이나 설렘 같은 건 모두 남 얘기였
다. 계절마다 미세하게 변하는 색깔과 냄새와 별자리 역시
나를 좌절의 구렁텅이로 밀어 넣었다. 조금씩 말고, 한순
간에 확 바뀌길 바랐다. 사소한 변화에 모든 관심을 기울
이기에 나는 너무 권태로웠다.
토요일 저녁이면 일몰을 보며 지구의 자전을 몸소 느끼
곤 했다. 그건 일주일을 마무리하는 나만의 의식이기도 했

는데, 그날은 그보다 더 중요하고도 흥미로운 것에 마음을 몽땅 내준 상태였기에 자전이든 부전이든 그딴 것에 마음 쓸 겨를이 없었다. 나는 땅만 보고 걸으면서 그날 본 아름다움에 대해 생각하고 또 생각했다.

오후 보충수업이 끝나갈 즈음이었다. 느긋하게 기운 가을볕을 따라 둥둥 떠다니는 먼지와 분필가루가 다 보였다. 선생님은 교탁을 짚고 선 채 한시간 내내 입으로만 문제를 풀었고, 아이들은 반 넘게 자거나 졸았다.

발을 구르면,

공기 중에 떠다니는 먼지 하나를 집요하게 쳐다보며 생각했다.

떠오르겠는데.

그날따라 몸이 너무 가벼웠다. 발바닥부터 서서히 떠오르는 느낌이었다. 풍선처럼 떠올라 교실 천장에 콩콩 머리를 박는 상상을 했다. 콩콩 머리를 박으며 창문 가까이 다가가고, 창밖으로 빠져나가 운동장과 기숙사를 지나 버스가 달리는 시내까지 가다보면 해가 지고 밤이 올 텐데, 그럼 그땐 어떻게 내려오지? 추위에 발발 떨면서 잠도 못 자고 밥도 못 먹고 버려진 애드벌룬처럼 하늘에 붕붕 떠 있는 나를 상상하자 절로 엉덩이에 힘이 들어갔다. 종이 울렸다. 몇몇 아이들이 화장실에 가려고 일어났다. 나는 두

팔에 얼굴을 묻은 채 자꾸만 가벼워지는 몸을 책상에 고정했다. 교실 뒷문에서 누군가가 J를 불렀다. 나를 부른 게 아닌데도 나는 고개를 들었다. 창가에 앉아 있던 J가 고개를 돌려 저를 부른 아이를 쳐다봤다. 그리고 환하게 웃었다.

아름다웠다.

가슴이 뛰었다. 손발이 저렸다. 나도 모르게 발을 굴렀다. 몸이 둥실 떠올랐다. J가 웃을 때마다 콩콩, 머리로 교실 천장을 박았다.

야.

J의 아름다운 미소를 몇백번쯤 곱씹으며 아름다움과 사랑이란 단어의 찰떡궁합에 대해 생각하던 나는, 유리창을 박살내는 야구공 같은 목소리에 퍼뜩 정신을 차렸다. 골목 어귀에 Y가 서 있었다.

잠깐만 보자.

Y가 건들건들 손짓을 하며 말했다. 삼년 전 '씨발 존나 사랑한다'고 소리 지르며 멀리멀리 달려가던 그 무리 중 한명이었다. 나도 모르게 인상을 찌푸렸다.

왜.

나는 가방 어깨끈을 두 손으로 꼭 쥐며 대꾸했다. 그런 행동이 나를 더 완전하게 만들어준다고 생각하던 시절이었다.

줄 게 있어.

Y가 주변을 둘러보며 말했다. 저녁 어스름이 내려앉은 동네 곳곳에서 개 짖는 소리가 들렸다. Y는 같이 좀 걷자고 말한 뒤 길바닥에 침을 찍 뱉으며 골목 안으로 들어갔다. 십분쯤 걷던 Y가 뒤를 돌아보며 우리가 같이 다닌 초등학교를 가리켰다.

나는 철봉 뒤 나무 의자에 앉았다. Y는 내 옆에 앉았다가, 철봉에 기대섰다가, 오래된 플라타너스 나무를 툭툭 발로 차다가, 다시 내 옆에 앉았다. 나는 Y를 좋아하지도 싫어하지도 않았지만, 왠지 가슴이 떨렸다.

공부는 잘 되냐?

Y는 어른처럼 물었다. 나는 대답하지 않았다.

이거 주려고.

화난 사람처럼 입을 꾹 다물고 있는 내게 Y는 노란 종이로 포장한 선물을 내밀었다. 나를 '씨발 존나 사랑한다'던 애가 너였느냐고 묻고 싶었지만, 그런 걸 먼저 물어볼 순 없었다.

친하게 지내자고.

Y가 말했다. 좀 웃겨서, 나는 피식 웃었다. 금세 주위가 깜깜해졌다. 당직실 창에 불이 켜졌다. Y가 벌떡 일어나더니 집까지 데려다주겠다고 했다. Y와 나는 일 미터쯤 떨어진 채로 걸었다. 나는 언제나 그만큼씩 떨어져서 걷는 두 사람을 안다. 아버지와 엄마. Y를 뒤따라가며 아버지와 엄마를 떠올리자 기분이 무척 나빠졌다.

야.

Y를 불렀다.

너였지?

사방이 어두워 Y의 표정이 잘 보이지 않았지만, 당황하는 것 같았다.

삼년 전에. 굴다리 근처에서. 나한테.

나는 일부러 말을 똑똑 끊어 했다. Y가 풋 웃더니 대꾸했다.

그땐 아니었는데. 근데, 그때부터긴 해.

Y는 내 손에 들린 선물을 가리키며 말했다.

집에 가서 그거 풀어봐.

그러고는 갑자기 달려가기 시작했다. 집까지 바래다주겠다고 해놓고. 집에 가려면 아직 십분이나 더 걸어야 하는데도 말이다. 나는 Y를 따라 달려야 하는지 아니면 그대로 서 있어야 하는지 알 수 없어 그동안 봐왔던 드라마들을 떠올렸다. 확실히, 남자가 뛴다고 같이 뛰는 여자 주인 공은 없었으니까. 나는 선물을 든 채 그 자리에 일분 정도 서 있다가 다시 걸었다. 당장 포장지를 뜯어보고 싶었지만 어딘가에서 Y가 지켜보고 있을지도 모른다는 생각이 들어서 꾹 참았다. 그리고 최대한 우아하고 서정적으로 걷기 위해 노력했다.

집에 돌아와 방문을 쾅 닫고 포장지를 뜯었다. 스카치테이프에 뿌연 지문이 묻어 있고 포장지 절단면이 깔끔하지 않은 걸 보니 Y가 직접 포장한 것 같았다. 찢어진 포장지 사이로 『Everlasting Love Song』이란 시디와 편지 한통이 보였다. 편지봉투의 윗부분을 손으로 북 찢어 탈탈 털었다. 편지지 맨 위에는 '야'라는 호칭 대신 내 이름 석자가 또박또박 적혀 있었다.

편지는 알 켈리의 「I Believe I Can Fly」 가사로 시작됐다. 영어는 검은색으로, 해석은 파란색으로 쓰여 있었고 "But now I know the meaning of true love"란 문장엔 노란 색 연필로 색칠이 되어 있었다. 나는 Y가 칠해놓은 문장 대신 "I believe I can fly. I believe I can touch the sky"란 문장을 오랫동안 들여다봤다. 왜냐하면, 그건 그날 내가 똑똑히 느낀 감각이니까. 하늘은 끝도 없고 만질 수도 없을 테니 하늘에 닿는다는 게 정확히 어떤 의미인지는 모르겠지만, 아무튼 그날 나는 분명 날 수 있다고 느꼈다. 그 느낌과 함께 J의 아름다운 미소와 사랑이란 단어가 다시 떠올랐다. 아름다움과 사랑이란 단어는 자석의 양극처럼 서로를 무지막지하게 끌어당겼다. 그날 일기장에 "I believe I can fly. I believe I can touch the sky"란 문장과 J의 미소와 아름다움과 죽고 싶다는 내용을 썼다. 어쩌다보니 Y 얘기는 빼먹고 말았다.

*

아침 보충수업이 끝나고 쉬는 시간이 되면 대부분의 아이들이 책상에 엎드려 잤기 때문에, 수업 시간보다 쉬는 시간이 더 조용했다. 그때마다 나는 식당까지 천천히 걸어가 자판기 커피를 뽑아 마시며 그 순간의 쓸쓸한 운동장과 따뜻한 고요를 누렸다. 종이컵의 커피가 반 정도 사라질 즈음이면 쪽문으로 걸어가는 J의 뒷모습이 보였다. 쪽문은 가파른 산길로 이어졌다. 산꼭대기에 오르면 시내가 다 보인다고 했는데, 나는 한번도 가보지 않았기에 그냥 그렇게 알고만 있었다. 그 산 아래에서 종종 바바리맨이 출몰한다는 소문도 있었다. J는 아마 쪽문 옆 어딘가에서 담배를 피울 것이었다. J가 담배를 피운다는 것 역시 소문으로만 들었다.

적막한 운동장 한구석, 서로를 볼 수 없는 어딘가에서 나는 커피를 마시고 J는 담배를 피웠다. 그렇게 이년 동안, 우리는 그 시간 그 장소의 바람과 햇살과 고요를 공유했다. 가끔 J의 뒷모습이 보이지 않을 때도 있었다. 그럴 때면 나의 감각은 초록색을 칠하지 않은 풍경화처럼 미완으로 남아버렸다.

J와 나는 같은 반이었지만 서로 말 한마디 나눠본 적 없었다. 가까워지고 싶은 마음이 클수록 먼 곳으로 도망가게 되는 경우가 있다. 나는 일부러 J를 피했다. 아무 감동도 느낌도 없이 시시껄렁한 농담이나 주고받는 애들 중 하나가 되고 싶진 않았다.

말을 건네도 좋았을 순간이 아주 없었던 것은 아니다.

가끔, 이름만 들어본 고장의 지도가 머릿속에 제멋대로 그려질 때가 있었다. 그럴 때마다 야간 자율학습을 빼먹고 한시간 거리쯤 떨어져 있는 기차역까지 걸어갔다. 걸으면서, 미쳐 날뛰는 감정을 자근자근 밟아 죽였다. 기차역에 도착한 뒤에는 어디에도 가지 않을 것이면서 꼭 어딘가로 떠날 사람처럼 열차시간표를 심각하게 쳐다봤고, 아무것도 더하거나 덜지 못한 마음을 짊어지고 다시 학교로 돌아오곤 했다.

그런 날이었다. 어딘가로 떠나고 싶으나 떠날 용기는 없고, 사실 딱히 가고 싶은 곳도 없고, 정말 떠나고 싶은 건지, 아니면 단지 이곳이 싫을 뿐인지조차 알 수 없고, 머릿속으로 낯선 고장을 하도 많이 상상해서 이미 그곳에 다녀온 것처럼 지쳐버린 날. 그날 역시 기차역까지 걸어갔다가 야자가 끝날 무렵 학교로 돌아왔다. 교실로 올라가기 전에 수돗가에서 손을 씻었다. 시린 물이 맨손에 닿자 온몸의 털이 삐죽 섰다. 손을 털자 흙바닥에 검은 점이 듬성듬성 돋아났다. 교복 조끼에 손을 닦으며 무심코 현관 옆 울타리를 봤다. 누군가가 그곳에 쪼그려 앉아 있었는데, 잔바람에 흔들리는 나뭇잎처럼 어깨가 미세하게 들썩이고 있었다. 발소리를 죽인 채 계단을 올라 현관 근처까지 갔을 때에야 나는 흔들리는 어깨의 주인을 알아보았다.

J였다. 울고 있었다.

그때 말을 걸었어야 했다. 그애의 이름을 또박또박 불렀어야 했다. 왜 우느냐고 물어봤어야 했다. 까만 그곳, 애인이 쏜 화살에 맞아 죽은 오리온 아래에서, 그애의 젖은 두 눈을 똑바로 쳐다봤어야 했다. 하지만 나는 아무것도 못본 사람처럼 J를 지나쳤다. J 옆에 앉으면 내 심장 뛰는 소리가 다 들릴 것만 같았다. 그 소리를 들킬 수는 없었다. 이층으로 올라가면서 복도 창으로 아래를 흘금 봤다. 아주 느리게 몸을 일으킨 뒤 현관으로 들어서는 J가 보였다. J가 일층 계단을 오를 때, 나는 이층 계단을 밟았다. 내가 사층에 들어섰을 때, J는 삼층 복도 창에 기대서서 창밖을 하염없이 처다보고 있었다. 창밖으로 뛰어내릴까봐 무서웠다. 죽고 사는 문제가 아니라, 죽어버리겠다고 마음먹는 것 자체가 나를 겁나게 했다. 나는 그 자리에 가만 선 채로 J가 움직일 때까지 기다렸다.

그 밤 이후 나는 늘 J를 찾아 주변을 두리번거렸다. J가 어디에 있는지 알아야 마음이 놓였다.

*

Y는 주말 밤마다 나를 불러냈다. 집으로 전화를 걸어서 부모님이 받으면 그냥 끊고, 내가 받으면 잠깐 나오라고 했다. Y를 좋아하지는 않았지만 주말 저녁이면 Y의 전화를 은근히 기다렸고, 잠깐 보자고 하면 깨끗한 옷을 골라 입고 나갔다. Y와 나는 늘 초등학교 운동장에서 만났고, Y의 점퍼 주머니엔 언제나 따뜻한 캔커피 두개가 들어 있었다. Y와 나는 항상 그네에 앉아 캔커피를 마셨고, 커피를 다

마시면 시소를 탔다. 서로 그러자고 약속한 것도 아닌데, Y와 나는 그 모든 과정을 절대 어기면 안 되는 법칙처럼 지켰다. 시소를 타며 Y는 자기 친구들에 대해 말하거나 스무살 이후의 삶에 대해 이야기했다. 나는 잘 듣다가 가끔 신경질을 냈다.

그래서, 너는?

나는 발을 힘껏 구르며 물었다. 시소가 공중으로 붕 떠올랐다. Y가 자기 학교에 떠도는 소문을 말해준 뒤였다. 이학년 후배가 같은 반 친구를 좋아했는데, 직접 고백을 했는지 아니면 들킨 것인지 모르겠지만 아무튼 다른 놈들이 그 사실을 알게 되었단다. 선배와 동기가 돌아가면서 그 아이에게 집단 린치를 가했다. 교실에도 못 들어오게 하고 화장실에도 못 가게 했다. 욕하고 때리고 침 뱉고 돈을 뺏었다. 그 사실을 알게 된 선생들이 린치를 당한 아이에게 자퇴와 전학 중 하나를 고르라고 했단다. 결국 전학을 갔는데, 그곳에도 소문이 퍼져 또 전학을 가게 되었다는 것이 결말이었다.

내가 뭐?

Y가 공중으로 붕 떠오르며 대꾸했다.

너도 팼냐고.

난 안 그랬어.

그럼 말렸어?

말리긴 왜 말려.

그럼 뭐 했는데?

그냥 소문만 들었어.

엉덩이에 힘을 꽉 줬지만 Y도 그만큼 힘을 주고 있었기에 바닥으로 내려갈 수가 없었다.

너라면 어땠을 거 같은데?

내가 공중에 대롱대롱 뜬 채로 물었다.

난 안 팼다니까.

Y가 짜증 섞인 말투로 대꾸했다.

아니, 남자가 너한테 고백을 하면.

Y가 인상을 찌푸리면서 벌떡 일어섰다. 나는 순식간에 바닥으로 떨어졌다.

장난하냐?

Y가 바닥에 침을 찍 뱉으며 물었다.

장난 아니고. 진지하게.

야.

기분 나빠?

당연하지.

왜 기분 나빠? 널 싫어하는 것도 아니고, 좋아한다는데.

야, 남자가 남자랑…… 그게 말이 돼? 주둥아리를 확 패줘야지.

나는 남자 아버지가 남자 하느님을 사랑하는 것에 대해 잠시 생각했다.

그럼 만약에, 잘생기고 운동도 잘하고 인기도 많고 돈도 많고, 음, 공부도 잘하고 성격도 열라 좋은데다 싸움까지 잘하는 남자애가 너한테 사랑한다고 고백하면?

Y는 화를 내는 대신 잠시 생각에 잠겼다가 고개를 흔들며 대꾸했다.

말도 안 돼.

뭐가?

그런 애가 남자를 좋아할 리 없잖아.

Y가 손을 털고 철봉을 잡으며 말을 이었다.

내가 편지에 썼는지 모르겠는데, 사실 초등학교 다닐 때는 너한테 별로 관심도 없었거덩. 근데, 딱 하나 기억나는 게 있긴 해. 오학년 때인가. 너 전학 오고 며칠 후에. 수업 끝나고 애들이랑 축구하다가 가방 가지러 교실에 들어갔는데, 그때 너 혼자 책상에 엎드려서 울고……

근데 진짜 비겁하다.

내 말에 Y는 입을 벌린 채 멍청한 표정으로 나를 봤다.

지들이 고백 받은 것도 아니면서 왜 애를 패? 돈은 왜 뺏어? 누가 지들 좋댔어? 지들이 왜 나서냐고.

Y가 철봉에서 뚝 떨어지더니 나를 빤히 노려봤다.

그 얘기가 왜 또 나오는데?

아니, 그게 그렇잖아.

지금 우리 얘기 하고 있잖아. 근데 그 재수 없는 자식 얘기가 왜 또 나오냐고.

'우리'라는 말에 심장이 움찔했다. 문득 '나는 Y를 사랑하지도 않으면서 주말 밤마다 왜 얘를 기다릴까'라는 생각이 들었다. 사랑이란 단어를 떠올리자 J의 아름다운 미소도 함께 떠올랐다. 그 미소를 생각하자 움츠러들었던 심장이 다시 뛰었다. 얼굴과 두 손이 뜨거워졌다. 나는 말없이 Y를 빤히 쳐다봤다. 이상하게도 Y만 보면 마음이 차분해졌다. Y가 천천히 다가와 두 손으로 내 어깨를 잡더니 얼굴을 점점 가까이했다. 어딘가에서 메마른 낙엽 냄새가 났다. 메마른 냄새는 J의 것. 작은 나무처럼 웅크린 채 울던 J. 뒷모습만으로도 완전한 J. 세상에서 가장 아름다운 미소를 가진 J. 늘 나를 두리번거리게 하는 J.

그날 역시 죽고 싶다는 내용과 J에 대한 이야기로 일기장을 채웠다. '아름답다'란 단어를 반복해서 쓰기도 했다. '아름답다'와 '사랑'은 지구와 달처럼 늘 함께 움직였다. 팔이 아파 Y와의 첫 키스 얘기는 쓰지 않았다.

사랑이 무엇인지 알 수 없어서 주위 사람들에게 사랑이 뭐냐고 물어보고 다닌 적이 있다. 모두 다른 말을 했다. 즐거운 거야. 어떤 상황에서도 나를 버티게 하는 힘이지. 굉장히 절대적인 겁니다. 그 사람한테만은 나쁜 짓 하면 안 되는, 그런 거. 아, 할 말이 너무 많은데. 어디서부터 말해야 하나. 쪽팔리게 뭐 그런 걸 묻냐. 그 사람과는 뭐든 할 수 있겠다는 마음? 일단 자봐야 아는 거야. 시작이 곧 끝인 것? 상대와 나를 알아가며 나의 내면을 확장해가는 과정 아닐까. 그거 다 사기야. 죽을래? 일단 좀 하자. 왜 그래? 뭔 일 있어? 배려하는 거죠. 최선을 다하는 거. 헌신적으로. 힘들 때마다 생각나요. 아 씨, 뭐 그딴 걸 물어보냐고. 뭔데 그게? 먹는 거야?

가장 많이 들었던 대답은, 그걸 어떻게 말로 설명하느냐는 말이었다. 나 역시 그 말에 공감했다. 하지만 누군가가 십년 전의 내게 사랑이 뭐냐고 물었다면, 나는 분명하게 대답했을 것이다.

그건 J야. J의 미소야.

*

졸업앨범 사진을 찍던 날이었다. 가을이었고, 그늘보다 양지를 더 많이 찾게 되는 날씨였다. 사진을 찍고 나면 수능이었고, 수능 후 기말고사만 치르면 졸업이었다. 졸업은 이별. 이별은, 아무리 두리번거려도 찾을 수 없다는 뜻. 계절이 깊어지고 바람이 차가워질수록 나는 불행해졌다.

그 전날 밤, Y는 전화를 걸어 저녁 여섯시부터 학교 앞에서 기다리겠다고 했다. 나는 싫다고 했다. 부담스러웠다. 남학생이 여고 앞에서 누군가를 기다린다는 건, 그 누군가와 사귀는 사이임을 전교에 소문내는 것과 같은 의미였으니까. 나는 소문의 주인공이 되고 싶지도 않았고 J가 그 소문을 듣게 되는 것도 싫었다. 그러나 Y는 나올 때까지 기다리겠다고 말한 뒤 일방적으로 전화를 끊었다.

5반에서 8반까지 운동장으로 나오라는 방송이 들렸다. 나는 손바닥만 한 필름 카메라를 들고 운동장으로 나갔다. 줌 기능도 없는 구식 카메라였다. 단상 앞에서 주임 선생님이 5반 아이들을 불렀다. 우리 반 차례가 되려면 아직 시간이 남은 듯했다. 신발 속에 돌이 들어갔는지 발바닥이 아팠다. 깨금발을 한 채 운동화를 벗어 돌을 털어내며 습관적으로 J를 찾았다. J의 뒷모습이 쪽문 너머로 사라지고 있었다. 나는 주문에 걸린 동화 속 어린이처럼 J의 뒷모습을 따라갔다.

머리 위로 마른 낙엽 밟는 소리가 희미하게 들렸다. 그 소리를 따라 좁은 흙길을 올라갔다. 낡은 운동화가 이미 죽은 낙엽을 잘게 부스러뜨렸다. 눅눅한 것은 소리가 없다고 마음에 적었다. 그래서 나는 아무 말도 할 수 없다고 이어 적었다. 넉넉한 공백을 두고, 아름다운 미소는 메마른 것에 가깝다고 또박또박 적고, 그 뒷장에 J의 미소를 그렸다. 새소리가 들렸다. 한마리가 소리를 내자, 다른 새도 소리를 냈다. 트고 갈라진 Y의 입술이 떠올랐다. 입속으로 기어들어오던 Y의 혀와 냄새와 침. 기분이 좋지 않았다. J와 내가 키스하는 모습을 그려봤다. 머릿속이 잠시 암전되었다가, 귀퉁이부터 노랗게 물들어갔다. 상상만 해도 심장이 뛰고 손발이 저렸다. 라일락 향기가 날 것이다. 꽃잎을 씹듯 촉촉하고 부드럽겠지만, 늦가을 서리처럼 차고 아플 것도 같다. 종소리가 날까? 정말 그럴까? Y와 키스할 땐 종소리가 안 났으니까 그건 키스가 아니었다. 그냥 장난이었다. 진짜 키스라면 그럴 리 없지. 대뜸 화가 났다. Y를 만나면 반드시 때려줘야겠다고 생각했다.

산길은 생각보다 가파르고 위험했다. 마른 낙엽 때문에 몇번이나 미끄러졌다. 오래전, 부모님과 외할아버지 산소

194

에 갔던 일이 떠올랐다. 무척 험한 산이었다. 귀신도 밤이면 길을 잃을 것처럼 복잡하고 구불구불한 산길. 높게 자란 전나무 사이로 가느다란 햇살이 인색하게 새어 들었다. 아버지는 삼 미터쯤 앞서 걷다가 종종 엄마와 나를 돌아봤다. 엄마와 거리가 어느 정도 좁아지면, 아버지는 다시 앞을 보고 걸었다. 우린 그때 아무 대화도 나누지 않았다. 서로의 손을 잡아주지도 않았다. 엄마는 아버지의 발자국을 따라 걸었고, 나는 엄마의 발자국을 따라 걸었을 뿐이다. 산 중턱에 있는 외할아버지 산소에 도착하고 나서야 아버지는 깊은 숨을 내쉬며 온몸의 긴장을 풀 듯 팔다리를 흔들었다. 엄마는 내 바지에 묻은 흙을 무심히 털어주었다. 나는 입을 한발이나 내밀고서 못된 표정을 지었다.

J의 뒷모습을 놓쳤다가 다시 발견하길 반복했다. J의 이름을 소리 내어 부르고 싶었지만, 한번도 입 밖으로 내본 적 없는 이름이라 혀가 딱딱하게 굳었다. J가 돌아보고 기다려주길 바랐다. 그럼 이름을 부르지 않아도 네가 거기 있고 내가 여기 있음을 알 수 있을 텐데. J가 있으리라 짐작되는 곳에서 나뭇가지 꺾이는 소리와 메마른 낙엽 부서지는 소리가 희미하게 들렸다. J는 왜 자꾸 높은 곳으로 가는 걸까. J가 쪽문에서 담배를 피운다는 소문은 사실이 아닐 수도 있었다. 그저 하루에도 몇번씩 산을 오르는, 아니

헤맸던 것일지도. 그건 어쩌면, 밤마다 죽고 싶다는 글씨로 일기장을 가득 채우는 내 마음과 비슷하지 않을까.

야!

용기를 냈다.

그만 가자!

먼 곳까지 들리도록 큰 소리로 말했다. 이름 모를 새들이 한꺼번에 지저귀기 시작했다. 구불구불한 길 너머에서 J의 목소리가 어렴풋이 들렸다. 누구냐고 묻는 것 같았다.

그만 가자고!

나는 내 이름을 말하는 대신 같은 말을 더 크게 내뱉었다. J가 다시 누구냐고 물었다. 내 이름을 댔다. 누구? J가 되물었다. 더 크게 대답했다. 내 이름이 산속을 가득 채웠다. 답이 없었다. 그 자리에서 한참을 기다렸지만 J는 대답하지도, 내려오지도 않았다. 심장이 쿵 하고 내려앉았다.

설마 나를 모르나?

J가 나를 볼 수 있는 곳까지 단숨에 올라가려다가, 발을 멈췄다. J가 내 얼굴을 보고도 누구냐고 묻는다면 죽을 때까지 J를 원망하게 될 것 같았다. 더 높은 곳으로 오르는 듯한 J를 뒤로한 채 나는 쫓기듯 아래로 내려갔다. 목에 걸린 카메라가 돌에도 부딪히고 나무에도 부딪혔다. 거듭 넘어지고 미끄러졌다. 종아리와 손등에 상처가 났고 흰 블라

우스와 회색 치마에 흙이 잔뜩 묻었다. 아프고 더럽고 겁났다. 잠시 노란빛이 감돌더니, 차갑고 어두운 공기가 산속을 와락 채웠다. 시계가 없어 몇시인지도 알 수 없었다. 졸업앨범은 이미 다 찍었을 것이고, 사진 속에 나와 J는 없을 것이었다.

산을 내려오며 길을 잃었다. 올라간 만큼 내려온 것 같은데도 학교 쪽문은 나타나지 않았다. 나뭇가지를 부러뜨리며 무작정 아래로 내려가면서, 누구냐고 묻던 J의 목소리를 몇번이나 곱씹었다. 산길을 헤매다가 혹시라도 J와 마주칠까봐 겁이 났다. 처음 보는 사람처럼 내 곁을 지나쳐버릴 그애를 상상하는 것만으로도 얼굴이 달아올랐다. '씨발 존나 사랑한다'던 삼년 전 장난 섞인 목소리도 떠올랐다. 그 말을 그런 식으로 할 수밖에 없는 마음을 이해할 것 같았다. 그러니 그때 나를 좋아했던 사람은 Y가 아니라, Y와 나를 놀리는 방법으로나 사랑을 말할 수 있었던 Y 옆의 아이였을지도 모른다.

한참을 걸어 가로등을 발견했다. 조금 더 걸으니 골목이 나왔다. 골목을 돌아 내려가자 학교 정문이 보였다. 그곳에 Y가 서 있었다. 교문 안쪽을 힐금거리며 나를 기다리던 Y는, 정문이 아니라 윗동네에서 걸어오는 나를 보고 어깨를 으쓱했다.

왜 하필 너야.

Y에게 다가가며 말했다.

왜 하필 너냐고.

처음 보는 사람처럼 Y를 지나쳐 교문으로 들어가면서, 나는 거듭 중얼거렸다.

*

종종 J를 생각한다.

새로운 사랑을 시작할 때마다 걷는 대로 길이 만들어지는 산속을 헤매는 기분이고, 상대의 뒷모습만 막연히 따라가던 열아홉살의 나로 돌아가는 기분이다. 그러다 상대가 뒤를 돌아보면, 왜 하필 너냐고 따지고 싶어진다. 이십대의 마지막 생일을 맞아 끝내주게 놀아보자는 친구들을 따돌린 채, 지금 나는 헤어진 애인을 만나러 간다. 그에게 꼭 받아내야 할 사진이 있다. 지난 연인들이 나의 첫사랑을 궁금해할 때마다 나는 사진 한장을 주며 그것이 내 사랑의 원형이라 말하곤 했다. 그리고 헤어질 때면, 그 사진을 반드시 돌려받았다. 그 사진 속엔 여러가지가 담겨 있다. 파란 하늘. 마른 나뭇잎. 죽어가는 나무. 따뜻한 햇살. 서늘한 바람. 메마른 냄새. 그리고 가장 먼 곳에서 유령처럼 흔들리는 J의 희미한 뒷모습.

십여 년 전 겨울, 졸업앨범을 받자마자 우리 반 단체사진부터 펼쳐보았다. 사진 속에 나는 없고 J는 있었다. 하얀 블라우스와 잿빛 치마를 입고, 세상에서 가장 아름다운 미소를 띤 채. 이후 졸업앨범을 다시 펼쳐보지 않았다. 지금은 그녀의 뒷모습만 기억난다. 그날, 찬란한 오후와 쓸쓸한 해 질 녘 사이 어디쯤에서, 나는 무엇을 따라 그 가파른 산을 올랐던 걸까.

팽이

나는 보이저 1호가 토성을 지나며 그곳의 여러 비밀을
밝혀낸 해에 태어났다. 오빠가 들려준 이야기다. 토성은,
크다. 토성은, 아름답다. 토성은, 얼음과 눈으로 뭉쳐진 수
많은 고리를 가지고 있다. 그리고 지구보다 빨리 돈다. 그
래서 시간도 지구보다 빨리 흐른다. 만약에 토성을 띄울
만큼 커다란 대야가 있다면, 토성은 그 안에서 고무공처럼
물 위에 둥둥 뜰 만큼 밀도가 낮다. 나는 그 말을 이해하지
못했다.

그럼 바다에 띄워봐.

나는 미역 비린내가 진동하는 바다를 가리키며 말했다.
오빠는 손을 휘휘 내저으며 대답했다.

토성은 지구보다 훨씬 커.

어린 나는 생각했다. 그렇다고 바다보다 크고 넓을까봐.
나는 한 발 물러서서 말했다.

그럼 먼저 지구를 바다에 띄워보면 되겠네.

*

열살이 될 때까지 나는 받침이 있는 글자를 읽지 못했다. 구구단도 못 외웠다. 매일 나머지 공부를 했는데, 멤버는 자주 바뀌었지만 나는 항상 그 속에 있었다. 나머지를 하느라 중학생인 오빠보다 집에 늦게 돌아오는 날도 많았다. 겨울이면 집으로 돌아오는 사이 해가 지곤 했다. 해는 무른 팥죽에 국자가 빠지듯 물컹, 하며 바닷속으로 빠져 들었는데, 해가 사라진다고 해서 금방 어둠이 찾아오는 건 아니었다. 나는 그것을 이해하지 못했다. 태양이 바다에 빠졌는데 어째서 바로 어두워지지 않는 거지? 나는 해가 지기 전에 반드시 방에 불을 켜야 한다는 이상한 믿음을 갖고 있었다. 오빠는 나의 그런 믿음을 같이 지켜주었다. 우리 집은 늘 밝았다.

여름방학이 얼마 남지 않은 토요일 오후였다. 시원한 바람을 따라 소금 냄새가 났다. 수도꼭지 앞에 쪼그려 앉아 낡은 칫솔로 운동화를 문지르던 오빠가 나를 불렀다. 나는 오빠 옆에 밥풀처럼 붙어 앉아 바가지로 물을 떠서 오빠

손에 부었다. 손을 감싸고 있던 하얀 비누 거품이 물살을 따라 쫙 갈라졌다. 오빠는 젖은 운동화를 댓돌 위에 비스듬히 세워두고 허리를 쭉 폈다. 그리고 다시 나를 부르며 하늘을 가리켰다. 하늘에는 비누 거품 같은 구름이 듬성듬성 흩어져 있었다. 하늘이 세수를 하는 것 같았다.

저거 보여? 저기, 낮달.

오빠가 손가락을 쭉 뻗으며 말했다. 나는 낮달을 이해하지 못하고 대꾸했다.

달은 밤에만 보이는 거야.

오빠는 아니라고 했다. 달은 언제나 보인다고 했다. 나는 아니라고 박박 우겼다. 해가 지고 밤이 되자 오빠가 형광등을 껐다. 나는 무섭다고 소리 지르며 울었다. 빨리 불을 켜! 불을 켜란 말이야! 오빠가 작게 내 이름을 불렀다. 이거 봐! 오빠는 왕자처럼 방바닥에 무릎을 꿇고 앉아 팽이를 돌렸다. 가느다란 야광 띠를 여러겹으로 두른 야광 팽이였다. 사그라지는 달빛이 열린 창 너머로 간신히 우리를 들여다보고 있었다.

토성 같지?

오빠가 말했다. 나는 토성 같은 게 뭔지 몰랐지만, 고개를 끄덕였다. 오빠가 갑자기 형광등 스위치를 올렸다. 눈이 부셨고, 팽이는 더이상 야광으로 빛나지 않았다. 나는 눈물이 남아 있는 볼을 실룩거리며 오빠를 쳐다봤다.

낮달 같지?

오빠가 싱긋 웃으며 말했다. 나는 다시 고개를 끄덕였다. 오빠는 방문을 열고 까만 하늘을 가리키며 말했다.

저기, 별 네개가 네모나게 모여 있는 거 보여?

별은 무수히 많았고 내 눈엔 다 네모나게 모여 있는 것처럼 보였지만, 나는 또 고개를 끄덕였다.

저게 돌고래자리야. 어두운 별이어서 잘 안 보이지만 익숙해지면 금방 찾을 수 있어.

나는 어쨌든 고개를 끄덕였다. 오빠는 하늘을 향해 커다란 원을 그리면서 말했다.

저게 다 우주다, 재이야.

그날 나는 알 수 없는 별이나 우주 같은 것에 대해 말하는 오빠를 살짝 의심했다. 신기하지 않아? 오빠는 맥없이 말했다. 목소리가 워낙 우울했기에 나는 고개도 끄덕이지 않고 그저 얌전히 앉아 있었다.

재이야, 이제 엄만 없다.

오빠는 신기하지 않아?처럼 말했다. 그 말은 내가 그날 처음으로 이해할 수 있었던 말이었다. 낮달이나 토성이나 돌고래자리나 우주보다는 그편이 훨씬 사실적이고 간단했다. 엄만, 없다.

비록 받침이 있는 글자는 읽지도 못하는 멍텅구리였지만, 엄마가 없다는 짧은 문장이 여러 의미가 될 수 있다는 것을 나는 알았다. '언제'와 '어떻게'와 '왜'가 없는 그 문장에 나는 무수히 많은 단어를 끼워 넣어보았다. 밑그림 없는 퍼즐 조각을 들고 골몰하는 아이처럼 나는 한동안 열심이었다. '엄마가 시장에 가서 지그믄 업다'라든가, '엄마가 외가찌베 가서 내일도 업슬 거시다'라든가, '엄마가 지블 나갓기 때무네 아프로도 업슬 거시다' 같은 문장은 만드는 족족 쓸 만했다. 나는 여러가지 문장을 만들어 친구 숙제를 베낀 학생 같은 표정을 지으며 오빠에게 검사를 요구했다. 오빠는 내가 만든 문장 하나하나에 빗금을 긋다가 맨 마지막 문장을 고쳐 썼다.

　'엄마가 집을 찾아갔기 때문에 앞으로도 없을 것이다.'

　그리고 잠시 망설이더니 문장의 끝에 '어쩌면'을 덧붙였다. 집을 찾아간 것이라면 우리가 지금 살고 있는 여기는 뭐야? 나는 똑똑하게 물었다. 여긴 우리 집이 아니야. 우린 돈을 주고 이 집을 빌린 거야. 그리고 오빠는 입을 다물었다. 그때부터 나는 종종 주인 할머니가 부르는 찬송가 소리를 듣게 되었다. 거짓말처럼, 이전에는 들리지도 보이지도 않던 주인 할머니의 목소리와 얼굴이 터미네이터의

액체금속인간 T-1000처럼 불쑥 나타나 우리 집 마당을 활보하고 다녔다. 나는 어린 존 코너처럼 주인 할머니를 피해 다니며 생각했다.

어쩌면 지구 위에서 진짜 나의 집을 갖기란 T-1000을 해치우는 것만큼 힘든 일일지도 몰라.

*

오빠는 공부를 잘했다. 아무도 오빠에게 공부 열심히 하라는 말을 하지 않았고 오빠도 그리 열심히 하는 건 아니었지만 언제나 똑똑했다. 반에서 일등을 하고 그래서 상을 타고 영어경시대회에 나가면서 오빠는 점점 더 똑똑해졌다. 곽성권, 예원옥을 공책에 쓰고 그것을 백번씩 따라 쓰라고 시킨 것도 오빠였다. 아빠와 엄마의 이름은 무척 어렵고 까다로웠다. 나는 자꾸 '곽'을 '각'으로, '권'을 '건'으로 썼다. 곽성권이나 각성건이나 들으면 똑같은데, 오빠는 자꾸 틀렸다고 야단을 쳤다. 아빠와 엄마의 이름을 정확히 쓰고 읽게 되면서 나는 한글을 모두 깨쳤다. 그리고 누구보다 이중모음을 완벽하게 발음할 수 있게 되었다. 책을 읽는 나를 보고 담임은 나중에 아나운서를 하라고 했다. 아나운서가 되려면 공부를 열심히 해야 한다는 말도 잊지 않았다. 그날 집으로 돌아와 오빠에게 그 이야기를 했다. 오빠는 책상 서랍을 열어 통장을 꺼내 보더니 서랍 구석에 나뒹굴던 야광 팽이를 꺼내고 형광등을 껐다. 그리고 바닥에 앉아 팽이의 중심부터 천천히 줄을 감았다. 나는 오빠와 팽이를 보며 마음의 준비를 했다. 언젠가 오빠가 야광 팽이를 돌리며 이렇게 말할지도 모른다고 생각했기 때문이다.

이제 오빤 없다.

오빠가 그런 말을 하게 되는 날이 온다면…… 나는 다짐하고 다짐했었다. '왜'와 '어떻게'를 반드시 물어봐야지. 절대 추측 같은 것은 하지 않겠어.

재이야, 이제 너는 모든 글씨를 읽을 수 있다.

오빠의 말은 나를 무척 부끄럽게 했다. 나는 왠지 무릎을 꿇어야 할 것 같아 엉덩이를 실룩거렸다. 오빠는 줄을 휘릭 풀어내면서 팽이를 바닥으로 집어 던졌다. 야광 팽이가 빙글빙글 돌았다.

엄마는 집을 찾았대. 아주 멀리에서.

오빠는 빙글빙글 돌아가는 팽이를 쳐다보며 엄마의 집에 대해서 얘기했다. 엄마의 집은 이층집인데 집 앞에는 푸른 잔디가 깔려 있고 자그마한 나무가 많이 있으며 집 옆에는 차고가 있는데 차고의 문은 리모컨으로 조종할 수 있다. 하얀 울타리는 내 무릎 높이보다 낮지만 그 집에는 방범장치가 설치되어 있기 때문에 사실 울타리는 장식이고 멋이다. 벽은 하얀색, 지붕은 하늘색이고 이층 창문에서는 뜨는 해와 지는 해를 동시에 볼 수 있으며 거미나 쥐며느리 같은 벌레는 집 안으로 절대 들어올 수 없다. 나는 말을 듣다 말고 조심스럽게 물었다.

방은 몇개래?

오빠는 잠시 생각하더니 한, 세개쯤 있지 않을까,라고 말했다.

누구랑 산대?

남편이랑 살겠지.

오빠는 멈춘 채 삐딱하게 누워 있는 팽이에 다시 줄을 감으며 대답했다.

그럼 방이 남잖아.

나는 의기양양하게 말했다. 남는 방에 우리가 살면 되잖아,라는 말은 차마 못했다. 입이 근질근질했다. 오빠는 팽이를 다시 바닥에 휙 집어 던졌다. 힘이 너무 셌는지 팽이는 돌지 않고 바닥에 냅다 꽂혀버렸다. 오빠는 형광등을 켜고 책장에서 영어 참고서를 꺼내 훑었다. 그 안에서 마법처럼 하얀 봉투가 튀어나왔다. 오빠가 그 봉투를 내밀며 말했다.

이제 너는 모든 글씨를 읽을 수 있으니까.

편지봉투는 그동안 내가 봤던 것과는 조금 다른 모양을 하고 있었다. 항공우편이기 때문이라고 오빠는 설명했다. 봉투 안에는 한장의 편지와 한장의 사진이 들어 있었다. 사진에는 하얀 벽과 하늘색 지붕과 푸른 잔디와 낮은 울타리를 가진 집이 담겨 있었다. 나는 천천히 편지를 읽었다.

나는 지금 미국에 있다. 미국은 무척 먼 나라다. 비행기를 타도 열시간이 넘게 걸린다. 그리고 미국은 무척 큰 나라다. 한 나라 안에서도 시간이 다르게 흐른다(나는 이 말을 이해하지 못했다). 내가 사는 데는 플로리다라는 곳인데, 이곳 역시 넓다. 겨울도 여름도 따뜻한 곳이다. 나는 미국 남자와 결혼했다. 그리고 멋진 집에서 살게 되었다. 재이가 고등학교를 마칠 때까지 내가 몰래 돈을 보내주겠다. 하지만 이제 엄마는 없다. 나는 이곳에서 행복해질 것이다. 너희도 그곳에서 행복하게 지냈으면 좋겠다.

편지는 대충 이런 내용이었다. 나는 받침이 있는 글자까지 또박또박 읽어냈고 이중모음이 있는 부분은 특히 신경 써서 읽었다. 그리고 편지 끝에 적힌 날짜와 이름을 오래도록 보았다. 엄마가 편지를 쓴 날짜는 오빠가 처음 팽이를 돌렸던 초여름과 멀지 않은 날이었고 보낸 사람 이름은, 알아볼 수가 없었다. 나는 그 부분을 가리키며 오빠를 처다보았다. 루시,라고 오빠는 말했다. 루시 케이지. 그곳에서 엄마는 루시라고 오빠는 말했다. 그러니까, 루시 케이지라는 것은 엄마의 영어 이름이고 나도 곧 영어를 배우게 될 거라고.

나는 여러가지로 혼란스러웠다. 엄마는 어딘지 알 수 없는 먼 곳에서 집을 찾았고(그곳은 도저히 같은 지구 위라 생각할 수 없는 이름을 갖고 있었다), 나는 한글이 아닌 또다른 글자를 곧 배워야 하며, 오빠는 이 사실을 오래전부터 알고 있었으면서 나에게 아무 말도 하지 않았고, 그러면 차라리 영영 말을 말지 왜 이제 와서 불쑥 말을 해주는가, 하는 생각들이 머릿속을 어지럽게 기어다녔다. 엄마는 도대체 어떻게 그 먼 곳까지 갈 수 있었을까. 비행기를 타도 열시간은 넘게 걸린다는 플로리다까지 집을 찾아 천천히 걸어가는 엄마를 상상했다. 한벌뿐인 치마를 입고 고운 차양모자를 쓰고 한 손엔 양산을 들고 또각또각 소리가 나는 구두를 신은 엄마가 먼지 날리는 긴 길을 지나 낮은 동산을 넘어 반짝이는 바다 위를 걸어가고 있었다. 지는 해처럼 바다 끝으로 점점 사라지는 엄마의 다리와 엉덩이와 허리와 차양 모자와 양산 위로 얕은 아지랑이가 피어올랐다. 한점 바람도 불지 않고 한점 파도도 일렁이지 않는 바다 너머로 엄마의 양산 꼭지가 쏘옥 빠진 뒤, 엄마는 너른 잔디와 하얀 집을 가진 루시가 되어 떠올랐다. 위대한 루시. 나는 바다가 내려다보이는 마루에 앉아 짤각짤각 박수를 쳤다.

그날 밤 오빠는 내 옆에 누워 둥그런 지구 위에서 왜 모두 다른 시간을 갖게 되는지 말해주었다. '둥근 지구가 도니까'로 시작된 오빠의 말을 들으며 나는 생각했다. 그렇지, 지구는 둥그니까 자꾸 걸어나가면 온 세상 어린이도 다 만난다는데 엄마라고 못 만나겠어? 하지만 내겐 둥근 지구를 자꾸 걸어나갈 마음이 전혀 생기지 않았다. 나는 그, 영어라는 것도 아직 배우지 않았고, 무엇보다 엄마를 찾기 위해 둥근 지구를 걷는 것은 오빠에 대한 어떤 배신이 아닌가,란 생각이 들었기 때문이다. 그리고 이런 생각도 들었다. 오빠는 영어도 잘하는데, 그런데도 엄마를 찾아 둥근 지구를 걷지 않는 이유는 나에 대한 어떤 책임 때문이 아닌가. 나는 오빠를 배신할 수 있는데 오빠는 나를 책임지고 있다는 생각을 하니 뭔가 못마땅하고 미안하면서도 안심이 되었다. 오빠는 내 옆에 누워 한가하게 지구가 도네 마네 하는 이야기를 하고 있었다. 나는 바다 위를 걷는 나와 마루에서 나를 보며 짤각짤각 박수 치는 오빠를 상상하고, 바다 위를 걷는 오빠와 마루에서 짤각짤각 박수 치는 나를 상상했다. 어느 상상도 루시처럼 위대하진 않았다.

나는 오빠를 등지고 누워 말했다.

됐어, 오빠. 나 그런 거 하나도 안 궁금해. 난 오빠가 하는 말을 이해할 수가 없다고.

오빠는 내가 엄마에 대해서 물어보면 집을 찾으러 갔다고만 말했다. '이젠 엄마가 없다'는 사실을 통보하기 이전의 오빠는 늘 그랬다. 언제 나갔는데? 너 잘 때. 나 잘 때? 응, 네가 잠이 들면 여기 와서 밥을 먹고 다시 집을 찾으러 가고 그래. 그럼 왜 나를 깨우지 않아? 네가 너무 맛있게 잠을 자서 깨울 수가 없어. 오빠는 안 자? 나도 자. 그럼 오빠는 어떻게 알아? 나는 발로 오빠를 차면서 쟁쟁거렸다. 재이야, 너랑 나는 자꾸자꾸 자라잖아. 오빠는 벽에 그려놓은 키재기 빗금에 내 머리를 갖다 대며 말했다. 그런데 이 방은 자라지 않잖아. 우리 둘이 누우면 방이 꽉 차잖아. 안 그래? 엄마는 이 방에서 잠을 잘 수 없어. 너와 내가 자꾸 커지기 때문에. 그래서 엄마는 엄마가 잘 수 있는 넓은 방을 찾아 가는 거야.

물론 엄마가 처음부터 집을 찾아 집을 나간 것은 아니다. 집을 찾기 위해 엄마는 당나귀처럼 일을 하기도 했다. 엄마는 내가 학교에 들어가 열 손가락을 사용해 산수 문제를 풀 때까지 격주로 낮과 밤을 바꿔가며 김치 공장에서 일했다. 엄마의 머리카락에선 언제나 소금 냄새와 고춧가루 냄새가 뒤섞여 났다. 나는 잠든 엄마 옆에 누워 두꺼운 커튼 사이를 비집고 들어오는 햇살을 손바닥으로 가리는 장난을 치곤 했다. 그러다가 잠이 들었고, 잠에서 깨어나면 내 옆에는 엄마가 아닌 오빠가 누워 있었다. 오빠는 내 머리를 자기 팔 위에 얹어놓고 나를 꼭 끌어안은 채 잠을 자거나, 손가락으로 달빛을 가리며 그림자놀이를 하고 있었다. 그래서 나는 엄마가 도대체 언제 집을 찾아 나갔는지 기억할 수 없었다. 어쨌든 끝까지 내 곁에 누워 있는 사람은 오빠였으니까.

나는 잠든 오빠의 손을 끌어당겨 내 가슴에 올려두곤 했다. 그러면 오빠는 손바닥을 쫙 펴서 내 가슴을 쓸어주었는데 그럴 때 나의 기분은 무척 묘해졌다. 가슴을 어루만지던 오빠가 내 눈가를 쓸어주고 내 머리를 쓸어주고 내 아랫배를 쓸어주고 내 다리를 쓸어주면 나는 킥킥거리면서 좋아하다가도 심술을 냈다. 길고 추운 겨울밤이면 오빠와 나는 이불을 머리까지 덮어쓰고 서로의 몸을 만지며 놀았는데, 그럴 때마다 과묵한 우리의 방은 고요하게 우리를 옥죄었다. 루시의 편지를 읽게 된 밤, 잠이 오지 않을 때면 오빠의 고추를 가지고 놀던 기억이 떠올라 오빠의 팬티를 살짝 들어보았다가 깜짝 놀라 찰싹 소리가 나도록 팬티를 놓쳐버렸다. 긴장된 숨소리가 방을 가득 채웠다. 오빠는 잠든 척 몸을 뒤척였다. 나는 고슴도치처럼 몸을 웅크리고 오빠를 등지고 누웠다. 더이상 몸으로 놀고 몸으로 위로할 수 없을 만큼 오빠는 자라 있었다. 나는 배신당한 여인네처럼 울고 싶었다.

*

내가 열두살과 열세살의 중간이었을 때, 주인집 할머니가 돌아가셨다. 할머니는 빙판길에서 넘어져 뇌진탕으로 죽기 전까지도 나를 교회에 데려가지 못해 안달이었다. 교회에 가자꾸나, 애기야. 교회에 가면 세상 근심이 다 사라진단다. 나는 세상 근심이란 것을 잘 몰랐다. 나는 할머니만 보면 고개를 푹 숙이고 아니요, 아니요만 반복했다.

하나님을 믿으면 구원받을 수 있단다. 너, 구원이 뭔지 아니?

아니요.

구원은 영원히 살 수 있는 거야.

딱 들어도 거짓말이었지만, 나는 말없이 고개만 주억거렸다.

이생에서 배부르고 등 따습게 사는 건 아무 소용이 없단
다. 진짜 값진 생은 다른 곳에 있지.

어디, 플로리다 같은 데? 루시의 플로리다를 떠올리지
않을 수 없었다. 어쨌든 플로리다는, 나풀나풀 날던 노란
나비가 칼날처럼 벌어진 파란 하늘 틈으로 들어가 하늘을
넘어선 뒤에야 볼 수 있는, 그런 곳에나 어울리는 이름이
니까.

애기야, 하나님을 믿는 것만으로도 이생의 모든 문제는
해결된단다. 심판의 날이 오면 하나님을 믿지 않은 자, 불
구덩이에 빠져 후회해도 소용없어. 하나님 자식들은 모두
말씀만으로도 구원받는단다.

주인 할머니는 더듬거리지도 않고 거짓말을 했다.

나와 같이 교회에 가자.

나는 다시 아니요, 아니요,라고 했다. 하지만 그렇게 대
꾸하면서도 T-1000에 버금가는 주인 할머니가 행여나 하
나님을 믿지 않는 자 내 집에서 나가!라고 하면 어떡하나
내심 걱정이 됐다. 그것은 심판의 날 불구덩이에 빠지는
것보다 훨씬 무서운 일이니까. 할머니는 교회에 가기 전에
애기야, 하면서 나를 찾았다. 그때마다 나는 공부하는 오
빠를 쳐다보거나 늦잠 자는 오빠를 흔들었다. 오빠는 입술
에 손가락을 지그시 갖다 대거나 문을 등지고 누웠다. 오

빠는 걱정도 안 되나보지. 저러다 할머니가 우리 집 벽을 수욱 뚫고 들어와, 내 집에서 나가!라고 소리라도 지르면 어쩌려고.

　할머니의 애기야, 소리가 잦아든 한여름 정오에 오빠에게 말했다. 오빠, 교회에 가면 구원받는대. 하늘에서 집 한 채가 공짜로 쿵 떨어지면 나와 오빠는 그 앞에서 짤각짤각 박수를 치고, 금빛 가루로 반짝이는 손잡이를 잡고 문을 열면 그 안에 우리의 작은 방이 고스란히 들어 있는 구원을 나는 상상했다. 교회에 가면 돈을 내야 해. 오빠는 영어책을 팔랑팔랑 넘기며 말했다. 구원도 돈을 주고 사는 거야. 슈퍼에서 초코파이 사는 것처럼. 오빠의 그 말도 말짱 거짓말이라는 생각이 들었지만, 나는 아무 대꾸도 하지 않았다. 대신 이런 다짐을 했다. 나는 당당한 사람이 되어야지. 싫어요, 안 해요, 됐어요, 그만 가세요, 귀찮아요,라고 당당히 말하는 사람이 되어야겠어. 그렇게 다짐했건만, 주인 할머니가 올 때면 나는 오빠와 함께 방에 숨어서 자는 척, 없는 척을 하거나 고개만 주억거리며 아니요, 아니요, 만 되풀이했다. 하지만 어른이 되면 나는 꼭 당당한 사람이 될 거야. 나는 그 다짐을 오빠에게 말하지 않았다. 어쩌면 그건, 오빠에 대한 배신일지도 모른다는 생각이 들었으니까.

    내 주위에서 가장 당당한 사람이던 주인 할머니가 죽은 뒤 할머니의 딸이라는 사람이 찾아왔다. 겨울방학이 거의 끝나가던 즈음이었고, 나는 내복만 입은 채 밀린 방학 숙제를 하고 있었다. 오빠는 개학하기 일주일 전이면 숙제 검사를 했고, 숙제를 하지 않으면 나를 밖으로 내쫓고 밥을 주지 않았다. 마루에 앉아 탐구생활이라도 몇장 푸는 성의를 보여야 오빠는 나를 다시 방에 들여주었다.

    그날 나는 수수깡으로 엉망진창 집을 하나 만들고 있었는데, 수수깡에 본드를 바르니까 수수깡이 자꾸만 녹았다. 무너지는 수수깡 집을 세우기 위해 나는 본드를 더 많이 발랐고, 그러면 그럴수록 수수깡 집은 맥없이 무너졌다. 두 손에는 찐득한 본드와 수수깡이 덕지덕지 묻었다. 매캐한 본드 냄새와 스티로폼 녹는 냄새 때문에 숨 쉬기가 힘들었다. 나는 오빠가 어서 오기를 바라면서도 조금만 더 늦게 왔으면 했다. 찐득찐득한 손, 난장판이 된 방, 뇌가 타는 것만 같은 본드 냄새가 나를 약 올리며 울음을 재촉하던 찰나, 방문이 벌컥 열리며 낯선 여자가 얼굴을 디밀었다. 기회를 엿보던 울음이 이때다 하고 펑 터져버렸다. 나는 터진 둑처럼 울었다. 손바닥으로 방바닥을 내려치며 통곡했다. 왜 아무도 나에게 수수깡에 본드를 묻히면 녹는다고 말해주지 않았나. 내가 이러다 숨이 막혀 죽어버리면 누가 날 위해 울어주겠나. 방학숙제 좀 안 한다고 지구가 망하나. 왜 오빠는 고등학생씩이나 돼가지고 방학인데도 날 남겨두고 학교에 가야 하나. 이럴 줄 알았으면 교회에 다니는 거였어. 교회에서는 종이를 오려 예쁜 고리를 만들던데. 그걸로 만들기 숙제를 대신 할 수 있을 텐데. 줄줄이 이어지는 팽팽한 감정이 팽이 줄처럼 내 몸통을 칭칭 휘감았다. 왜 아무도 나를 위해 살고 있지 않나. 왜. 왜. 왜. 대체 왜 아무도.

여자는 문지방에 앉아 나를 달래며 말했다. 얘, 수수깡은 핀으로 고정시켜야지. 여자는 해쓱한 얼굴로 수수깡 집을 들고 이리저리 살펴보았다. 이건 못쓰겠다, 얘. 그 말에 나는 더 큰 소리로 울었다. 괜찮아, 내일 다시 만들면 되지. 여자는 고단한 표정으로 다 쓰러져가는 수수깡 집을 내려놓았다. 그리고 오빠가 들어왔다. 나는 눈물 콧물로 번들거리는데다 퉁퉁 부은 얼굴을 어쩌지 못하고 그저 방바닥만 쳐다봤다.

오빠는 여자와 무슨 말인가를 주고받은 뒤 마당을 나서는 여자에게 고개 숙여 인사했다. 나는 방구석에 쪼그려 앉은 채로 옅은 울음을 계속 뱉어냈다. 오빠는 엉망이 된 수수깡 집을 들고 방을 두리번거렸다. 거센 겨울바람이 방을 찰싹찰싹 때렸다. 나는 울고 또 울다가 앉은 채로 꾸벅꾸벅 졸았다. 갸웃거리는 꿈속에서, 나는 오빠의 책장에 얌전히 꽂혀 있는 한권의 책이었다. 바닥으로 픽 넘어지며 잠깐 잠에서 깼다. 방 모서리에 내동댕이쳐진 수수깡 집이 보였다.

차가운 겨울 아침. 오빠는 없고, 방구석에 놓인 밥상 위엔 밥그릇 하나가 오롯이 놓여 있었다. 밥그릇엔 다 식은 계란프라이가 덮인 미적지근한 밥이 담겨 있었고, 그 옆의 작은 종이에는 오늘의 숙제가 적혀 있었다. '만들기 숙제를 다시 할 것. 수수깡은 핀으로 고정시켜야 함.' 쪽지 옆에는 동전 몇개가 놓여 있었다. 핀과 수수깡을 살 돈이었다. 나는 낡은 책을 넘기듯 조심조심 밥을 떠먹고 남은 밥은 보온밥통에 그릇째 넣어두었다. 그날 오빠는 다른 날보다 일찍 방에 돌아왔다. 내가 눈을 동그랗게 뜨고 보자 오빠는 토요일이잖아,라고 했다. 그리고 내가 만든 수수깡 집을 요리조리 살펴보더니 남은 수수깡을 손톱만 한 크기로 잘라 문의 손잡이를 만들어주었다.

이제부터 집주인은 어제 온 그 여자야. 월세를 올려달라기에 그러겠다고 했어.

나는 잠자코 앉아 오빠의 말을 들었다.

나쁜 년. 어차피 다 낡아빠진 집, 어디 갖다 팔래도 팔리지도 않을걸. 우리 아니면 누가 이런 집에 살겠다고 들어오겠어. 나쁜 년.

나는 오빠가 그런 말을 할 줄 아는 사람인지 몰랐다. 오빠의 입에서 나오는 그 말은 나쁘게 들리지 않았다. 나는 오빠를 따라 입안으로 웅얼거렸다. 나쁜 년. 내 입에서 나오는 말은 더럽고 상스러웠다.

다음 날 나는 일찍 일어나 세수를 하고 머리를 빗었다. 오빠는 일요일의 늦잠을 지키고 있었다. 나는 수수깡 집을 까만 봉지에 넣고 주인 할머니가 다니던 교회에 갔다. 맨 뒷자리에 앉아 사람들이 일어나면 일어나고 앉으면 앉고 노래를 부르면 입을 벙긋거렸다. 손을 모아 기도를 하면 따라서 손을 모았다. 앞에 선 사람은 주인 할머니처럼 더듬거리지도 않고 거짓말을 했다. 때가 되자, 사람들이 일어나 주머니에서 돈을 꺼냈다. 나는 사람들 뒤에 얌전히 서 있다가 헌금함에 수수깡 집이 담긴 까만 봉지를 얹어두고 잽싸게 뛰쳐나왔다. 핀 하나만 뽑으면 무너지고 쓰러질 나의 수수깡 집을 제물로 바치며, 나는 처음이자 마지막으로 기도란 것을 했다.

겨울이 지나고 정해진 순서대로 봄이 왔다. 봄이 오자 꽃이 피고 나비가 날고 연탄재가 줄었다. 오빠는 이른 아침에 학교에 갔다가 늦은 밤에야 돌아왔다. 나는 오빠에게 말도 안 하고 학교를 종종 빠졌다. 정오 무렵의 마루는 따뜻하고 포근했다. 나는 마루에 오도카니 앉아 봄을 구경했다.

봄이 거의 끝나갈 무렵, 못생긴 개 한마리가 댓돌 위에 오줌을 쌌다. 개는 짧은 다리와 처진 배와 흐리멍덩한 눈과 뾰족한 귀와 드렁드렁한 울음을 갖고 있었다. 개는 우리 집을 자기 집처럼 드나들었다. 내가 개 오줌을 맑은 물로 씻어내면 개는 그 물이 마르기를 기다렸다가 다시 오줌을 쌌다. 오빠는 개를 보고 대번에 똥개라고 했다. 나는 빨랫줄로 동그란 올가미를 만들어 개를 위협했다. 당장 꺼지지 않으면 목을 꽁꽁 묶어 영영 이 집 안에 가둬놓겠어! 그런 식으로 개와 놀았다. 개도 나도 연기를 꽤나 잘했다.

개는 여름이 되어도 우리 집을 떠나지 않았다. 동네 다른 개의 밥을 훔쳐 먹고 수돗가의 물을 핥아 먹고 마루 밑에서 잠을 자면서도 항상 튼튼해 보였다. 개는 말썽도 부리지 않고 예쁜 짓도 하지 않았다. 댓돌 이상으로는 절대 발을 올리지 않았고 밤이 되면 거짓말처럼 짖지 않았다.

낯선 사람이 우리 집을 기웃거려도 얌전히 있었고 내가 쫏
쫏쫏쫏, 혀를 굴려도 달려오지 않았다. 마당에 똥을 싸고
그걸 먹어치웠다. 종종 밤이 되어도 집에 들어오지 않았는
데, 난 그럴 때마다 개가 다른 집의 댓돌 위에 오줌을 쌌을
거라고 생각했다. 오빠는 개에게 관심을 두지 않았다. 개
도 오빠에게 관심을 두지 않았다. 나는 개에게 관심 없는
척하면서도 혼자 있을 때면 개 생각을 많이 했다. 개는 가
끔씩 버려진 물건을 물어 와 마당 구석의 그늘에 쌓아두었
다. 그럴 때 보면 꼭 고물상 노인 같았다. 바람 빠진 야구공
이나 쭈그러진 모자, 컵라면 용기나 아이스크림 통, 다 쓴
휴지심이나 알 없는 안경 같은 것들을 종횡무진 물어 왔
다. 나는 마당에 물을 뿌리며 개가 물어 온 것을 하나하나
살펴보다가 그 물건들의 특징을 찾아냈다. 모두 둥글었다.
크건 작건 일그러졌건, 개의 물건은 모두 둥근 형태를 하
고 있었다. 나는 둥근 것에 대한 개의 집착을 걱정했다. 저
러다 보름달까지 물어오는 것은 아닐까. 동화 속 벌받는
개처럼.

　여름은 그다지 즐겁지 않은 계절이었다. 나는 물이나 산
에서 노는 것을 즐기지 않았다. 정오 가까이 일어나 세수
를 하고 마당에 앉아 여름과 개를 빤히 쳐다보다가, 너무
더워 온몸이 흐물거리면 다시 세수를 했다. 개는 굉장히

느리게 걷고 느리게 졸았다. 내가 방문을 열어놓고 방에서 낮잠을 자면 개는 댓돌에 늘어져 낮잠을 잤다. 그럴 땐 세상이 평화롭게 느껴졌다. 여름이 깊어갈수록 개는 점점 말라갔다. 다리와 옆구리의 뼈가 앙상하게 드러났다. 오빠에게 우리 밥을 개에게 좀 나눠 주자고 했다. 오빠는 안 된다고 했다. 밥을 나눠 준다는 것은, 죽을 때까지 개를 우리가 돌보겠다는 뜻이랬다. 그날부터 나는 그저 곁눈으로 개를 훔쳐보기만 했다. 개는 나보다 빨리 성숙했다. 아니, 빨리 늙어갔다.

여름 내내 개를 관찰한 결과 나는 개에게 하자가 많다는 것을 알게 되었다. 일단 꼬리가 짧았다. 한뼘 정도의 꼬리가 엉덩이 중간에 꼿꼿이 서 있었는데, 그래서 오히려 굉장히 강해 보였다. 어디서 잘렸는지 모르겠지만 처음 우리 집에 들어올 때부터 그랬으니 그 꼬리는 내가 모르는 개의 이력이었다. 그리고 오른쪽 눈이 왼쪽 눈보다 조금 작았다. 눈두덩 위가 약간 부은 듯했는데, 그건 마치 12라운드를 버티고 있는 복서의 눈 같았다. 그리고 오른쪽 귀가 약간 먼 듯했다. 그건 어떻게 확인할 길이 없었지만 생김새부터 심상치 않았다. 그리고 오른쪽 뒷다리를 조금 절었다. 다리가 짧아서인지 다쳐서인지 모르겠지만 천천히 걸을 때 보면 확연히 티가 났다. 어쩌다가, 어디에서, 언제 다쳤는지 모를 꼬리와 눈과 귀와 다리는 개의 과거이고 지난 삶이었다. 개의 상처들을 발견한 뒤에야 나는 개에 대해 아무것도 모른다는 것을 깨달았다. 개가 갑자기 낯설게 느껴졌다. 나는 오빠에게 내가 발견한 개의 오른쪽 하자들을 하나하나 늘어놓았다. 오빠는 개를 빤히 쳐다보면서 말했다.

내가 보기엔 왼쪽이 지나치게 발달한 것 같은데.

어느 날 개가 작은 개를 집으로 데려왔다. 어스름 짙은 저녁이었다. 오빠와 나는 방문을 열어놓고 밥을 먹고 있었다. 개와 작은 개는 엉덩이와 배를 맞대고 몸을 쭈욱 폈다. 경련이라도 일으키듯 앞다리를 조금 떨기도 했다. 나는 밥을 먹다 말고 그 기이한 광경을 넋 놓고 봤다. 그건 은근히 훔쳐보고 싶고 나만 보고 싶고 그리고 본능적으로, 야하다는 생각이 드는 광경이었다. 책을 보며 밥을 먹던 오빠가 나를 보고 마당을 보고 개와 개를 보더니, 팔을 뻗어 방문을 슬그머니 닫았다. 오빠는 밥 한그릇을 말끔히 비웠고 나는 평소답지 않게 밥을 반이나 남겼다. 이불을 펴고 자리에 누워서도 나는 개와 개를 생각했다.

오빠.

책상에 앉아 공부하는 오빠를 불렀다.

개도 고양이도 사람처럼 새끼를 낳아서 키우지?

내 물음에 담긴 진짜 호기심을 눈치챈 오빠가 개와 개의

행동에 대해 친절하게 설명해주기를 기대했는데,

어떤 개는 병든 새끼를 낳으면 물어 죽이고 고양이는 새끼가 다 크면 발톱을 세워 쫓아내.

냉정한 대답이 돌아왔다.

자기 자식인데?

병든 새끼는 건강한 새끼한테 밀려 어차피 젖도 못 먹고 죽을 테니까.

고양이는?

다 자란 새끼는 제 먹이를 가로챌 수도 있으니까.

남남이 되는 거야?

나는 오빠의 말을 이해할 것 같으면서도 이해할 수 없어 자꾸 물었다. 사각거리던 연필 소리가 뚝 끊겼다. 오빠는 잠시 깊은 생각에 빠진 듯했다.

적이 되는 거야.

또박또박 말한 뒤, 오빠는 허리를 쭉 펴고 앉았다. 다시 연필 소리가 났다. 나는 개가 처음 우리 집에 들어왔을 때를 생각했다. 그리고 오빠가 한 말을 떠올렸다. 우리 밥을 나눠 주면 죽을 때까지 우리가 보살펴야 해.

그렇지만 우리는 아직 다 자라지도 않았잖아.

개와 개를 생각하다가, 고양이와 고양이를 생각하다가, 어미와 새끼를 생각하다가 나는 덜컥 말했다.

그리고 우린 병들지도 않았잖아.

오빠는 신경질이 났다는 표시로 책장을 소리 나게 넘겼다. 책장이 공기를 가르는 소리가 방을 단숨에 채웠다.

엄마가 집을 나간 게 내 탓은 아니잖아.

오빠는 작은, 하지만 아주 단단한 목소리로 말했다. 마치 자기 코앞에 있는 책에게 비밀 얘기를 하듯, 지금까지와는 너무나 다른 말을 지워지지 않을 목소리로 심어버렸다. 엄마가 집을 나간 게 내 탓은 아니라고. 허리만큼 오는 강을 걷다가 돌부리에 발이 걸린 기분이었다. 차라리 아까 개가 한 행동이 무슨 짓이었느냐고 솔직하게 물어볼걸. 그럼 오빠는 평소처럼 친절하고 세련되게 대답해주었을 텐데. 나는 이불 속에 숨어서 머리를 쥐어박으며 후회했다. 오빠는 다시 허리를 쭉 펴서 단정한 자세로 책을 보는 대신 양팔 사이에 머리를 묻고 얕은 소리를 냈다. 나는 다시 잠이나 자는 수밖에 없었다. 도저히 잠이 들 것 같지 않았지만 억지로 잠을 청했다. 백까지 세었다가 백부터 거꾸로 세었다가, 눈을 꼭 감았다가 실눈을 떴다가, 굉장히 웃긴 체육 시간을 생각했다가 굉장히 지루한 사회 시간을 생각했다가, 하여튼 별별 짓을 다 하다가 나는 결국 지난 세월을 십분 단위로 기억해내기 시작했다. 그러다가 중얼거렸다. 나쁜 년. 입안의 천박함이 대상을 찾아 헤맸다. 덮어쓴 이불 안은 덥고 답답하고 숨 막혔다. 눈물이 날 것 같았다.

*

중학교에 들어간 뒤 오빠에게 영어를 배웠다. 나는 스물여섯개의 알파벳을 서른번 쓰고 난 뒤에야 저녁을 먹을 수 있었다. 알파벳을 다 쓰고 외울 줄 알게 되자 오빠는 나에게 'I am a girl'이라는 문장을 보여주며 읽어보라고 했다. 나는 아이, 한 뒤 입을 다물어버렸다. 오빠는 나에게 영어의 발음기호를 외우게 했다. 머리가 터질 것만 같았다. 루시는 어째서 이런 말을 쓰는 나라까지 간 것일까. 돌대가리에 찌걱찌걱 금이 가는 소리를 들으며 나는 기어코 발음기호까지 다 외워내고야 말았다. 알파벳과 발음기호를 외우는 동안 나는 날마다 체했다. 오빠는 대수롭지 않은 듯 바늘로 내 양쪽 엄지손가락을 쿡쿡 찔렀다. 그러면 신기하게도 속이 뻥 뚫렸고 머리가 맑아졌다. 오빠가 제시하는 문장을 모두 읽을 수 있게 된 날 우리는 짜장면을 먹으러 갔다.

그럼 난 이제 영어를 잘하게 된 거야?

서비스로 나온 군만두를 간장에 찍으며 물었다.

아니, 넌 아직 멀었어.

오빠가 단무지를 우적우적 씹으며 대꾸했다. 문득, 오빠가 내게 열과 성을 다해 영어를 가르치는 것에 다른 의도가 있는 것은 아닌가 하는 생각이 들었다. 혹시 나를 루시에게 보내려는 것이 아닐까?

　영어 잘해서 뭐 해. 미국 가서 살 것도 아닌데.

　어쩐 일인지 으스대는 목소리가 나와버렸다. 오빠와의 작별은, 슬프겠지. 루시와의 만남은, 어색할까? 햄버거, 콜라, 침대, 빨간 우체통과 하얀 집. 루시와 미국에 대한 생각은 기다렸다는 듯 무차별적으로 터져 나왔다.

　미국엔 아무나 가나.

　오빠는 나의 미끌미끌한 몽상에 젓가락을 푹 꽂고 이리저리 돌려 삭삭 비비며 말했다.

　영어는 기본이야. 기본은 해야지. 나도 이제 바쁘니까 너 혼자 공부해야 돼.

　나의 몽상이 무시당하는 것 같아 화가 났다.

　오빠는 내가 미국으로 갈까봐 겁이 나는 거지?

　나는 내 말이 오빠에게 상처를 줄 것이라고 생각했다. 오빠는 묵묵히 짜장면을 먹었다.

　이제 영어를 가르쳐주지 않겠다는 것도 그래서지?

　오빠는 춘장이 가득 묻은 젓가락으로 단무지를 집으며 말했다.

웃기지 마. 가도 내가 먼저 가.

나는 그날 밤 또 체했다. 이번에는 오빠가 아무리 바늘
로 찌르고 찔러도 낫지 않았다. 짓이겨진 군만두와 퉁퉁
불은 면발을 세번에 걸쳐 게워낸 뒤에야 잠이 들었다. 그
리고 새벽녘에 눈을 떴는데, 어릴 때처럼 오빠가 나의 가
슴을 어루만져주고 있었다. 미안하긴 한가보지. 나는 목이
말랐지만 그냥 다시 눈을 감았고, 폭신폭신한 이불을 덮고
서로의 몸을 만지며 놀던 어린 날의 단내와 따뜻한 공기를
떠올렸다. 오빠의 왼손은 내 가슴 위에서 바빴고 오른손
은 고추 위에서 바빴지만, 속 편하고 마음 편한 나는 느긋
한 목소리로 중얼거렸다. 괜찮아, 오빠. 내 목소리를 들은
오빠의 손이 잠시 멈칫했지만 나는 계속 말했다. 미안해할
거 없어. 난 괜찮으니까. 오빠는 슬며시 내 가슴에서 손을
거둔 뒤 나를 등지고 누웠다. 그리고 울기 시작했다. 우는
오빠를 달래주고 싶었지만 내게는 그런 재주가 없었다. 돌
아누운 오빠의 등이 내 손바닥보다 더 작고 약해 보였다.
나는 다시 눈을 감고 잠이나 자는 수밖에 없었다. 내가 잠
들면, 모든 게 다 괜찮아질 테니까.

다음 날부터 오빠는 진짜로 바빠졌다. 오빠는 내가 깨기
도 전에 학교에 갔고, 내가 잠이 들어야 집에 들어왔다. 아
무래도 고3이니까. 나는 생각했다. 고3들은 하루에 세시간

밖에 안 잔다잖아. 친구들과도 얘기했다. 가끔 마주치는 오빠는 완전히 지쳐 보였고 돌탑처럼 딱딱해 보였다. 내 가슴은 복숭아처럼 부어올랐고 몸 곳곳에 숨어 있던 털이 거뭇거뭇 피어났다. 나는 하나뿐인 책상의 세번째 서랍을 깨끗이 비우고 그곳에 생리대를 넣어두었다.

*

개가 보이지 않았다.
오빠, 개가 없어졌어.
학교에서 돌아온 오빠에게 잠에 취한 목소리로 말했다.
끝까지 책임질 거 아니면 찾지 마.
오빠는 꽉 잠긴 목소리로 대답했다.
나는 오빠의 말이 옳다고 생각했다.

*

낙엽이 지고 서리가 내리던 어느 밤, 오빠는 오랜만에 팽이를 돌렸다. 나는 오빠 곁에 가만히 앉아 오빠와 나 말고는 아무도 누울 수 없는 좁은 방의 무게를 느꼈다. 우리가 허락된 크기만큼 자라는 동안 무너지지도 부서지지도 않고, 우리의 숨과 비밀과 유년을 덧바르며 거듭 견고해진 방. 이 까만 방에서, 야광 팽이가 팽팽 돌고 있었다. 팽이는 가장 빨리 돌 때 거꾸로 도는 것도 같았고, 꼿꼿이 서서 움직이지 않는 것도 같았다. 나는 조마조마한 마음으로 거꾸로 돌거나 가만히 서 있는 것인지도 모를 팽이를 가만히 지켜봤다.

대학에 갈 거야.

오빠는 간단하게 말했다.

갈 수 있을 거야. 오빠는 공부를 엄청 잘하니까.

오빠가 팽이 꼭지에 손가락을 살짝 얹었다. 내 젖꼭지에 손가락이 얹어진 것만 같아서, 나는 몸을 부르르 떨었다.

내가 대학에 가면 넌 혼자 살아야 해.

오빠가 자리에서 일어나 형광등을 켰다. 형광등 불빛이 세번 깜빡이는 동안 집이 세번 흔들렸다. 나는 오빠만큼 공부를 잘하지 못하는 내가 부끄러웠다. 그리고 먼 옛날 루시처럼 바다를 걸어 수평선 아래로 사라지는 사람과, 바다가 내려다보이는 마루에 앉아 짤각짤각 박수 치는 사람의 윤곽이 서서히 선명해지고 있음을 느꼈다. 나는 다시 배신당한 여인네처럼 울고 싶었다.

입학을 며칠 앞둔 어느 날, 오빠는 책가방 하나만 메고 집을 떠났다. 그 뒷모습은 그동안 봤던 오빠의 등교하는 모습과 하나도 다를 게 없었다. 그래서 나는 방의 형광등이 켜지고 내가 잠이 들면 오빠가 다시 돌아올지도 모른다고 생각했다. 오빠는 학교 기숙사에서 살게 되었다고 했다. 나는 그 말을 다른 식으로 해석했다.

결국 오빠도 다른 집을 갖게 된 거지.

오빠가 떠난 뒤 방에 누우니 처음부터 나 혼자만 살던 방처럼 다른 여유가 생기지 않았다. 방은 오빠가 떠나기를 기다렸다는 듯 제 몸을 알아서 오므렸다. 언젠가 오빠가 말해준 백색왜성처럼, 방은 점점 작아지고 작아지다 빛도 잃고 열도 잃고, 결국 보이지도 않는 검은 구멍이 되어 나를 빨아먹을 것이다. 나는 내가 방을 떠날 날을 헤아려보았다. 당장이 될 수도 있고, 영영 오지 않을 수도 있는 날이었다. 아무 균형도 규칙도 없는 그곳에서 나는 세상에서 가장 평화롭고 따뜻한 품을 느끼며, 다시는 깨지 않을 사람처럼 잠을 자고 잠을 자고, 잠을 잤다.

*

가끔 팽이를 돌렸다.

팽이는 열심히 돌다가도 멈출 때가 되면 제자리를 찾아

주저 없이 멈췄다.

*

그리고 나는 가난해졌다. 말이나, 꿈이나, 멋이나, 친구나, 돈이나 다 없었다. 귀찮았고, 당당하지 못했다. 무엇보다 책임을 져야 한다는 것이 싫었다. 나는 노인네처럼 달력에 엑스 표시를 하며 하루하루를 살았다. 어느 날, 나보다 큰 아이가 내게 말을 걸었다. 혼자 산다며? 아이는 같이 살자고 했다. 나는 방이 워낙 좁아서 곤란하다고 했다. 아이는 수시로 내게 말을 걸며 같이 놀자고 했다. 나는 고개를 저었다. 귀찮고 무서웠다. 아이는 자꾸 나를 따라왔다. 나는 곧장 집으로 가지 않고 동네를 몇바퀴씩 돌았다. 도망치고 싶었다. 검은 구멍이 된 나의 방이 아이 모르게 나를 끌어당겨주길 바랐다. 다리가 아팠다. 결국 길 한가운데 주저앉았다. 아이가 내게 다가와 욕을 했다. 나는 무릎에 얼굴을 묻고 울었다. 아이는 내 머리를 때렸다. 나는 더 큰 소리로 울었다. 잠들었던 개들이 짖기 시작했다.

아이들은 관례처럼 두세명씩 짝을 지어 놀았다. 그것은 하나의 완전한 문장이어서 나는 감히 끼어들지 못하다가, 가끔 관형사나 부사 노릇을 했다. 감탄사도 했다. 그리고 과감히 생략되었다. 아이들은 함께 밥을 먹고 함께 공부하고 함께 이야기하고 함께 놀았다. 결혼도 함께 하자고 했다. 그들의 관계는 함께한 시간과 공간을 차곡차곡 덧바르며 더욱 견고해졌다. 나는 나만의 시간과 공간으로 메워졌다. 나의 십대는 이진법처럼 반복되었다. 나는 나를 충분히 예상할 수 있었다.

　가끔 수돗가에서 세수를 하고 물을 닦지 않은 채로 하늘을 봤다. 하늘은 볼 때마다 지겨웠다. 나는 놀지도 않고 공부하지도 않고, 그냥 살았다. 그리고 틈틈이 도서관에서 책을 빌려 읽었다. 모두들 고민했고, 모두들 극복했고, 모두들 나아졌다는 내용이었다. 그래서 이해할 수 없었다. 어른들의 소설은 야했고 가벼웠다. 아무 남자와 아무 여자가 격렬하게 '섹스' 했고, '사랑'했다. 대학에 가면 그럴 수 있을까. 대학에 가면 아무와 잠을 자고 아무와 사랑하고, 그러다보면 무엇이든 될까. 대학에 간 오빠를 생각했다. 우리는 비단 다른 집만 갖게 된 것이 아니었다. 우린 완벽히 다른 우주에 살게 된 것이다. 나는 어른들의 소설을 읽으며 그 사실을 받아들였다. 루시는 더이상 돈을 보내지 않았다. 루시는 그동안 「쇼생크 탈출」의 팀 로빈스처럼 숟가락 하나로 건물 벽을 뚫듯이 오빠와 나에게 돈을 보냈을 것이다. 짤각짤각. 위대한 루시. 오랜만에 루시의 집을 상상하려 했지만 머릿속에는 내가 사는 검은 방만 그려졌다.

　고등학교를 졸업하던 해, 나는 민달팽이처럼 방에서 기어 나왔다. 먼 옛날, 낡은 칫솔로 운동화를 문질러 빨던 다정한 오빠를 기억해내려고 애써봤지만 쉽지 않았다. 방은 내가 떠나기를 기다렸다는 듯 제 안의 모든 사물과 기억을 한데 뭉쳐 둥글게 빚었다. 지구처럼 단단하고 둥그런 돌덩이가 되어버린 방을 등지고 나는 바다를 향해 걸었다. 받침이 있는 글자를 읽지 못하는 여자아이가 강아지풀처럼 마루에 앉아 짤각짤각 박수를 치고 있었다.

새끼, 자라다

너희는 형제다.

낙타가 펭귄 새끼를 보며 말했다.

네가 먼저 내 혹에서 나왔고.

자라 새끼를 보며 말했다.

그리고 네가 나왔다.

거짓말.

펭귄 새끼는 제 몸의 털을 가다듬으며 말했다.

자라가 당신 몸에서 나오는 건 내가 봤어. 하지만 나는 그렇지 않아.

자라 새끼는 낙타와 펭귄 새끼의 당당한 말 사이에 엎드린 채 외로움을 느꼈다. 자라 새끼는 뜨거운 모래에 배를 비벼 상처 딱지를 만들면서 사막을 배웠다. 사막은 온몸으로 느껴졌지만, 제 어미와 형제는 무엇으로도 느껴지지 않았다. 펭귄 새끼를 처음 보았을 때 자라 새끼는 그의 고급스러운 털에서 눈을 떼지 못했다.

네 몸의 그것은 무엇이지?

자라 새끼는 뾰족한 입을 놀려 물었다.

이것은 나의 죄야.

비단 같은 제 털을 쓰다듬으며 펭귄 새끼가 말했다. 펭귄 새끼의 죄는 고급이었다.

태어나지 말아야 할 곳에서 태어난 죄를 가졌지. 나는……

펭귄 새끼가 억만년 된 돌덩이에나 새겨져 있을 법한 표정을 지으며 말을 이었다.

내 조상들의 모습과 살던 곳을 기억해.

자라 새끼는 펭귄 새끼의 쓸쓸하고도 도도한 눈빛을 보며 목을 한껏 움츠렸다.

그들이 아직 그곳에 존재한다는 걸 나는 알 수 있어.

펭귄 새끼의 목소리가 얇게 떨렸다.

그들을 기억할 때마다 나의 죄가 무성해지는 것을 느껴.

펭귄 새끼가 털에 묻은 모래를 하나하나 털어내며 말했다. 털이 무성해질수록 펭귄 새끼는 더위에 약해졌다. 자라 새끼는 아무것도 기억하지 못했다. 자신이 어떻게 생겨먹었는지도 알지 못했다. 자라 새끼의 모든 기억은 사막에 있었다. 사막의 시간은 모래시계처럼 고인 채로 반복되었다.

  낙타의 혹에서 자라 새끼가 태어났을 때, 새끼를 받아
준 늙은 낙타는 자라 새끼를 유심히 살펴보며 말했다. 애
가 곡을 하듯 우는구나. 낳아도 어쩜 이런 것을 낳았을꼬.
낙타는 마른 혀를 달싹거리며 물을 찾았다. 이웃들은 물에
인색한 낙타가 물속에서나 편히 살 자라 새끼를 낳았다며
불길한 소문을 퍼뜨렸다. 널리 퍼진 소문은 자라 새끼가
오래 살지 못하고 곧 죽을 것이라는 예단으로 모였다. 낙
타의 새끼들은 하나같이 그러한 소문을 온몸으로 밀어내
며 밖으로 나와야 했다.

  태양이 잠시 눈을 감고 응달을 만들었을 때, 사마귀가
태어났다. 사마귀는 여느 새끼들보다 재빠르고 영리했으
며 무자비했다. 그는 살아 있는 것이라면 무엇이든 잡아먹
었다. 다른 새끼들은 언제나 허기졌고 허기를 참아냈지만,
그는 그걸 견디지 않았다. 그의 사냥은 허기보다 본능의
문제였다. 그는 모래 더미 위에 꼿꼿이 서서 무언가를 응
시하다가 모래알 하나가 슬쩍 움직이는 것을 보고 사냥을
했다. 그리고 깔끔히 먹었다. 사마귀 주위에는 바람도 불
지 않았다. 사막에서 오래 살아남지 못할 새끼부터 사마귀

에게 잡아먹힌다는 말이 여기저기서 퍼져 나왔다. 낙타 어미들은 눈을 감고 부지런히 새끼를 낳았다.

도대체 저것은 왜 저리 당당하고 거침없을까.

펭귄 새끼가 마른풀을 그러모아 작은 요새를 만들며 말했다.

사마귀니까.

자라 새끼가 대꾸했다. 사마귀는 원래 그런 것이겠지. 우리가 원래 이런 것처럼.

아니, 저것 말이야.

펭귄 새끼가 가리키는 곳에는 코를 벌름거리는 낙타가 있었다.

어째서 저들은 제 새끼가 죽어가는 것을 보면서도 또 새끼를 낳는 것일까.

어미가 새끼를 낳는 데 무슨 이유가 있겠어.

너는 이유 없이 태어나 이유 없이 죽는 걸 당연하게 생각하겠지만, 나는 아니야. 어미가 새끼를 낳는 게 아니야. 어미와 새끼는 동시에 생기지. 너는 어미는 당연히 새끼를 낳아 키우고 새끼는 당연히 어미를 믿고 따르는 것이라고 알고 있겠지. 그럼 저기 저, 숨은 낙타는, 새끼를 외면하는 낙타는 뭐지. 도망가는 새끼는, 제 어미를 불신하는 새끼는 뭐냔 말이야.

펭귄 새끼의 격앙된 말에 주변의 공기가 잠시 흔들렸다. 먼 곳에서 사마귀가 공기의 흐름을 따라 고개를 돌렸다.

살아야 하니까.

자라 새끼가 모래로 자신의 등껍질을 덮으며 겨우 대답했다.

너처럼 땅속으로 숨는 건 비겁하고 치사해. 나는 이 땅 위에 아무도 침범하지 못하는 나의 성을 만들 거야.

펭귄 새끼가 몸을 잔뜩 웅크리며 말했다. 사마귀가 서서히 다가왔다. 펭귄 새끼는 눈을 꼭 감았고 자라 새끼는 등껍질 속으로 제 몸을 구겨 넣었다. 먼 곳에서 낙타가 길게 울었다. 태어날 때부터 들었던, 사막 어디서나 끊임없이 들리는 울음. 낮고 은은한 자장가처럼 세상을 읊어주는 무기력하고 구슬픈 노래. 내 어미의 울음도 저 속에 섞여 있겠지. 자라 새끼는 혼곤한 잠에 빠져들었다.

시끄러워. 시끄러워 미치겠어.

펭귄 새끼는 귀를 틀어막았다.

자라 새끼는 사마귀를 피해 땅을 파느라 갈증을 잠시 잊기도 했다. 펭귄 새끼는 제 털을 다듬고 낙타를 관찰하는 데 많은 시간을 보냈다. 그러다 사마귀가 가까이 오면 마른풀을 버리고 자라 새끼가 숨은 모래 속으로 파고들었다.

그리고 자라 새끼의 귓속으로 세상의 소문을 집어넣었다.

'두더지는 세상 모든 것을 알고 있다'는 소문은 그렇게 전해졌다. 두더지는 낙타의 혹을 빌리지 않고 이 사막으로 들어왔으며, 두더지가 사는 구덩이에서는 미약하나마 샘이 솟기도 한다는 소문이었다. 두더지는 태양을 싫어하여 밤에만 구덩이 밖으로 고개를 내밀고 숨을 쉬기 때문에 아무도 그 생김새를 제대로 볼 수 없다고도 했다. 소문을 몰고 온 바람 새끼가 아주 작은 소리로 속삭였다.

나는 바람이라고, 두더지가 말해줬어.

펭귄 새끼는 자라 새끼에게 두더지를 찾아가자고 했다.

나와 같이 가준다면, 내 털을 한번 만질 수 있게 해줄게.

펭귄 새끼의 털은 만지고 싶은 것이 아니라 소유하고 싶은 것이었다. 자라 새끼는 잠시 망설였다.

그리고 헤엄치는 방법도 가르쳐주겠어.

자라 새끼의 망설임을 못 견디겠다는 듯 펭귄 새끼가 덧붙였다.

너, 내가 물속에서 얼마나 빨리 움직이는지 아니?

자라 새끼는 알 수 없다는 표정으로 펭귄 새끼를 쳐다보며 중얼거렸다.

물속에서, 움직인다니.

물을 먹는다고 말하지 않고 그 속에서 움직인다고 하는

말을 자라 새끼는 이해할 수 없었다. 펭귄 새끼는 촉촉한 눈으로 자라 새끼를 보며 말했다.

내 조상은 물속에서 바람처럼 움직였어. 나는 내가 무엇인지 궁금해. 내가 매일 기억하는 내 조상의 모습이 정말 나인지 궁금하다고.

자라 새끼는 펭귄 새끼의 촉촉한 눈이 위험하다고 생각하며 헛침을 삼켰다. 펭귄 새끼는 자라 새끼의 멍청한 표정이 답답하여 아무렇게나 말해버렸다.

너도 나처럼, 그럴 수 있을지도 몰라. 물속에서.

두더지를 찾아가는 길은 길고 어려웠다. 바람 새끼는 그들에게 모래언덕에 속지 말라고 했다. 낮에는 해가 만드는 그림자를 따라 걷고 밤에는 붉은 별을 따라가야 한다고 알려주었지만, 사막의 그림자는 여러 방향으로 흩어졌고 자라 새끼와 펭귄 새끼의 눈은 어두웠다. 그들은 모래언덕뿐만 아니라 자신들의 그림자와 어두운 눈에도 속지 말아야 했다. 그들의 걸음은 좁고 느렸다. 그리고 그들은 쉽게 지쳤다. 하지만 사막에서 오랜 휴식은 위험했다. 노을은 기색 없이 지고 밤은 예고 없이 왔다. 밤이 되자 자라 새끼의 등껍질이 차게 식었다. 펭귄 새끼는 제 털로 자라 새끼의 등을 잠시 문질러주었다.

나는 더 혹독한 추위를 알아. 내 조상들이 살던 곳은 사막의 밤보다 훨씬 추운 곳이었으니까.

펭귄 새끼는 밤이 되면 다정해졌다.

너와 나는 이렇게 다른데 우리가 정말 형제일까.

자라 새끼가 물었다.

그보다 더 믿을 수 없는 건 우리 어미가 낙타라는 거야. 낙타는 음험하고 잔인해. 그 입에서 나오는 말은 아무것도 믿지 마.

너는 왜 낙타를 증오하니.

나를 이런 곳에 떨어뜨려놓았으니까.

그게 낙타 탓일까. 낙타는 오랜 시간 너를 담고 이 사막을 걸었어. 그리고 무척 고통스럽게 너를 낳았잖아.

내가 사막에서 살 수 없는 존재란 것을 알았을 때 낙타는 차라리 나를 죽였어야 했어.

그렇지만 너는 아직 살아 있어. 어쩌면 너는 이곳에서 아주 오래 살아갈지도 몰라.

펭귄 새끼는 자라 새끼를 매만지던 털을 거두며 냉정하게 말했다.

이곳은 사막이야. 필요한 물은 없고 언제 나를 잡아먹을지 모를 낙타와 사마귀가 득실거리는 지옥이라고.

낙타는 너를 잡아먹지 않아. 사마귀는 하나뿐이고.

펭귄 새끼는 한심하다는 듯 자라 새끼를 쳐다보았다.

이 넓은 사막에 사마귀가 겨우 하나밖에 없을 것 같니? 두고 봐. 사마귀는 낙타만큼 많아질 거야. 그리고 낙타는 제 새끼를 잡아먹겠지. 끔찍한 것들.

자라 새끼는 펭귄 새끼의 잘난 체에 속이 비렸지만 묵묵히 들었다. 자라 새끼에겐 펭귄 새끼처럼 당당하게 말할 만한 기억도, 확신도 없었다.

넌 낙타가 어떻게 새끼를 낳는지 모르지.

펭귄 새끼가 낮은 목소리로 말했다.

넌, 네 아비가 누구인지도 모를 거야.

펭귄 새끼의 목소리는 은밀한 범죄를 공모하는 것처럼 음습했다. 자라 새끼는 그런 것들에 대해 한번도 궁금해한 적 없었다. 하지만 그 말을 듣자마자 눈앞의 거대한 모래 언덕이 무너지듯 별안간 가슴이 내려앉았다.

사막이 낙타를 덮치는 걸, 나는 봤어.

펭귄 새끼는 입속의 더러운 것을 뱉어내듯 말했다.

그건 아주 단숨에 벌어지고 단숨에 끝나지.

자라 새끼는 끈적끈적한 두 눈을 껌뻑거리며 펭귄 새끼의 말을 들었다. 펭귄 새끼는 잔뜩 일그러진 표정으로 자라 새끼를 쳐다보며 말했다.

두고 봐. 난 반드시 갈 거야. 이 사막과 저 낙타는 꿈도

꾸지 못할 세상으로.

　여명이 기어오는 모래언덕 너머로 커다란 돌산이 드러
났다. 펭귄 새끼와 자라 새끼는 모래언덕을 돌아 돌산 쪽
으로 방향을 잡았다. 돌산에 채 닿기도 전에 바람이 모래
언덕을 옮겨놔 그들은 자신들이 얼마나 걸었는지 짐작할
수 없었다. 돌산 가까이 다다랐을 때, 자라 새끼는 자신을
쳐다보는 펭귄 새끼의 검은 눈동자에서 또다른 돌산을 보
았다. 넓적한 껍질에 뱀의 몸통 같은 네 다리가 튀어나온
그것은 자주 보았지만 무언지 모를 것이었다. 그 모양이
기괴하고도 낯설어 자라 새끼는 눈을 돌렸다.
　우리가 제대로 찾아가는 것일까.
　자라 새끼는 그 물음을 껍질 속에 숨겼고 펭귄 새끼는
털 안에 묻었다. 대신,
　우리가 얼마나 왔을까.
하고 물었다. 낙타의 혹처럼 솟아난 모래언덕은 아무리 오
래 걸어도 멀어지지 않았다. 펭귄 새끼와 자라 새끼는 자
신들이 온 길을 가늠하려 뒤를 돌아보던 습관을 버렸다.
그제야 방향을 잃지 않을 수 있었지만, 가는 길이 바른 방
향이라고 믿을 수도 없었다.
　마침내 두더지의 구덩이를 찾았을 때, 자라 새끼와 펭귄

새끼는 약속이나 한 듯 뒤를 돌아보았다.

두더지는 모래 더미 깊숙한 곳에서 책 한권을 꺼내주었다. 책에는 자라와 펭귄의 이름과 모습, 습성이 드문드문 새겨져 있었다. 펭귄 새끼의 기억처럼, 펭귄과 자라는 물속에서 움직인다고 했다. 하지만 자라 새끼는 그 뜻을 여전히 이해할 수 없었다. 책에 실린 제 모습은 펭귄 새끼의 눈동자에 담겨 있던 기괴하고 낯선 돌산과 비슷했다. 펭귄 새끼는 책 속의 제 모습과 제 이름을 쓰다듬으며 한참을 울었다. 제 조상의 이름이 펭귄 새끼의 조상보다 훨씬 위에 있는 것을 보고, 자라 새끼는 이전에는 느껴본 적 없는 감정에 잠시 빠져들었다. 바로 그것이 우월감일지도 모른다고 자라 새끼는 생각했다.

사실일까.

두더지의 책을 가슴에 품고 돌아오는 길 위에서, 자라 새끼는 앞서 걷는 펭귄 새끼에게 물었다. 펭귄 새끼는 짧은 목을 숙인 채 말없이 걷다가 대답했다.

그보다 우리가 왜 이런 곳에 태어났는지부터 물어야 해.

누구에게 그걸 묻지? 이 책에도 그 답은 없는데.

펭귄 새끼는 멀리 보이는 낙타의 혹을 가리키며 대답했다.

우리를 낳은 것.

그리고 괴상한 표정으로 낮은 비명을 흘렸다.

우리가 이곳에 태어난 것에 꼭 이유가 있을까.

그건 그냥 그럴 수도 있는 것이라고, 자라 새끼는 마저 말했다. 어떤 펭귄과 자라는 물과 물고기가 있는 곳에서 태어나고, 또 어떤 펭귄과 자라는 갈증과 더위가 있는 곳에서 태어난다고. 그러므로 낙타의 탓이 아니라는 말이 목구멍까지 차올랐지만, 그 말은 몸 안에서 소리 없이 스러졌다. 아무것도 확신할 수 없었다. 자라 새끼는 자기가 어떻게 생겼는지도 모른 채 지금까지 살았다. 때문에, 자신이 정말 책에 새겨진 것처럼 생겼다고 믿을 수도 없었다.

내가 정말 그렇게 생겼니?

자라 새끼는 책에서 본 험상궂은 등껍질과 징그러운 다리와 뾰족한 주둥이와 밉상스러운 이마를 떠올리며 펭귄 새끼에게 물었다. 펭귄 새끼는 잠시 서서 자라 새끼를 내려다보더니 고개를 가로저으며 대답했다.

아니, 네가 훨씬 더 커.

펭귄 새끼가 울었다. 눈물은 나지 않았다. 자라 새끼는 펭귄 새끼의 눈물 없는 통곡이 듣기 싫었다. 안쓰럽지도 안타깝지도 슬프지도 불쌍하지도 않고, 그저 지긋지긋했다. 자라 새끼는 길을 잃지 않기 위해 낙타의 혹이 모여 있는 곳을 주시하며 말했다.

이곳에 사는 우리를 펭귄이나 자라라고 부를 수 있을까.

나는 펭귄이야.

펭귄 새끼는 울음을 그치고 단호한 목소리로 말했다.

나는 낙타 몰래 물고기 잡는 연습을 할 거야. 내 조상들의 먹이니까.

하지만 이곳엔 물고기가 없잖아.

그러니까 연습만 하는 거야. 이렇게.

펭귄 새끼는 진지한 표정으로 모랫바닥을 응시하다가 모래를 한움큼 낚아챘다. 불투명한 모래 먼지가 허공 가득 차올랐다. 펭귄 새끼는 더러워진 털을 쓸어내리며 말했다.

나는 물고기를 잡아야 해. 나는 나의 조상을 기억하니까. 나는 완벽한 펭귄이 될 거야.

자라 새끼가 짧게 한숨을 쉬며 대꾸했다.

하지만 이곳은 사막이야. 우리는 낙타의 새끼들이고.

하지만 내가 살던 곳은, 춥고 하얗고 미끄럽고…… 물이 가득한 세계야.

자라 새끼는 펭귄 새끼의 말을 들으며 주위를 둘러보았다. 무자비한 더위와 누렇고 거친 모래와 갈증으로 미친 것들이 있을 뿐이었다. 자라 새끼는 책에서 보았던 연못을 떠올렸다. 물과 촉촉한 이끼가 눈앞에 아른거렸다.

나는 이곳에 이끼를 키울 거야.

자라 새끼는 제 등껍질을 보이며 말했다.

이끼를 왜?

이끼는 언제나 촉촉하다고 책에 적혀 있으니까.

이그, 더럽게.

펭귄 새끼는 인상을 찡그리며 자라 새끼를 멀찍이 밀어냈다. 자라 새끼는 두더지의 책에서 사마귀를 찾아보았다. 책 속의 사마귀는 실제 사마귀보다 훨씬 작고, 가늘고, 약해 보였다. 자라 새끼는 사마귀의 길쭉한 다리와 쉼 없이 커지는 몸통을 떠올리며 더운 숨을 삼켰다. 사마귀의 사냥을 피하는 방법과 물을 구하는 방법을 찾아 책을 뒤적였지만, 그런 내용은 어디에도 적혀 있지 않았다.

펭귄 새끼는 열심히 물고기 잡는 연습을 했다. 낙타의 새끼들이 사마귀를 피해 죽은 듯 움직이지 않을 때에도, 펭귄 새끼는 두 팔로 모래를 움켜쥐고 놓기를 반복했다. 펭귄 새끼 주변에는 늘 자욱한 모래먼지가 피어올랐기 때문에 멀리서도 금세 알아볼 수 있었다. 자라 새끼는 펭귄 새끼 옆에서 두더지의 책을 보았다. 책에는 온갖 생물에 관한 설명이 다 있었지만, 물에 관한 설명은 단 한줄도 없었다. 밤하늘의 별은 볼 수나 있지, 새벽의 차가운 공기는 느낄 수나 있지, 물은 어디에도 없는 희귀한 것이라 볼 수도 만질 수도 느낄 수도 없었다. 그런 게 정말 있기는 있을까. 자라 새끼는 오래전 낙타에게 물이 무엇이냐고 물었던 기억을 떠올렸다. 물은 아무 색도 아무 모양도 아무 맛도 없지만 세상에서 가장 훌륭하며 영원히 죽지 않는 것이라고, 그러므로 사막에선 그것을 알 필요가 없다고 낙타는 대답했다.

자라 새끼는 물고기 잡는 연습에 몰두한 펭귄 새끼에게 물이 무엇이냐고 물었다.

태어나자마자 물을 찾는 네 주둥이에 내가 내 눈물을 먹였지.

펭귄 새끼가 말했다.

물은 살아 있는 것에서만 만들어지는 거야. 짜고 미지근한 내 눈물을 먹고 너는 살았어.

자라 새끼는 더러운 앞발로 제 눈을 비볐다.

그걸 어떻게 믿지.

멍청이. 기억을 해봐, 기억을. 네가 다정함을 안다면 그건 모두 나 때문이야. 내가 네게 주었기 때문이지. 다정함을 느끼지 못했다면 그게 뭔지도 모를 테지.

자라 새끼는 자신이 느꼈던 다정함을 기억하기 위해 인상을 썼다. 아무것도 기억나지 않아 괴로웠다.

모래 속에 파묻히는 너를 끄집어 구하고 모래바람에 휩쓸리는 너를 붙잡아 구하고 낙타의 발에 밟힐 뻔한 너를 낚아채 구한 것도 나야. 나는 항상 너와 함께 걷고 멈추고 노래하고 잠들었지.

노래.

자라 새끼는 괴로운 표정을 놓지 않고 물었다.

그건 뭐지?

너는 정말 몽땅 잊었구나.

펭귄 새끼는 이해할 수 없다는 듯 고개를 흔들었다.

그렇다면 지금은 왜 내게 그런 것을 주지 않지?

너는 내가 아니란 걸 알았으니까. 네가 태어나고 내게 아무 기억 없을 때, 나는 네가 나와 같은 펭귄인 줄 알았어.

자라 새끼는 펭귄 새끼의 말을 믿을 수 없었지만, 기억나지 않는 다정함이 그리웠다. 다정함 역시 물처럼, 그런 것일까. 거대한 모래바람이 불어와 양탄자를 말아 올리듯 사막을 여러번 탈탈 털어냈다. 자라 새끼는 얇은 껍질 속으로 얼굴을 숨긴 채 숨을 참았다. 바람이 잦아들자 얼굴을 내밀어 감은 눈을 떴다. 거대한 사마귀가 앞발을 쳐들고 자라 새끼를 노려보고 있었다. 멀리서 낙타의 낮은 울음소리가 들렸다.

자라 새끼와 펭귄 새끼는 죽을힘을 다해 숨을 참았다. 둘 중 하나가 먼저 숨을 터뜨리는 순간, 하나는 살고 하나는 죽을 것이었다. 자라 새끼는 두더지의 책에서 보았던 작고 마른 사마귀를 떠올리려고 애썼지만, 눈앞에 있는 사마귀는 너무나도 거대했다. 소문으로만 듣던 사마귀의 무자비한 사냥이 실제로 본 것처럼 생생하게 그려졌다. 자라 새끼는 다시 모래바람이 불어와 제 등껍질을 덮어주길 바랐다. 모래바람이 불면, 자라 새끼의 등껍질은 흉측한 바위처럼 보일 것이고 펭귄 새끼의 고급스러운 털은 살아 일렁일 것이다. 문득, 펭귄 새끼의 다정한 노래가 떠올랐다. 기억에 없던 다정함. 그것을 알려주었던 펭귄 새끼는 모래 속에 머리를 처박은 채, 자라 새끼보다 더 오래 숨을 참으려고 안간힘을 쓰고 있었다.

사마귀가 자라 새끼의 껍질 속으로 긴 앞발을 쑤셔 넣었다. 끔찍한 감각이 자라 새끼의 맨살을 훑고 지나갔다. 자라 새끼는 고통스러웠지만 아무 소리도 내지 않았다. 많은 살이 뜯겨나갔다. 사마귀는 소문처럼 모든 것을 통째로 씹어 삼키는 대신, 가장 먹음직스러운 부분만을 도려내 먹었다.

자라 새끼가 정신을 차렸을 때, 사막은 밤이었고 맨살은 상처투성이였다. 펭귄 새끼는 널브러진 채 꼼짝하지 않

았다. 펭귄 새끼의 고급스러운 털과 작은 발, 짧은 팔이 달
빛을 튕겨내며 희미하게 빛났다. 옅은 바람이 펭귄 새끼의
몸을 가만히 쓰다듬었다. 내 살이 발릴 때 펭귄 새끼는 무
얼 했을까 생각하며, 자라 새끼는 펭귄 새끼의 얼굴을 오
랫동안 쳐다보았다. 아무리 바라보아도 아무것도 느껴지
지 않았다. 자라 새끼는 너덜너덜한 앞발로 펭귄 새끼의
얼굴을 만져보았다. 펭귄 새끼의 작은 턱과 뾰족한 입을
어루만지던 자라 새끼의 앞발이 느닷없는 구멍에 쑥 빠졌
다. 사막의 모래를 통째로 삼켜버린 듯 숨이 턱 막혔다.

사마귀는 펭귄 새끼의 두 눈을 뽑아 먹었다.

느리게 느리게 새살이 돋는 동안, 자라 새끼는 하염없이
낙타에 대해 생각했다. 낙타처럼 되고 싶다는 생각과 낙타
는 비겁하다는 생각, 낙타에 대한 부러움과 원망이 차곡차
곡 쌓이고 사라지길 반복했다. 자라 새끼는 처음으로 낙타
에게 부탁했다.

사마귀를 밟아버려요. 충분히 그럴 수 있잖아. 저기 두
려워하는 당신 새끼들을 봐. 펭귄의 더러워진 털을 봐요.

사마귀를 없앤다고 사막의 모든 위험이 사라지는 것은
아니다. 견뎌라.

얼굴에 두개의 구멍이 뚫린 후, 펭귄 새끼는 물고기 잡

는 연습을 하는 대신 땅만 팠다. 상처 난 살엔 딱지가 앉고 새살이 돋았지만 사라진 눈은 새로 생기지 않았다. 자라 새끼는 자신이 느끼는 두려움과 공포에 낙타도 공감하길 바랐다. 그것에 대해 고민하길 바랐다. 어쩔 수 없으므로 참고 견뎌야 한다는 낙타의 말은 비겁했다.

자라 새끼는 단 한번도 낙타에게 물을 달라거나 그늘을 마련해달라고 부탁한 적 없었다. 모래바람을 멈춰달라고도, 태양을 없애달라고도 하지 않았다. 자라 새끼는 낙타가 할 수 있는 일과 할 수 없는 일을 분명히 구분했다. 자라 새끼는 울며 매달렸다.

밟아 없애요. 죽여요. 나는 할 수 없지만 당신은 할 수 있잖아. 당신은 사막에서 가장 강하잖아.

울지 마라. 사막에서 눈물이 얼마나 위험한지 모르니. 사마귀가 널 잡아먹기 전에 네 눈물을 본 다른 것들이 먼저 네 눈을 뽑아갈 거야.

자라 새끼는 제 눈에 짧은 다리를 갖다 대었다. 축축한 것이 간신히 만져졌다. 그것을 맛보았다. 목구멍이 꿈틀거렸다. 물이란 이런 것인가. 이렇게 생겨나는 것인가. 낙타가 자라 새끼의 눈을 핥으며 말했다.

내가 아주 어릴 때, 하늘에서 거대한 물이 내렸다. 나는 기이하고 황홀하여 제정신이 아니었고, 하늘에서 내리는 물이 어떤 것인지 알던 내 어미와 늙은 것들은 두려움으로 정신을 못 차렸지. 많은 것이 물에 휩쓸려 죽거나 사라졌다. 그리고 물은 감쪽같이 사라졌지. 물은 그런 것이야. 위험한 것이지. 사마귀는 모래 한톨만큼의 위험도 아니다. 그것은 사막의 그 무엇도 훼손하지 않아. 사마귀 역시 너처럼 사막에서 태어나 지금까지 살아남았다. 낙타들을 봐라. 아무도 사마귀 따위 신경 쓰지 않아. 제 새끼가 죽으면 긴 노래를 부를 뿐, 그것을 사마귀 탓으로 돌리지 않는다.

자라 새끼는 낙타의 무자비한 신념에 구역질이 났다. 질릴 만큼 듣고 익힌 사막의 부당한 법칙. 자라 새끼는 낙타에게 사마귀를 밟아달라고 부탁한 것을 후회했다. 밟혀 없어질 존재는 사마귀가 아닌 자신일지도 모른다는 생각이 들었다. 살아남으려면 오직 견디는 수밖에 없는 사막에서, 자라 새끼는 부지런히 모래를 파 제 등껍질을 덮었다.

사막은 또 하나의 사마귀를 만들어냈다. 새로 태어난 사마귀는 이전 것보다 훨씬 더 잘 자랐고, 잘 먹었다. 낙타의 새끼들은 언제나 죽은 척을 하다가 사마귀가 가까이 오면 제 옆의 산 것을 움직이게 하는 데 골몰했다. 그들은 점차 서로 멀리 떨어져 지냈다. 혼자는 두려웠지만, 함께인 것보다는 나았다. 움직이는 것이라곤 사마귀와 사마귀만 남을 때까지 낙타의 새끼들은 죽어 있어야 했다. 모든 것이 죽은 듯 움직이지 않았기에 사마귀와 사마귀는 서로를 물어뜯었다. 본능은 제 목숨을 위협할 만큼 강렬한 것이었다. 사마귀가 사마귀의 다리를 뜯어 먹으면, 사마귀가 사마귀의 다리를 뜯어 먹었다. 시간이 조금 흐른 뒤 바람 새끼가 잠시 불어와 말했다.

흔적도 남지 않았어. 깨끗해.

모래 더미 속에 파묻혀 있던 낙타의 새끼들이 고개를 내밀었다. 바람이 불고 모래언덕이 움직였다.

펭귄 새끼의 두 눈이었던 구멍은 점점 썩어들어갔다. 펭귄 새끼는 예전처럼 도도하지도, 낙타를 경멸하지도 않았다. 자라 새끼는 눈 잃고 병든 펭귄 새끼의 손을 잡고 두더지를 찾아갔다. 두 눈이 없어도 너는 펭귄이라고, 두더지가 말해주길 바랐다.

굴 밖으로 두더지의 팔이 한뼘쯤 나와 있었다. 미끄러지고, 미끄러지고, 미끄러지다, 겨우 팔 한짝을 바깥으로 내밀고 나서야 힘이 다해 죽어버린 듯 두더지의 손엔 상처 자국뿐이었다. 자라 새끼는 앞다리로 두더지의 팔을 툭 쳤다. 바싹 마른 두더지가 굴속으로 맥없이 쑥 들어갔다. 자라 새끼는 모래를 그러모아 두더지의 굴을 조금 덮어주었다. 두더지가 사는 굴에는 미약하나마 물이 솟는다는 소문은 사실이 아니었을까. 굴 주변의 모래는 모두 바짝 말라 있었다. 두더지는 왜 죽었을까. 자라 새끼는 펭귄 새끼를 잡아끌며 생각했다. 두더지는 무엇에 위배되었던 것일까.

고운 털이 한움큼씩 뽑히며 맨살이 드러나자 펭귄 새끼는 서서히 미쳐갔다. 낙타의 새끼들을 닥치는 대로 잡아 빨아 먹고 부드러운 배를 바닥에 대고 기는가 싶더니, 다리가 길어지고 목이 길어지고 혹이 나려는지 등이 굽기 시작했다. 이것이 바로 살아남은 죄라고, 잠깐 정신이 돌아왔을 때 펭귄 새끼가 말했다. 말하고 다시 미쳐버리다가, 잠시 정신이 돌아오면 제 고운 털이 있던 맨살을 쓸어내리며, 나는 나의 조상을 기억…… 다시 혹이 나려는지 등이 굽어지면 낙타의 새끼를 닥치는 대로 빨아 먹다가, 정신을 찾으면 또 중얼거렸다. 나는, 가야, 할, 나는, 결국, 낙타로, 나를 보면, 다, 죽어, 나는, 낙타가, 아니…… 펭귄 새끼의 말은 끝을 맺지 못하고 언어의 통곡이 되어 질질 흘렀다. 자라 새끼는 미쳐가는 펭귄 새끼와 말짱한 자신을 새삼 훑어보았다. 나는 정상인가. 나는 부끄러운가. 나는 안도하는가. 나의 죄는 어떻게 나타날 것인가.

낙타가 말했다.

나도 처음부터 낙타는 아니었다. 이렇게 살아남은 것이지.

자라 새끼는 낙타 아닌 낙타를 상상할 수 없었다.

내 어미도 낙타였지만 그도 원래 낙타는 아니었을 테지. 나는 살아 있는 모든 것을 덕지덕지 붙여 이곳에서 살아남았어.

자라 새끼는 낙타를 천천히 훑어보았다. 온갖 동식물이 들러붙어 한마리 낙타를 만든 듯 기괴하고 볼품없었지만, 그래서 강했다. 언젠간 저 혹에 날개도 돋지 않을까.

괴로움과 수치, 모욕과 고통을 견딜 때마다 나는 완전한 낙타가 되었다. 이 광대한 사막을 봐라. 아무것도 가려주지 않고 모두 드러내는 이곳에서, 모든 것이 확연한 것 같지만 단숨에 스러지고 무마되는 이곳에서 나는 살아남았다. 낙타가 되지 않았다면 살아남지 못했을 테지. 끔찍하다 생각 말고 숭고하게 여겨라. 나도 부끄러움을 알고 분노를 안다. 안다고 모두 드러내는 것은 어리석은 짓이야. 사막에서 살아남기 위해서는 그 이치를 감내해야 한다.

자라 새끼는 낙타의 긴 말을 제대로 알아들을 수 없었다. 모래바람은 낙타의 말을 뭉개고 으깨고 흩어놓았다.

왜 내게 그런 말을 하는 거야?

낙타에게 되물었다.

나의 어미가 했던 말이고 내가 해야 하는 말이다. 네 형제를 슬퍼 마라. 성숙이고 성장이다. 그리되지 않는 너를 불쌍히 여겨야 해. 나는 나의 두 새끼를 온전히 살리고 싶다.

나는 낙타가 아니야. 나는 당신이 아니야.

자라 새끼는 작은 목소리로 말했다. 오래전 펭귄 새끼의 목소리가 함께 새어 나왔다.

사마귀 같은 위험은 언제든 나타나고 사라지는 것이야. 너희는 그보다 강하다. 사마귀는 죽었지만 너희는 살아남았다. 게다가 네 형제는 낙타가 되어가고 있어. 강해지는 것이지.

낙타의 말은 사마귀만큼 잔인했다. 존재한다고 하나 확인할 수 없고, 필요하다고 하나 죽는 날까지 짐작만 해야 하며, 제 존재를 드러내지 않음으로써 사막을 사막답게 만드는 물과 같았다.

너도 어미가 되겠지. 질문이 필요 없어질 때가 올 것이야.

펭귄 새끼는 낙타가 되기 전에 죽었다. 죽었다고, 자라 새끼는 전해 들었다. 펭귄 새끼의 등에 자라의 등껍질만 한 혹이 돋은 후, 자라 새끼는 펭귄 새끼를 찾지 않았다. 마지막으로 펭귄 새끼를 찾았을 때, 펭귄 새끼는 잠시 정신이 돌아와 속삭였다.

그때, 두더지를 찾아갔을 때, 돌아오지 말았어야 했어.

자라 새끼는 두더지가 죽었다는 말도, 두더지가 살던 구덩이는 이곳에서 그리 멀지 않다는 말도 하지 않았다. 사막은 끝이 없으므로, 끝없는 사막 어디쯤에 펭귄 새끼의 고향이 있을지도 모른다는 짐작 역시 전하지 않았다. 아무것도 몰랐다면, 아무것도 기억하지 않았다면 펭귄 새끼는 오래도록 살아남을 수 있었을까. 모래언덕 스러지듯 사라져가는 펭귄 새끼의 신념을 자라 새끼는 지켜볼 수 없었다. 낙타가 되어가는 펭귄 새끼가 두려웠다. 거울을 들여다보는 거울처럼 그 끝은 까만 구멍이고 짙은 암흑이었다.

죽어가는 펭귄 새끼 근처를 서성거리며 낙타들은 두 눈을 감았다. 눈꺼풀 속의 눈동자는 바쁘게 움직였고 콧구멍은 쉴 새 없이 벌름거렸지만, 아무도 펭귄 새끼의 죽음에 간섭하지 않았다. 다른 새끼들은 되도록 멀리 떨어져 모래 더미에 머리를 처넣었다. 누군가에게는 배반이었고 누군가에게는 암묵적 동의였으며 누군가에게는 소문이었을 펭귄 새끼의 죽음은 사막의 질서를 더욱 견고하게 다져놓았다. 사막이 허락하지 않는 것을 탐낼 때, 사막은 은밀히 움직여 모든 것을 제자리로 돌려놓는다. 경고 따윈 없었다. 원하는 것이 있다면, 사막이 움직이기 전에 끝내야 한다. 그렇지만 사막은 속도를 허용하지 않는 세계였다. 느릿느릿 걷는 사막의 모든 것들 앞에서, 자라 새끼는 단념이란 단어를 떠올렸다. 그것은 이미 낡고 흔해빠져 어느 곳에나 버려져 있었다.

나날이 태어나는 낙타의 새끼들 중엔 종종 자신이 누구인지 궁금해하는 것들이 있었고, 자신의 조상을 기억해내는 것들도 있었다. 두더지가 죽어 없어졌기 때문에 그들의 물음은 두더지의 책을 가진 자라 새끼에게 몰렸다. 자라 새끼는 책에 있는 문장을 말해주었고, 낙타의 새끼들은 자라의 말을 보물처럼 안고 살았지만, 그것이 갈증을 해소해주진 않았다. 자라 새끼는 낙타가 새끼를 낳을 때마다 멀리서 그 광경을 지켜보았다. 그리고 책을 펼쳤다. 책에서 낙타의 새끼들은 대부분 푸른 잎이나 물이나 촉촉한 진흙을 밟은 채 선명한 표정을 짓고 있었다. 이것은 오래전의 책이거나 오랜 후의 책일지도 모른다고 자라 새끼는 생각했다. 오래전 우리는 그런 곳에서 살았을지도, 오랜 후 우리는 그런 곳에서 살게 될지도 모르지만, 지금 우리는 사막에 살고 있다고.

오래전 연못을 찾아 길을 떠난 낙타가 있었다. 새끼를 밴 낙타였다. 그 낙타는 떠나기 전에 고개를 들어 하늘을 봤다. 혹 속에 날개가 자라고 있어요. 낙타는 예언하듯 말했다. 그리고 돌아오지 않았다. 낙타들은 약속이나 한 듯 그 낙타가 떠난 쪽으로는 고개를 돌리지 않았다.

자라 새끼는 낙타가 연못을 찾아 떠난 길을 자주 돌아보았다. 한나절 동안 그 길을 따라 기어간 적도 있었다. 한나절에 한나절을 더해 다시 돌아왔지만, 낙타는 그쪽으로 고개도 돌리지 않았기에 자라 새끼가 떠난 것도, 돌아온 것도 몰랐다. 돌아온 자라 새끼가 낙타에게 물었다.

나는 어떻게 태어났지?

낙타는 모래로 가득 찬 혹을 자라 새끼 코앞에 들이밀며 말했다.

너를 낳고 이 모양이 되었지.

자라 새끼는 증오 뒤의 연민을 배우는 중이었다.

너를 낳기 전에 이것은 생명의 양식이었다. 먹으면 먹는 대로 불러왔고 오랜 시간 걸어도 지치지 않았지.

자라 새끼는 낙타의 혹을 오래도록 쳐다보았다. 낙타의 혹은 사막과 다를 것이 없었다. 사막은 모든 것을 사막으로 만들었다. 전갈의 작은 꼬리에서 시작된 독이 스멀스멀 퍼져나가 사지를 뒤틀어버리듯, 사막은 잠시도 쉬지 않고 갈증과 더위를 퍼뜨렸다.

이곳을 떠날 거야.

자라가 낙타에게 선언했다. 낙타의 혹 너머, 사막 너머
에는 무엇이 있을까. 머릿속에는 아무 세상도 그려지지 않
았다. 자라는 줄곧 연못을 상상했지만, 자신이 상상하는
연못이 진짜 연못인지 확신할 수 없었다. 책은 자라의 고
향이 연못이라고 했다. 아니 흙이라고 했다. 아니 흙에서
태어나 연못을 찾아 긴 여행을 떠난다고 했다. 하지만 자
라는 누구보다 잘 알고 있었다. 자기의 고향은 사막이며,
낙타의 혹이라는 것을. 자라는 그곳에서 죽고 싶지 않았
다. 살아서, 물을 증오하지 않아도 되는 세상으로 가고 싶
었다. 어떤 자라는 죽음의 이유가 익사라고, 책은 말했다.
자라는 뭍을 버리고 물을 쫓는 진화를 선택했기 때문에 그
런 대가를 치르기도 한다고. 자라는 익사라는 죽음이 가능
한 곳으로 가고 싶었다. 낙타가 되어 죽을 수는 없었다. 죽
어서 사막이 될 순 없었다.

너는 갈 수 없어.

자라는 낙타의 말을 이해했다. 오래전 연못을 찾아 떠난
낙타가 있었다. 마침내 연못을 찾았을 수도 있지만, 사막
의 모든 낙타들은 그 낙타가 죽었다고 믿었다. 사막을 함
부로 떠나지 않기 위해 그렇게 믿어야만 했다. 자라는 낙

타의 가난한 그림자를 피하며 말했다.

하지만 나는 물과 그늘이 필요해.

필요는 사치다. 사치는 위험해. 사막의 삶은 아무것도
필요로 하지 않아.

낙타는 발밑의 모래를 조금씩 파내며 말했다.

낙타는 그렇겠지. 낙타는, 그렇게 살 수 있어.

자라는 낙타의 얼굴을 똑바로 쳐다보며 말했다.

하지만 나는 낙타가 아니야. 당신과 내가 닮은 점이 있
다면, 긴 거리를 오래도록 걸어 먼 곳으로 떠날 수 있다는
것뿐이야.

자라는 마지막 비밀처럼 제 등껍질을 젖혀 그 속을 내보
였다. 연약한 등껍질 안쪽엔 초록 이끼가 피어 있었다.

당신이 혹 속에 모래를 채우는 동안 나는 이 속에 이끼
를 키웠어. 나는 물이 필요해.

껍질 속 이끼가 투명한 빛으로 반짝거렸다.

그리고

낙타는

자라를

통째로

집어삼켰다.

바짝 마른 자라의 몸이 가시처럼 입안을 찔렀지만, 비릿한 이끼 물도 함께 퍼져나갔다. 눈을 감고 있던 다른 낙타들이 멈춰 선 채 코를 벌름거렸다. 낙타 혹의 모래가 한뼘 줄어들었다. 낙타는 가래를 뱉듯 자라의 껍질을 뱉어냈다. 그것은 모래알처럼 흐트러져 사막이 되었고, 사막은 자라만큼의 깊이를 더하게 되었다. 사막에서 사막이 되지 않는 것은 없다. 사막이 되기를 거부하는 것은 무엇보다 먼저, 사막이 되었다.

월드빌 401호

컴퓨터가 안 켜진다. 텔레비전도 안 나온다. 전등 스위치를 올려본다. 깜깜하다. 전기가 끊긴 게 분명하다. 벌써 돈이 바닥난 걸까. 그럴 리 없는데. 한달 전 인터넷 뱅킹으로 확인했을 땐 분명 백만원 넘는 돈이 남아 있었다. 정전인가. 불투명한 창을 열어 건넛집을 보면 알 수 있겠지만 내키지 않는다. 건넛집 창에 불이 켜져 있다면 정전이 아니라 고장일 텐데. 뭔가가 고장 난 거라면 낭패다. 나는 아무것도 고칠 줄 모른다. 인터넷이 되면 검색이라도 해볼 텐데. 망할. 인터넷이 안 된다. 두꺼비집. 그게 어디 있지? 한번도 그런 걸 찾아본 적 없다. 희미한 달빛에 의지해 바닥에 너부러진 물건을 발로 밀어낸다. 프라모델 부품을 밟을지도 모르니까. 아픈 건 둘째 치고, 작은 부품 하나라도 잃어버리거나 부서지면 말짱 꽝이다. 프라는 일부가 곧 전체다. 인간……과는 다르다. 인간은 맹장이나 팔 한짝이,

심장 같은 게 없어도 존재할 수 있지만 프라는 그렇지 않다. 완벽해지기 위해선 작은 부품 하나라도 빠지면 안 된다.

심장 없는 인간이 어디 있느냐고?

나는 씨발놈이라 부르고 남들은 듬직한 친구라고 부르는 그에겐 심장이 없다. 뜨거운, 몰랑몰랑하고 부지런한 그것이 없는 인간. 그래, 괴물이라고 불러도 좋다. 난폭하고 교활한 괴물. 오년 전에, 그놈 가슴팍에 안긴…… 적이 있다. 그때 확신했다. 아, 없구나. 이건 심장이 없구나. 그래서 이렇게 지독하구나. 그렇게 이해했다. 프라도 심장은 없지만, 심장이 없으니까 산 것처럼 행동하지 않는다. 겸손하게, 죽은 듯 가만있지. 똑똑하고 무자비한데다 부지런한 괴물은 요령껏 나를 구워삶았다. 삶아서, 뼈만 남은 내 팔다리를 썩썩 베어 먹었다. 그때마다 나는, 그래 넌 심장이 없으니까, 중얼거렸다. 골목으로 옥상으로 화장실 문 뒤로 숨으면서, 심장이 없으면 저럴 수 있어, 피가 날 때까지 입술을 잘근잘근 씹으며 나를 설득했다.

감옥에 들어간 지 삼년 됐다. 앞으로 오년은 더 있어야겠지만, 겨우 오년이라니. 모범수 같은 게 될 리는 없고…… 탈옥 같은 걸 두번쯤 시도해주면 좋은데. 안에서 사고를 친다거나 사람을 한명 더 죽인다거나. 그럼 형량이 늘어날 것이고, 그래서 죽을 때까지 감옥에 있어준다면,

그렇다면 세상은 조금 아름다워질 것이다. 지구, 한국, 사람들이 사는 세상, 그런 거 말고.

내 세상.

내 세상 말이다.

바깥세상에는 관심 없다. 그까짓 것. 세상이 다 망해버려도 월드빌 401호, 내가 있는 이곳만 안전하다면 종말이, 전쟁이, 대학살이 뭔 대수인가. 바깥세상도 내가 굶든, 죽든, 다리부터 서서히 플라스틱으로 굳어가든 관심 없긴 마찬가지 아닌가.

얇은 비닐 들썩이는 소리. 음식 찌꺼기를 찾아다니는 바퀴벌레일 것이다. 화장실도 현관도 옷장도 주방도 이미 쓰레기로 가득 찼다. 쓰레기로 채울 곳은 이제 이 방뿐이다. 책상과 컴퓨터와 텔레비전과 이불과 프라모델과 내가 있는 이 방…… 아, 종철이도 있구나.

종철아.

대답이 없다. 종철이가 있으리라 짐작되는 곳으로 리모컨을 집어 던진다. 다다닥. 작은 발이 장판을 내딛는 소리. 동그란 빛 두개가 불안하게 움직인다. 세상의 모든 부당함을 합친 것보다 더 거대한 증오를 담아.

개새끼야.

이빨을 갈며 으르렁거리기만 할 뿐 절대 짖지 않는 종철이. 왜냐하면, 예전에 한번, 날 잡아먹을 듯 짖어대기에 내가 반 죽여놨거든. 아니, 한번이 아니고 여러번. 그때 물린 상처가 아직 남아 있다. 손목에. 손등에. 손가락에. 꽤 깊이 물린 곳도 있는데, 왼쪽 손목. 아직도 진물이 나고 아프다. 점점 썩어가는 것처럼 더러운 냄새가 나고 욱신거리지만 개새끼, 내가 팔 한쪽을 다 잘라내게 되더라도 너한테는 안 져. 내 대가리보다 작은 개새끼한테 내가 왜.

옛날에, 그러니까 아주아주 오래전에, 동네 떠돌이 개를 친구 삼아 놀던 내게 엄마는 말했다.

종철아, 개한테 물리면 약도 없댔어. 너는 맨날 친구도 없이 그게 뭐 하는 짓이고.

항상 배가 고팠던 떠돌이 개는 세상을 먹을 수 있는 것과 먹을 수 없는 것으로만 나눴다. 그런 것 같았다. 떠돌이 개에게 내 손가락은, 먹어본 적은 없지만 먹을 수는 있는 것이었다. 나는 예쁘다고, 귀엽다고, 친해지자고 손을 내밀었는데 개는 나를 먹으려고 했다. 아니면 혹시 놀자고, 반갑다고 했던 걸까. 개는 손이 없으니까 이빨을 내밀었는지도 모르겠다. 보라색 멍이 든 내 손가락에 엄마는 된장을 발라줬다. 모기한테 물려도 된장, 넘어져 무릎이 까져도 된장. 어느 날은 배가 너무 아프고 자꾸 설사를 해서 하루 종일 엄마를 찾다가, 혼자서 배 위에 덕지덕지 된장을 처바르기도 했다. 방바닥에 드러누운 채 스멀스멀 피어나는 된장 냄새를 맡으며, 어서 엄마가 돌아와 그런 날 보고 깔깔 웃어주길 바랐다. 이 상놈의 자슥. 내뱉으며 내 코를 살짝 비틀어주길.

엄마는 돌아오지 않았다.

대신 보상금이라는 게 왔다. 보상금이 나타나자 모르고 살던 집안 어른들이 와르르 몰려왔다. 더불어 아버지란 사람도 등장했다. 어른들은 자기들끼리 싸우고 울고 웃다가 보상금과 함께 모두 사라졌다. 남은 건 월드빌 401호뿐. 지은 지 사십년도 더 된, 당장 무너진다 해도 하나 이상할 것 없는 빌라에 처박힌 채, 나는 엄마나 된장 없이도 그럭저럭 살았다. 그러다 괴물을 만났다.

일로 와봐.

두개의 눈알을 향해 손가락을 까딱거린다. 가슴 깊은 곳에서 끌어올리는 거르릉 소리만 들린다. 책상 위의 빈 박스와 쓰레기를 오랫동안 뒤져 먹다 남은 인스턴트 피자를 겨우 찾아냈다. 마지막으로 피자를 먹은 게…… 모르겠다. 시간은 없고 차차 좁아지는 공간만 존재하는 곳이니까. 분명히 상했겠지만, 먹는다고 죽지는 않을 것이다. 전에, 오

274

래되어 다 짓무른 만두를 줬을 때도 종철이는 며칠 아프
다가 말았다. 종철이도 점점 괴물이 되어가는 것이다. 혹
은 플라스틱 프라가 되거나. 뭐, 심장이 없는 무엇이든. 배
고플 때마다 자기 심장을 꺼내 조금씩 조금씩 떼어 먹는지
도 모른다. 웩. 심장을 토해서 뻘건 핏덩이를 야금야금 뜯
어 먹다가, 뜯어 먹을수록 심장은 아프고, 그렇지만 너무
배고프니까, 고통스럽게 허기를 채우고 다시 꿀걱 삼킨다.
그런 식사를 수십번 반복하다가 결국 마지막 남은 심장 조
각까지 다 먹은 뒤 똥이 되어 나오는 자기 심장을 응시하
며, 드디어 나는 괴물이다, 단정했을지도.

썩은 피자를 들고 종철이를 다시 부른다. 일로 와. 오면
먹을 수 있어. 잠시 망설이던 종철이가 왼쪽 앞다리를 절
뚝거리며 내 발 아래로 다가온다. 말라비틀어진 베이컨 조
각을 툭 떨어뜨리자마자 씹지도 않고 삼킨다. 피자를 잘게
찢어 아래로 떨어뜨리며 종철아, 부른다.

왜 죽지도 않나 싶지?

바닥에 떨어진 부스러기를 단숨에 먹어치운 종철이가
발톱으로 내 종아리를 긁어댄다. 발을 들어 종철이를 걷어
찬다. 바람 빠진 봉지가 발끝에 걸리는 느낌이다.

나 말고 너 말이야, 이 개새끼야.

비칠비칠 일어나는 종철이가 꼭, 삼년 전 나 같다.

이 씹새끼, 아가리 안 닥쳐.

이를 바득바득 갈며 괴물이 낮게 중얼거리면 난 기다렸다는 듯 오줌을 지렸다.

더러운 새끼.

괴물은 서서히 젖어가는 내 사타구니를 걷어차며 나를 더 더럽혔다. 열매가 백만개는 달린 징그러운 감나무처럼 무럭무럭 익어가던 공포와 분노. 괴물은 내 유일한 친구이자 적이었고, 주인이며 신이었다. 그래, 신. 그는 나의 세계를 재창조했다. 목마르고 무덥고 외롭지만 위험하진 않았던 나의 세계에 그는 하얀색 페인트를 쏟아부었다. 그리고 그 위에 붉은 폭력과 형광색 기만과 거짓 친절을 덕지덕지 처발랐다.

너는 새끼야, 나 때문에 사는 거야. 나 아니었음 넌 벌써 죽었어.

구석에 처박혀 두 팔로 얼굴을 가리면서, 아주 틀린 말은 아니라고, 나도 인정했다. 그가 아니었다면 나는 또다른 괴물의 먹이가 되었을 것이다. 그가 먼저 나를 물었기 때문에 나는 그놈에게만 뜯기고 맞을 수 있었다. 왜냐. 그는 상대가 누구라도, 자기 것을 건드리면 가만있지 않았으니까. 그는 뭐든 최선을 다해 창조하고 파괴했다. 욕지거리 하나도 대충 하는 법이 없었다. 소리 하나하나에 꽉 찬

분노와 다짐을 담았다. 그가 L을 향해,

　너, 내가 죽여버린다.

라고 한 글자 한 글자 씹어뱉을 때, 그 소리를 허투루 들은 건 L뿐이었다. 법정에서는 실수였느니, 취했었느니, 자기도 정말 괴롭다느니, 죽을 줄 몰랐다느니 말했지만, 그건 다 뻥이고, 괴물은 정말 진심으로, 열과 성을 다해 L을 죽이고 싶어서 죽였다. 나는 봤다. L이 죽어가던 순간, 성취의 쾌감으로 반짝이던 괴물의 두 눈을. L은 괴물의 여자를 건드리고 나를 제 하인처럼 부렸다. 괴물이 그러니까 자기도 그럴 수 있다고 생각했겠지. 괴물은 자기처럼 행세하는 L을 없애버렸다. 건방지다거나 자존심 상한다거나 괘씸해서라기보다 자기와 똑같은 존재를 견딜 수 없었기에. 나 역시 두마리의 괴물을 견디긴 싫었다. L의 숨통이 완전히 끊어질 때까지 시체처럼 드러누워 있다가 뒤늦게 신고한 이유도 그 때문이다. 나는 괴물의 눈을 바로 보지 못하고 아주 작은 목소리로 증언했다. 아뇨, 죽이겠다고 했습니다. 멀쩡했습니다. 취하지 않았습니다. 네, 언젠가는 죽였을 겁니다. 감옥에 가면서 괴물은 내게도,

　너, 내가 죽여버린다.

라고 말했다. 아주 은근히. 하지만 또박또박. 글자 하나하나에 정성을 담아.

괴물 덕분에 웃을 때도 있었다. 많았다. 괴물과 함께 있으면 여자도 만날 수 있었고 돈도 쓸 수 있었고 허세를 부릴 수도 있었다. 아무도 나를 우습게 보지 않았다. 나는 괴물의 친구(처럼 보였으)니까. 괴물에게만 맞고 뜯길 수 있어 그나마 다행이란 생각도 했다. 괴물을 만나기 전까진 몰랐다. 세상이 이토록 비열하고 난폭한 곳인지. 괴물 덕분에 세상의 본질을 알게 된 건지, 세상의 본질을 오해하게 된 건지 나도 잘 모르겠다. 판단하기엔 너무 늦었다.

괴물이 감옥에 가던 날, 길에서 종철이를 주워 왔다. 주인이 있는 개였는데, 먹을 것으로 유인했다. 내 이름을 붙여주고, 나처럼 방에 가뒀다.

혼자 있긴 싫어서.

사랑을 많이 받은 개 같아서.

분노가 치솟을 때 나를 부수거나 때리긴 싫고.

비상식량 같은 것도 필요하니까.

세상에서 가장 사나운 개로 만들고 싶었다. 며칠씩 굶기고, 이제 곧 죽겠다 싶을 때만 먹을 것을 줬다. 짖어도 때리고 안 짖어도 때렸다. 움직여도 때리고 가만히 있어도 때렸다. 종철이는 나를 피하다가, 무서워하다가, 결국엔 대들었다. 우린 매일 싸웠고, 싸우다가도 딱 붙어서 잤다. 종철이가 내게 무관심할 때면 외로웠다. 그래서 때렸다. 종철이가 사납게 굴면 그 잔인함이 싫고 끔찍해 또 때렸다. 그럴수록 종철이는 더 사나워졌다. 뭐가 먼저인지 모르겠다. 괴물과 친해진 게 먼저인지, 괴물에게 물어뜯긴 게 먼저인지. 괴물이 필요했던 건지, 괴물을 없애고 싶었던 건지. 종철이가 나 때문에 난폭해진 건지, 내가 종철이 때문에 난폭해졌는지. 우린 원래 그런 존재인지, 만나서 그렇게 되어버렸는지.

처음엔 옆집 아줌마가 현관문을 두드리며 나를 자꾸 불렀다.

학생, 있어? 사람 사는 티 좀 내고 살아.

몇번 건성으로 대답만 하다가 그마저도 귀찮아져서,

아줌마가 뭔 상관인데요!

윽박질렀다. 가끔 복도에서 옆집 아줌마와 아랫집 아줌마가 소곤소곤 얘기하는 게 뚝뚝 끊겨 들렸다. 401호의 좀비에 관한 얘기였다. 인터넷으로 인스턴트 음식을 잔뜩 배달시켜 집 안 가득 쌓아놓고 문틈을 실리콘으로 봉인해버렸다. 먹을 게 다 떨어지면, 죽겠지. 죽기 싫으면 실리콘을 뜯고 문을 열겠지. 음식이 언제 다 떨어질지, 그때 내 마음이 어떨지 잘 모르지만 우선 문틈이 너무 신경 쓰였다. 그

가느다란 틈으로 세상 모든 소문과 비난과 무시와 폭력이 질질질질 새어 들어와 나를 질식시킬 것만 같았다.

온 집 안이 쓰레기 썩는 냄새와 지린내로 가득 찼다. 귀는 바깥 소음으로 피곤하고 코는 악취로 고달팠다. 창을 열고 싶을 때마다 손가락을 꽉 깨물었다. 소리에 예민해져서 옆집 문이 열리는 소리, 말소리, 구두 닦는 소리, 심지어 나물 다듬는 소리까지도 다 들렸다. 한번은 타인의 숨소리가 너무 크게 들려서, 드디어 내가 짐승이 되었나, 생각했다. 짐승은 그렇다니까. 인간이 못 듣는 소리도 다 듣는다니까. 이후 가스레인지를 켠다거나 수도를 튼다거나 변기물을 내리는, 생활에 필요한 소리를 모두 없애버렸다. 밥을 해 먹는 대신 라면을 부숴 먹고 데우지 않은 햇반, 카레, 생쌀, 그런 것들로만 조용히 조용히 배를 채웠다. 안 먹고 버티는 경우가 더 많았다. 안 먹으면, 편하다. 잠도 더 잘 오고 똥오줌도 덜 마렵고, 덜 움직여도 되고 죽은 듯, 살 수 있고.

죽을 생각도 해봤다.

자살 같은 거. 생이 끝나는 건 두렵지 않은데, 혼자 죽어갈 것이 무서워서 포기했다. 정말, 진심으로, 죽어가는 나를 지켜봐줄 사람이 단 한명이라도 있었다면 나는 진작 죽었을 것이다. 며칠씩 굶고 잠을 못 자면, 육체와 더불어

영혼 같은 게 까만 나락으로 한없이 떨어지는, 아니 흡수되는 것 같은데, 그때마다 생각한다. 죽는 건 이런 느낌 아닐까.

어차피 나란 존재가 살아 있는 걸 아무도 모르니까, 지금의 삶도 죽음과 다를 것 없다. 그러니 힘들게 죽을 필요도 없고. 중간…… 정도가 아닐까 싶다. 삶과 죽음 사이에 가느다란 틈이 있다면 그곳에 내가 있다. 집 앞 골목을 지나가는 이들은 상상도 못할 것이다. 집 안 가득 쓰레기를 쌓아놓고 일년 가까이 바깥으로 나가지 않는, 오래된 책이나 부서진 의자 같은 인간이 얇은 창 너머, 바로 이곳에 존재한다는 사실을. 사람들은, 그렇다. 세상 모든 집엔 엄마아빠아들딸이 있을 거라고, 가족끼리 둘러앉아 하얀 쌀밥에 잘 익은 김치를 먹으며 오순도순 그날 있었던 일을 얘기하고 서로의 어깨를 다정하게 다독여줄 거라고 생각한다. 왜냐하면, 그렇게 배웠으니까. 그게 표준이라고 학교에서도 방송에서도…… 비록 자기는 바쁘고 힘들어 그렇게 못 살더라도 다른 이들은 그렇게들 살 거라 믿어 의심치 않는다. 하긴, 그런 상상이 훨씬 편하고 덜 피곤하긴 하다. 신경 쓰거나 책임지거나 분노하거나 기분 나빠하지 않아도 되니까. 가끔씩 튀어나오는 타인의 불행에 혀를 차며 불편해하다가도 흐뭇한 미담을 찾아 감동만 하면 되는 세상은 얼마나 아름답고 평화로운가 말이다.

종철아. 종철아. 이 개새끼야.

방구석에 내팽개쳐진 종철이가 부르르 몸을 떤다. 보지 않아도 알 수 있다. 소리만으로도 충분히.

냉장고를 열어본다. 내장처럼 깜깜하다. 음식은 오래전에 다 떨어졌다. 생쌀과 수돗물로 겨우 버텼다. 지독한 허기가 밀려올 때마다 종철이를 빤히 봤다. 내가 무슨 생각을 하는지 종철이는 다 알았다. 내가 저를 빤히 보면, 쓰레기에 몸을 감추고 며칠씩 바깥으로 나오지 않았다. 매머드가 되고 싶었다. 커다란 초식동물 매머드. 천적이라면, 무더운 날씨에 자꾸 들러붙는 날벌레 정도. 날씨가 추워지면 풀을 찾아 먼 여행을 떠나는 매머드의 삶이 부러웠다. 빙하기로 인해 지구의 풀이 서서히 사라져갔을 때, 매머드는 어땠을까. 그냥 굶고 말았을까. 어쩔 수 없이 고기도 좀 먹고, 그러지 않았을까. 매머드가 고기를 먹었다면, 나도 종철이를 먹을 수 있다. 나 역시 빙하기를 관통하는 중이니까.

커다란 방송 소리가 뒤섞여 들린다. 선거 유세라도 하나. 종철이도 나도 귀를 쫑긋 세우고 불투명한 창 너머에 정신을 집중한다. 뭔가를…… 믿으라는 것 같다. 구원이나 영생, 혹은 죄를 사하는 어쩌고저쩌고. 비슷한 말이 반복해서 들린다. 요즘은 종교가 유행인가. 듣도 보도 못한 신의 이름이 섞여 들리는데 그들이 하는 말은 모두 똑같다. 곧 종말이 온단다. 아니, 지금이 바로 종말이란다. 신을 믿고 사죄하면 신세계에 갈 수 있다. 모두 그런 말이다. 신의 취향대로 이 세계가 만들어진 거라면, 정말 그런 거라면, 악마도 신이다. 사람들은 악마에게 목숨을 구걸하는 중이다. 정말 좋은, 사랑으로 가득한 완전무결한 신이라면 왜 종말이란 단어로 인간을 겁주겠나. 괴물처럼. 비겁하고 치사하게.

전기가 나갔으니 프라모델을 조립할 수도 없고. 인터넷도 안 되고. 의자에 앉아 슬슬 손을 움직인다. 야동. 야동을 봐야 되는데. 상상을 해볼까. 후배위를 상상하자 서서히 부풀어오르는 성기. 방구석에 처박혀 있던 종철이가 기다렸다는 듯 달려와 발등에, 책상 밑에, 쓰레기에 떨어진 정액을 핥아 먹는다. 수백마리의 정자가 종철이의 뱃속으로 들어간다. 수백명의 나를 잉태한 종철이를 상상하니 구역질이 난다. 경박하게 혓바닥을 날름거리며 장판을 핥는 종철이의 배를 냅다 걷어찬다. 홀러덩 뒤집히면서도 제 털에 묻은 정액으로 혀를 길게 내 빼는 종철이. 바닥에 주저앉아 손등에 묻은 정액을 성기에 문대어 종철이에게 내민다.

촉촉하고 부드러운 혀가 이미 시든 성기를 자극한다. 끙.
신음이 절로 나지만, 종철이는 핥을 줄만 알지 빨 줄은 모
르니까.

배고프면.

종철이의 배를 살살 만지며 중얼거린다.

먹어.

성기를 까딱까딱 움직이며 종철이에게 내민다.

씹어도 돼. 어차피.

종철이가 하얀 이를 드러낸다.

필요도 없고.

종철이의 성기를 손가락으로 살살 애무해준다.

좋지, 자식아.

반짝거리던 눈이 희미하게 풀린다.

언젠가는 너를 내 짝으로 삼을 거야. 그러니까……

종철이가 내 종아리를 잡고 일어나 엉덩이를 흔든다.

죽지 말고 오래오래 살아, 개새끼야.

좋아하던 여자애가 있었다. 까무잡잡한 얼굴에 하얀 이
를 가진 애였다. 걔는 나보고 팔팔 삶아 봄볕에 말린 하얀
수건 같다고 했다. 무슨 말이냐면…… 훔치고 싶을 만큼
탐난다는 거지. 걔는 모든 걸 그런 식으로 말했다. 자기는

다음 생에 나무로 태어나서 피아노가 될 거라고도 했다. 그 말을 들으며 나는 수줍게 웃었다. 웃으면서도, 그건 꼭 소설에서나 할 수 있는 말이라고 생각했다. 정말 그런 게 가능하다고 믿는지 묻고도 싶었다. 하지만 아무 말 안 했다. 그애가 싫어할까봐. 나랑은 말이 안 통한다고 생각할까봐. 그래서 더이상 나를 찾지 않을까봐.

행복했다.

늘 그애의 눈치를 살폈지만, 그건 괴물의 눈치를 보는 것과는 또 달랐다. 무서워도 눈치를 보고 사랑해도 눈치를 보니, 결국 나는 괴물을 사랑했던 것 아닐까, 혹은 여자애를 무서워했던 것 아닐까, 괴물과 여자애가 뒤섞인 기억 속을 뒹굴며 헷갈려하기도 했다.

그애랑 늘 함께하고 싶었다. 그럼 더는 된장을, 엄마를, 친해지자는 것과 잡아먹는 것을 혼동하지 않을 것 같았다. 그애가 피아노가 되고 싶다고 해서, 그럼 나는 만화 같은 게 되고 싶다고 대꾸했다. 왜냐면, 만화는 언제나 주인공 편이니까. 안 그래? 뭐든 다 이루어지잖아. 내 말에 그애는 깔깔 웃었다. 그건 만화가 되는 게 아니라 만화처럼 살고 싶은 거지. 그런 식으로 내 말을 고쳐주는 그애가 좋았다. 대화를 이어나갈 수 있으니까. 나는 일부러 말도 안 되는 말을 했다. 더듬더듬. 수줍게. 내겐 사람이 중요했고, 그

중에서도 내 편이 중요했다. 아무 대가 없이 나를 받아주는 인간에 대한 경이로움으로 그애와 나누는 한마디, 같이 버스를 탄다거나 같은 공간에 앉아 있는 것 따위가 세상에서 가장 멋진 일이라 여겨졌다. 깔깔깔, 깔깔깔깔. 그애가 웃을 때마다 그애 입속에 활짝, 빨간 꽃이 폈다. 그 꽃이 날 미치게 했다. 내게 그애는 완전한 세계였다. 부족하면 부족해서 완전한 세계.

하지만 나는 그애의 껌이었다.

씹고 씹고 또 씹어도 그대로인 대신, 단물만 빠졌다. 더이상 달콤하지도 쫄깃하지도 않아서 그애는 떠났다. 내가 껌 같았는지, 나와 보내는 시간이 껌 같았는지 모르겠다. 어쨌든 껌이었다. 질리도록 씹고 나면 처치 곤란한 껌.

그래도 한때는 달콤했으니까. 그런 시간이 있어서, 그런 기억 때문에 죽지도 못하고 그런 때를 다시 보낼 수 있지 않을까, 지금은 혹시 길고 긴 악몽을 꾸는 중 아닐까, 그런 상상도 해보는 것이다. 때문에 자위할 때만은 죽어도 그애 생각은 하지 말자고 이를 악문다. 가장 빛나던 그때를 이런 악몽으로 끌고 오지 말자고. 그때의 나와 지금의 나를 같은 인간으로 만들지 말자고.

볕에 더러운 방이 고스란히 드러나 이불로 창을 가렸다.

그래도 보일 건 다 보인다. 쿵. 쿵. 창밖에서 들리는 끊임없는 파열음 때문에 심장이 벌렁거린다. 아침부터 사이렌과 구급차 소리가 내내 겹치고 비명 같은 것도, 차와 차가 충돌하는 소리도 들리는데, 그런 건 언제나 들리는 거니까. 사고가 나고 죽고 싸우고 욕하고 개 짖는 소리는 매일 들린다. 바깥은 전쟁터다. 소리로 깨치는 세상은 그렇다.

여전히 정전이다. 전봇대라도 넘어진 걸까. 술 취한 사람이 차를 몰다가 전봇대를 박았는지도 모른다. 혹은 발전소가 터져버렸거나. 전기가 완전히 끊겨서 휴대폰 충전도 못하고 그래서 알람이 울리지 않고, 늦게 일어나서 부리나케 계단을 내려가고 신호등이 작동하지 않아 사고가 나고, 사고가 난 차를 다른 차가 들이박고 구급차가 출동하고, 정전 때문에 촛불을 켰다가 불이 나고 또 소방차가 출동하고, 은행은 마비되고 신용카드는 먹통이 되고, 무전도 전화도 안 되니 범죄자들은 살판 나고, 인터넷이 안 되니 이메일이나 메신저는 개뿔, 뉴스도 신문도 죽고 냉장고의 음식도 시체저장실의 시체도 썩고 교도소는 탈옥을 시도하는 사람들로…… 아, 그런 일은 없어야 한다. 전기가 끊기는 일 같은 건, 없었으면 좋겠다.

이불을 조금 걷고 불투명한 창에 손을 올린다.

열까. 한번 열어볼까.

종철이가 내 손을 빤히 쳐다본다. 내가 창을 열면 그 틈으로 당장 빠져나갈 것처럼 온몸에 잔뜩 힘을 주고.

손을 내리고 주저앉아 프라 부품을 주섬주섬 모은다. 배고픈데, 먹을 게 없다. 나는 곧 죽을 것이다. 아니 이미 죽은 건지도. 주변을 둘러보며 내 시체를 찾는다. 야윈 내 몸은 아직 따뜻하다. 살았나? 살아 있나? 종철이를 빤히 보다 웩, 심장이 올라올 만큼 거세게 구역질을 한다. 걸쭉한 침이 누런 장판 위로 툭 떨어진다.

혹시 나도 괴물이 됐나.

가슴에 손을 대어본다. 미약하게나마 무엇인가 뛴다. 두근거리는 그 감각을 움켜쥔다. 낯설어 곤란한 느낌이 더러운 손바닥으로 서서히 스며든다.

쓰레기 위에 엎어진 채 오랫동안 자다 깼다. 한나절이 지났는지 하루가 지났는지, 한달이 지났는지 모르겠다. 깨자마자 생전 처음 느껴보는 적막에 나도 모르게 숨을 참았다. 잠들기 전까지 나를 괴롭히던 소음은 모두 꿈이었을까. 기이할 정도로 적막하다. 공기마저 다 사라진 것처럼. 거대한 진공청소기가 세상을 전부 단숨에 훅 빨아들이는 상상을 한다. 상상과 현실이 분간되지 않는다. 쓰레기로 막힌 현관 앞에 멍청히 서서 바깥 소리에 귀를 기울인다.

발치에서 쓰레기를 마구 파헤치는 종철이 때문에 수상한 적막에 집중할 수가 없다.

이상하다. 이상한 정적이다.

사람들이 단체로 다른 별로 이주라도 한 것일까. 그럴 수도 있다. 나도 모르는 사이 그런 계획이 세워지고 실행되었는지도 모른다. 지구는 더이상 가망이 없어. 산소도 부족하고 걸핏하면 지진에 기아에 화산폭발에 이상기후에. 우리 모두 다른 별로 이사 갑시다. 뭐, 그런 정책이 발표됐는지도. 혹시 전쟁이라도 났나. 그럴 수도 있다.

나는 전쟁이야.

여자애에게 그런 말도 했었다.

점쟁이?

아니 전쟁. 전에 들었는데, 전쟁도 평화를 위해서 필요하다더라고.

깔깔깔.

그 웃음 때문에, 말을 멈출 수 없었다.

그러니까 전쟁을 많이 할수록 평화로워질 거야. 왜냐면, 굶고 다치고 죽이고 도망치고 매일 그럴 테니까. 심심하고 지루할 틈이 없으니까.

신검을 받으라는 통지 때문에 집 밖으로 나간 적이 있다. 신검을 받지 않으면 감옥에 갈 수도 있다기에 어쩔 수 없었다. 버스를 타려고 줄을 섰는데, 내 옆에 있던 여자가 자기 애인에게 귓속말을 하며 나를 흘깃 쳐다봤다. 냄새가 난다거나, 내 옷차림, 헝클어진 머리카락, 누런 얼굴, 가죽만 남은 더러운 몸이나 곳곳의 상처, 그런 것을 야유하는 것 같았다. 바깥세상에 익숙한 사람들은 모른다. 자기의 그런 행동이 누군가의 존재를 통째로 뒤흔들 수 있다는 것을. 그들이 보인 사소한 야유 때문에 나는 상상한다. 머리카락을 모두 쥐어뜯는다거나, 혀를 깨문다거나, 팔목을 긋거나 목을 따버리는 상상. 모두 기겁하겠지. 놀라 소리 지르겠지. 비난에 욕설을 퍼붓고 그리고, 무시하겠지. 귀와 눈이 받아들이는 자극이 너무 따갑고 아파서 한동안 눈을 감았다가 떴는데, 사람들이 전부 네 발 달린 벌레처럼 보였다. 그들이 하는 말을 알아들을 수가 없었고, 그들의 몸짓, 고개를 돌린다거나 손을 들어 택시를 잡는다거나 부지런히 걷는 행동 따위가 몽땅 끔찍하고 징그러웠다. 그들이 너무 더러워서, 살충제 두 통을 사서 사람들을 향해 마구 뿌렸다. 내성이 강한 사람 벌레들은 죽지도 않고 내게 욕을 해댔다. 그때 내 곁에 괴물이 있었다면, 아니 여자애가 있었다면 나는 좀 달랐을까. 남들처럼 싸우거나 무시하거나 욕하거나 웃어넘기면서, 자연스럽게 걸어다녔을까. 감옥에서 나를 죽일 궁리만 하고 있을 괴물이 그리웠고, 어디론가 증발해버린 여자애가 미치도록 보고 싶었다. 상처에 된장을 발라주며 내 코를 비틀던 엄마와, 악수하듯 내 손을 꽉 깨물던 떠돌이 개가 자꾸 떠올랐다. 집으로 돌아와 종철이를 팼다. 패다가 울었다. 울면서 벌벌 떨었다. 무서웠다.

분명 하루가 지난 것 같은데, 창밖은 계속 어둡다. 하늘에 커다란 천막을 친 것처럼 아련한 빛만 겨우 느껴진다. 종철이는 창에 머리를 박으며 유리를 깨기 위해, 밖으로 나가기 위해 안간힘을 쓴다. 불길하게 울며 창으로 온몸을 내던지는 종철이를 때리고 가두고 죽일 듯이 위협도 해봤지만, 소용없다. 온 세상을 통틀어 덩그러니, 월드빌 401호만 남은 것처럼 너무 고요해서 절로 숨이 막힌다. 신이 음소거 버튼이라도 누른 것 같다. 불투명한 창 너머로 검은 연기가 뭉게뭉게 피어오르는, 아니 먼 곳에서부터 서서히 밀려오는 게 얼핏 보인다. 눈을 감았다 뜬다. 환영은 사라지고 창에 머리를 박는 종철이만 보인다. 손바닥으로 머리를 툭툭 쳤다.

결국 미쳤나.

그런 생각을 하지 않을 수 없다. 벽과 바닥이 조금씩 떨리고, 건물이 곧 무너질 것처럼 흔들린다. 환각인지 실제인지 구분할 수 없다. 종철이는 계속 머리만 박고 바퀴벌레는 먹을 것을 찾아 온 집 안을 헤매고 악취는 점점 지독해지고, 다시 건물이 흔들리고 검은 연기가 솟고 종철아, 제발 이리 와. 앉은 채로 벌벌 떨며 종철이를 불렀다. 정말 미친 건지 확인하기 위해 지난 일을 하나하나 떠올려본다. 모두 기억난다. 아주 자세하게. 엄마의 검은 입술과 아버지의 누런 이. 괴물이 내게 던져주던 돈과 주먹과 욕과 호의. 여자애의 하얗게 튼 복사뼈와 오른쪽 허벅지의 작은 점.

나는 내 세계를 지키고 싶었다.

하지만 내 세계엔 도대체 뭐가 있나.

종철이와 쓰레기와 악취와 벌레와 미쳐버린, 아니 이미 죽은 건지도 모를 나.

내가 지키고자 한 것은 뭐였을까.

건물이 무너지려는 것인지도 모른다. 그만큼 낡았으니까. 월드빌의 다른 사람들은 모두 다른 곳으로 이사 가고 나는, 나는 좀비니까 그냥 내버려둔 것인지도. 혹은 이미 죽었다고 생각했는지도. 하지만 난 아직 멀쩡해. 멀쩡하지만, 계속 멀쩡할까? 너무 오래 굶어서 눈과 귀와 머리가 제대로 안 돌아간다. 내가 여태 왜 안 죽고 살았는데. 혼자 죽는 게 무서워서, 누구라도 나의 죽음을 지켜봐주길 바랐기에, 그래서 살았다. 이렇게 미쳐서 혼자 죽을 순 없다. 괴물을, 여자애를, 엄마를, 아니 엄마는 이미 죽었지, 아무튼 누군가를 찾아야 한다. 찾아서, 내 세계, 월드빌 401호로 데려와야 한다. 그래야 나도 죽든지 살든지 둘 중 하나를 할 수 있다. 떠돌이 개도 데려오자. 그럼 종철이가 좋아할 거다. 종철이를 위해서 그 정도는 할 수 있다.

현관 앞에 쌓인 쓰레기를 치우며 종철이를 흘깃 쳐다본다. 하얀 털이 벌겋게 변했다. 비칠거리며 내 옆으로 온 종철이가 입으로 발로 쓰레기를 치운다. 이대로 나가면 사람들이 싫어할 텐데. 냄새난다고. 더럽다고. 옷은 저게 뭐니. 머리는 또 왜 저래. 미친 거지 아니야? 별별 말을 다 할 것이다. 불쾌하다고 표정을 구기고 침을 뱉을지도 모른다. 경찰에 신고할지도 모르지. 경찰이 잡으러 오면 여자애를 찾아달라고 하자. 어쨌든, 나가야 한다.

하지만.

무섭다.

밖으로 나가는 것도. 이대로 죽어가는 것도. 틈이란 게 있다면, 그 속에 끼인 채 밖도 안도 아닌 곳에 존재하고 싶다. 건물이 흔들린다. 아니, 건물이 아니라 대지가 통째로 흔들리는 것 같다. 뭔가 더 거대하고 완전한 것. 근본, 바탕, 그런 게 뒤집어지는 것처럼 강렬하다. 환각인가. 종철이를 쳐다본다. 바닥에 쓰러진 채 거친 숨을 몰아쉬고 있다. 죽기 전에 바깥으로 나가야 해. 정말 혼자가 되기 전에.
쓰레기를 치우는 손이 점점 빨라진다. 문을 열고 나가자마
자 옆집 아줌마를 만나면 어쩌지? 안녕하세요. 인사해야
하나? 살아 있었느냐고 물으면, 네, 그렇게 됐습니다, 대답
이라도 해야 해? 아줌마가 뭔 상관인데요, 대꾸해야 하나?
그래, 옆집 아줌마라도 만나면 여자애를 찾아달라고, 괴물
이 있는 감옥엔 어떻게 가느냐고, 아니 정말 정전일 뿐이
냐고, 당신은 무사하냐고 물어봐야 한다. 쓰레기를 다 치
우고 식칼로 손톱으로 이빨로 실리콘을 뜯어낸 뒤 문고리
를 잡았다. 죽은 줄 알았던 종철이가 벌떡 일어나 문을 머
리로 박는다.

잠금장치를 풀고 조금, 아주 조금 문을 열어본다. 작은
틈 사이로 머리를 디밀던 종철이가 맥없이 쓰러진다. 종철
이를 들어 가슴에 품는다. 이승과 저승의 경계를 달리는
듯, 종철이의 팔다리가 기계처럼 움직인다. 옆집 문은 훤
히 열려 있다. 도둑이라도 든 것처럼 난장판이다. 한 발 한
발, 계단을 내려가며 미치지 않기 위해 머릿속으로 하나,
둘, 숫자를 센다. 뜨겁고 메마른 공기가 느껴진다. 공기란
것이, 바깥 냄새 혹은 느낌이 원래 어땠는지, 기억에 없다.
온몸의 감각을 최대치로 끌어올린다. 일층까지 내려온 뒤

버둥거리는 종철이를 바닥에 내려놓았다. 머리를 질질 끌면서도 무조건 앞으로 나아가는 종철이를 따라 나도 다시 한 발, 한 발.

검은 하늘. 뻑뻑한 대기. 부서진 도시.

낡고 더러운 빌라 입구에서 바라본 세상은 이제껏 단 한번도 상상해보지 않은, 그야말로 신세계다. 사방의 길은 위로 솟았거나 아래로 꺼졌고 팽창한 하늘이 지상을 뒤덮었다. 매캐한 연기 사이로 알 수 없는 물체들이 뒤죽박죽 흩어져 있는데 그게 꼭…… 사람…… 시체 같다. 바깥으로 나오지 않았던 지난 세월을 헤아려본다. 언제부터 이 지경이었던 걸까. 일년 전? 일주일 전? 오늘?

문턱까지 기어나간 종철이가 바닥에 쓰러진 채 깊은 숨을 들이쉰다.

죽어? 이렇게 죽어?

가죽만 남은 배를 마구 흔든다. 핏물 고인 눈으로 나를 빤히 보던 종철이가 그릉, 한번, 단 한번 짖는다. 기괴한 정적에 숨이 막힌다. 하늘로 치솟거나 땅으로 꺼진 길을 무연히 쳐다본다. 다들 어디로 갔을까. 내 세계만 남겨두고 다들, 이 많은 짐을 두고…… 빙하기 같은 것, 운석 충돌이나 이상 기온, 전쟁, 그 모든 것은 그저 다 뻥이고, 원래 한번씩 이런 식으로 청소하는, 아니 청소되는 건지도 모른다. 눈 깜빡할 순간에 세상 모든 존재가 사라지는 거다. 포화상태여서. 너무 낡아서. 더는 두고 볼 수 없으니까. 근데 나는 이미 잊힌 존재니까, 청소된 존재니까 혹은, 사람이 아닌 쓰레기인 줄 알고 남겨둔 거다. 정말 모든 것이 사라졌다면 나를 죽이고 싶어 안달인 괴물도, 나를 가장 빛나게 했던 여자애도 사라졌을 것이다. 아니 내가 미쳤나. 미쳐서 헛것을 보는 건가. 혹시 꿈인가. 기나긴 악몽 속 또다른 악몽인가. 아니 악몽이 도대체 뭐라고. 악몽 아닌 때가 있긴 있었나. 혹시 여기, 저승인가.

....

미쳤거나 악몽이거나 이미 죽었거나, 만에 하나 이것이 현실이라 해도

....

다를 게 뭔가.

죽어가는 종철이를 품에 안고 잠시 망설인다.

밖으로 나갈 것인지. 나의 세계로 돌아갈 것인지.

종철이의 머리를 쓰다듬으며 중얼거린다.

똑같아.

편안한 음성이 속 깊은 곳에서 솟아오른다.

……그래도, 나갈래?

어디쯤

지하철역에서 빠져나와 아버지가 그려준 약도를 펼쳐 들었다. 직진 후 우회전. 건널목을 건너 다시 우회전. 한동안 직진. 그리고 좌회전. 드문드문 스쳐 지나갈 건물 이름조차 생략된 대충 그린 약도였다. 아버지 글씨는 알아보기 힘들었다. '서'인지 '성'인지, '원'인지 '운'인지 분간할 수 없었다. 성원빌딩(선원빌딩 혹은 서운빌딩일 수도 있다) 삼층. 지도 끝에 그려진 건물. 내가 최종적으로 도착해야 할 그곳.

　습관처럼 땅만 보고 걸었다. 회색, 검은색, 갈색 부츠와 운동화 몇켤레가 나를 스쳐갔다. 진동이 느껴져 주머니에서 휴대폰을 꺼내다 맞은편에서 오던 사람과 부딪쳤다. 휴대폰이 바닥에 떨어졌다. 입에서 허연 입김이 터져 나왔다.

　죄송합니다.

　상대편이 짧게 사과했다. 헝클어진 머리칼. 경직된 얼

굴. 낡고 더러운 운동화. 검은 파카엔 뿌연 재 같은 것이 묻어 있었다. 오랫동안 거리를 헤맨 몰골이었다. 그는 바닥에 떨어진 휴대폰을 주워준 뒤 파카 주머니에 손을 넣고 내가 걸어온 방향으로 바삐 걸어갔다. 몸을 약간 돌려 그의 뒷모습을 잠시 쳐다보다가 어, 지하철역, 하고 중얼거렸다. 방금 빠져나온 지하철역 입구가 보이지 않았다. 휴대폰 진동이 다시 울렸다. 사랑한다고 믿는 사람, 안이었다. 지하철역이 있었다고 짐작되는 곳을 멍청히 쳐다보며 통화 버튼을 눌렀다.

어.

어디야?

어, 밖이야.

밖 어디?

여기가……

주변을 둘러봤다. 낯선 곳이었다.

……어디 좀 가는 길인데.

어디?

어, 아버지가 가보라고 해서.

그러니까 어딜.

성원빌딩인가, 선원빌딩인가, 모르겠어.

뭐가 그래.

가봐야 알아.

거길 왜 가보라서?

몰라. 가보면 좋을 거라고.

퇴근하고 가는 거야?

응. 근데……

퇴근했으면 전화 좀 주지.

근데 있잖아.

나도 퇴근해.

이상해.

뭐가?

지하철역이 없어졌어.

응?

바로 저기 있었는데……

다른 전화가 걸려 온다는 신호음이 울렸다. 잠깐. 전화
온다. 다시 걸게. 말하곤 통화 버튼을 눌렀다. 아버지였다.

가고 있냐?

네, 아버지.

얼마나 갔냐?

방금 지하철역에서 나왔는데요, 근데……

잘 찾아가야 한다. 길이 좀 복잡하댔어.

……네, 그런 것 같네요.

지하철역을 찾지 못할 뿐이라는 생각이 들었다. 땅만 보고 걷느라 방향을 놓친 것일 수도 있고, 아버지 말대로 길이 복잡해서 그런 것일 수도 있다. 손톱깎이나 라이터도 아니고, 지하철역 같은 게 사라질 리 없지 않나.

정신 바짝 차리고 다녀라.

아버지가 말했다.

네, 아버지.

전화를 끊은 뒤 아버지가 그려준 약도를 다시 펼쳐봤다. 지하철역에서 나온 후 직진만 했으므로 지하철역은 분명 내가 걸어온 방향 어딘가에 있을 것이다. 패밀리마트, 파리바게뜨, 김밥천국, 더페이스샵, 올레, 카페베네, 비비큐치킨. 인도에 죽 늘어서 있는 상점들을 눈여겨보았으나 색다르지 않았다. 나열된 순서만 다를 뿐 내가 사는 동네에도, 회사 근처에도, 안의 동네에도 같은 이름의 가게가 들어서 있으니까. 하지만 낯설었다. 똑같은 이름으로 채워진 거리였지만 친근감이나 안도감 따윈 전혀 들지 않았다.

배가 고파 편의점에 들어가 컵라면을 샀다. 포장을 뜯고 물을 붓고 면이 익길 기다리다가 편의점 직원에게 말을 걸었다.

저, 혹시 이 근처에 성원빌딩이나 선원빌딩이라고 있습니까?

두 손으로 휴대폰을 든 채 손가락을 바삐 움직이던 직원이 잘 모르겠다며 고개를 저었다. 미성년자 같은데, 뽀얀 뺨 위에 돋아난 분홍빛 여드름이 참 예뻤다.

　그럼 여기서 얼마나 가야 오른쪽으로 꺾이는 길이 나옵니까?

　그런 길은 위로 가도 있고 아래로 가도 있는데.

　직원이 인도의 양쪽을 동시에 가리키며 말했다.

　어디가 위고 어디가 아래죠?

　움찔거리는 여드름을 보며 말을 이었다.

　저는 지하철역에서 왔는데, 나온 방향에서 그대로 쭉 걸어가면⋯⋯

　아.

　직원이 고개를 갸웃하더니 목을 위로 쭉 폈다. 연갈색의 탄탄한 머리칼이 허옇게 드러난 목덜미를 살짝살짝 건드렸다.

　이 근처엔 지하철역 없는데.

　차가운 표정이었다.

　지하철역은 아주 멀리 있는데. 여기서 한참 걸리는데.

　걸어온 시간을 가늠해봤다. 내가 그렇게 많이 걸었던가. 그럴 수도 있다. 생각 없이 꽤 오랫동안 걸어 여기까지 왔을지도. 오른쪽으로 꺾이는 길을 벌써 지나쳤으면 어쩌나 불안해졌다.

저 방향으로 쭉 올라가도 오른쪽으로 가는 길 나와요. 근데 여기 그런 길 되게 많은데.

직원이 유리문 너머를 고갯짓으로 가리키며 말했다. 친절하고도 귀여운 말투였다. 안도 오래전엔 내게 저런 목소리, 저런 말투로 말하곤 했다.

뭐, 그건 어느 동네나 그렇죠.

피식 웃으며 대꾸했다. 직원은 잠시 샐쭉한 표정을 짓곤 고개를 숙여 휴대폰만 들여다봤다. 약간 불은 라면을 세젓가락 만에 다 먹어치우고 생수와 담배를 샀다. 거스름돈을 주고받을 때 직원의 손가락 끝이 내 손바닥에 살짝 닿았다. 몰랑하고 따뜻했다. 편의점을 나오며 손바닥을 매만져봤다. 누렇고 딱딱하고 메마른 손. 굳은살로 무장된 발뒤꿈치 같았다. 담배를 피우며, 왔던 길로 되돌아갈까 가던 길로 계속 갈까 고민하다 다시 걷던 방향을 따라 걸었다. 걷는 속도와 시간의 흐름에 신경 쓰려고 애썼으나 뜻대로 되지 않았다.

긴 연필심이 뚝 부러지듯 느닷없이 오른쪽으로 꺾이는 길이 나왔다. 길모퉁이에 국민은행과 우리은행이 마주 보고 있었다. 우리은행엔 내 돈 오십만원 정도가 들어 있는

데, 내일쯤 카드대금으로 다 빠져나갈 것이다. 국민은행엔 매달 삼십만원씩 적금을 붓고 있다. 앞으로 이년만 더 부으면 천만원이 된다.

지난 몇년 동안은 대출금을 갚느라 적금 부을 여유도 정신도 없었다. 처음 적금을 들었을 때, 기분이 정말 좋았다. 하지만 안이 침울한 목소리로, 이런 식으로 돈 모아서 우리 언제 결혼하지? 하고 말해서 기가 죽어버렸다. 매달 삼십만원밖에 저금을 못하는 내가 무능하게 느껴졌다. 그때 안에게, 나랑 결혼하고 싶어? 하고 되물었다가 큰 싸움이 났다. 정말 나와 결혼할 생각이 있는지 궁금했을 뿐인데, 안은 내 말을 그렇게 받아들이지 않았다. 자기와 결혼할 마음이 없다는 뜻으로 받아들인 것이다. 억양의 문제였을까? 억울했지만 미안하다고, 잘못했다고 사과했다. 안은 내 말을 들으려고도 하지 않고, 그동안 자기를 무슨 생각으로 만난 거냐고 화만 냈다. 이후 안은 두달 넘게 연락을 받지 않았고, 나는 우리가 잠정적 이별 상태라고 믿었다. 계절이 완전히 바뀐 후 안에게서 연락이 왔다. 안은 나를 계속 만나보자고 마음먹은 차였고, 나는 안과 헤어졌다고 확신하던 때였다. 서로 반대 방향으로 가던 길이었지만, 그래서 한번은 만나야 했다. 만나서 술을 마시다보니 헤어지자고 말하기가 성가셔졌다. 결국 우리는 다시 잘 만나고 있지만, 안이 예전만큼 가깝게 느껴지지는 않는다. 이전에는 내 안에 이별이란 단어가 없었다. 하지만 지금은 언제든 펑 터질 수 있는 폭약처럼 박혀 있다. 이별. 헤어질 수도 있다는 가능성. 안과 연락이 닿지 않던 두달 동안 나는 그 가능성의 맛을 봤다. 때론 쓰고 때론 달콤한 맛이다.

전화가 온다. 안이다.

왜 전화 안 해?

응?

아까 전화 끊어놓고 왜 다시 안 하냐고.

아, 깜빡했어. 미안.

어딘데?

아까 거기.

아직 못 찾았어?

어.

난 집에 거의 다 왔어.

그래.

오늘도 있잖아, 그런 말 들었어.

무슨?

오랜만에 연락 온 친구랑 통화하다가, 남자친구 무슨 일 하느냐고 묻기에 너 다니는 데 말했더니 대뜸 그러잖아.

………

야, 거기 진짜 별로라던데!

아……

너네 회사 정말 안 좋니?

글쎄, 나는 딱히 모르겠는데.

근데 다들 왜 그럴까?

그러게. 왜들 그러지.

하고 말한 뒤 잠시 뜸을 들였다. 그런 말이야 나도 숱하게 들었다. 내가 M사에 다닌다고 하면, 그 일 힘들지 않냐, 돈도 별로 안 주지 않냐, 장래성도 없지 않냐…… 하지만 많지 않은 월급이라도 제때 나오고, 나는 그 돈으로 빚도 갚고 밥도 먹고, 교통비도 내고 데이트도 하고 적금도 부으며 잘 살고 있다. 같이 일하는 사람들도 점잖고, 일 힘든 거야 어느 직장이나 마찬가지 아닌가 싶고. 설렁설렁 일하면서 염치없이 돈만 많이 받고 싶진 않다. M사가 불법적인 일을 하는 데도 아니고, 여느 곳처럼 인간생활에 도움 될 만한 것을 정성스레 만들어 적당한 가격에 파는 곳이고, 내가 하는 일에 나름 자부심도 있는데, 사람들은 어째서 M사에 다니는 나를 불치병 걸린 환자처럼 대하는 걸까.

우리 엄마만 해도.

건조한 목소리로 말을 이었다.

다른 사람들한테는 내가 7급 공무원 준비 중이라고 말

하니까.

어머님이?

응, 내가 M사에서 돈 버는 것보다 고시생인 게 더 낫다고 생각하나봐.

진짜?

진짜.

주말에 안을 만나려고 집을 나설 때마다 어머니는 고3 수험생 대하듯 나를 다그친다.

너, 그렇게 놀면서 공부는 언제 하려고 그러니. 그게 보통 어려운 시험인 줄 알아?

그럴 때마다 나도 내가 뭘 하는 놈인지 헷갈린다. 정말 공무원이 되지 않는 이상 어머니 앞에서는 영영 고시생 노릇을 해야 할 것 같다는 생각도 들고. 하지만 그런 어머니도 나를 어엿한 직장인 취급해줄 때가 있다. 부모님 생신. 설. 추석. 어버이날. 알량한 용돈이나마 내미는 그런 때.

이직 생각은 없지?

안이 묻는다.

……응, 아직. 근데 이직하기 전에 잘릴지도 몰라.

왜?

우리 회사에서 만드는 제품을 더 큰 회사에서도 만들기 시작했거든. 더 싼값에 대량으로.

그래서 나는 화가 난다. 사람들이 내가 다니는 직장을 얕잡아서가 아니라, 자기들이 얕잡아 보는 그 일마저 뺏으려 해서.

이직해, 그럼.

....

내 말 들려?

싫어.

왜?

난 지금이 좋아.

없어질지도 모른다며.

큰 데 가도 더 큰 게 잡아먹을 텐데.

그럼 제일 큰 데로 가면 되지.

....

자신 없어?

....

어디든 도착하면 전화해.

내 침묵의 결을 하나하나 세던 안이 갑자기 주눅 든 목소리로 말을 맺더니 전화를 끊었다. 술집이 빽빽하게 늘어서 있는 길을 말없이 걷는다. 비틀거리는 사람. 토하는 사람. 소리 지르는 사람. 꽁꽁 얼어버린 밤공기를 깨부수듯 깔깔깔깔 웃다가 나자빠지는 사람. 그리고 묵묵히 제 갈 길을 걸어가고 있는 많은 사람들. 나는 내가 있는 곳을 지키고 싶다. 더 높은 곳으로 가고 싶은 게 아니라.

건널목에 다다라 아버지가 그려준 약도를 다시 펼쳐 들었다. 신호등 옆에 선 아주머니에게 약도를 보여주고 길을 물었다. 지도를 훑어보던 아주머니가,

돌아가.

하고 말했다. 단호한 목소리였다.

이 근처가 아닙니까?

잘못 왔어. 돌아가야 해.

어디로요?

왔던 길로. 왔던 길로 돌아가.

아주머니는 자꾸 돌아가라는 말만 했다. 늦은 밤 불쑥 찾아온 반갑지 않은 손님 대하듯.

여기가 여기 아니에요?

지도에 그려진 길을 손가락으로 가리키며 다시 묻는 순간, 신호등이 녹색으로 바뀌었다. 아주머니는 현관문을 쾅 닫듯 횡단보도에 발을 내려놓았다. 돌아가라는 말 때문에 조급하고 불안해졌다.

실례합니다.

앞서 걸어가던 남자를 붙잡았다. 남자가 고개를 돌렸다.

나보다 젊은 남자였다. 약도를 보여주려고 하자, 남자가 고개를 저으며 말했다.

저도 여기 처음이에요.

앞을 보고 바삐 걸어가는 남자를 쫓아가며 물었다.

그럼 어디서 오셨습니까? 여기까지 어떻게 왔어요?

남자가 미심쩍은 눈으로 나를 돌아보더니 마지못해 대답했다.

지하철 타고요.

무슨 역이요? 무슨 역에서 내렸습니까?

내심 나와 같은 곳에서 내렸길 바랐으나, 남자의 입에선 낯선 지명이 튀어나왔다. 신호등의 초록불이 깜빡이자 남자가 달리기 시작했다. 묻고 싶은 게 많았지만 따라잡을 수가 없었다. 남자가 사라진 길 안쪽으로 수십개의 모텔 네온사인이 아우성치듯 번쩍이고 있었다. 그 불빛을 보자 문득 춥고 배고팠다. 따뜻한 객실에 들어가 뜨거운 물에 몸을 담그고 쉬고 싶었다.

모텔 대신 편의점에 들어갔다. 요깃거리를 고른 후 계산하려는데, 지갑을 찾을 수 없었다. 코트 안주머니에 넣어둔 지갑이 만져지지 않았고 거짓말처럼, 코트 안주머니도 없었다. 가슴께를 두 손으로 마구 더듬다가 코트를 벗어 안쪽을 샅샅이 뒤졌다. 안감과 겉감이 견고한 바느질로 철썩 들러붙어 있었다.

휴대폰이 떨린다. 아버지다.

네, 아버지.

아직이냐?

네, 아버지. 근데……

밥은 먹었고?

아뇨. 근데 아버지.

생각보다 오래 걸리는구나.

네, 아버지. 근데요.

말해라.

………

못 찾겠니?

……거기 꼭 가야 합니까?

왜, 힘들어?

왜 가야 합니까?

가보면 알아. 손해 보진 않아.

아버지, 약도가 이상해요.

니가 못 찾으니 그런 거지.

아뇨. 사람들도 다들 모른다 그러고.

못 가본 사람들이니 모르는 거지.

아버지는 가보셨어요?

서둘러라. 많이 늦었어. 도착하면 전화해.

전화가 끊겼다. 돌아가자고 마음먹었다. 돈도 없고 피곤
하고 배도 고프고, 약도도 아버지 말도 믿을 수 없었다. 왔
던 길로 되돌아갈까 하다가,

이 근처엔 지하철역 없는데.

하고 말하던 편의점 직원이 생각났다. 그애가 내 지갑을
훔쳤나? 그애가 내 안주머니도 꿰매버렸나? 그애가 노인
이 되어 죽어버렸다 해도 수긍할 만큼 모든 게 아주 오래
전 일처럼 느껴졌다. 빈손으로 편의점을 나오며 유리문에
나를 비춰봤다. 젊었다. 징그러울 만큼 젊었다. 안에게 전
화를 걸어 지갑을 잃어버렸다고 말했다.

주머니 다 찾아봤어?

무얼 먹고 있는지, 안의 말이 쩝쩝 소리와 함께 들렸다.
지갑도 없어지고 주머니도 없어졌다고 대꾸했다.

농담이 나와?

주머니도 없어졌다는 말을 안은 농담으로 받아들였다.
진심으로 한 말인데 제대로 알아듣지 못하는 이런 상황이
언제부턴가 자주 일어난다는 생각이 들어 짜증이 났다. 나
랑 결혼하고 싶어?라고 물어봤던 그날 이후 우리 사이에
놓인 말의 도로에는 골목이 너무 많이 생겨났다. 골목과
골목 사이 막다른 길에 갇혀 진심은 길을 잃고 오해는 그

자리에 자꾸 새끼를 낳는다.

어딘데? 내가 갈게.

그 말을 듣자마자 빵빵하게 부풀었던 짜증에 커다란 구
멍이 뚫렸다. 이곳을 어떻게 설명해야 하나 고민하는 사이
안이 다시 다그쳤다.

거기 어디냐고. 어딘지 몰라?

모른다고 대답할 수 없어 처음 내렸던 지하철역 이름을
댔다. 안이 도착할 때까지 그곳으로 가면 된다. 그 정도는
할 수 있을 것이다. 전화를 끊고 주변을 둘러봤다. 동네 이
름만 알아도 안심이 될 것 같은데, 도로에도 인도에도 이
정표 따위 보이지 않았다. 건물 벽면에 응당 붙어 있어야
할 주소도 없었다. 편의점에 다시 들어가 동네 이름을 물
었다. 직원 입에선 생소한 지명이 튀어나왔다. 가까운 지
하철역으로 가려면 어디로 어떻게 가야 하느냐고 물었다.

여기서 좀 멀어요. 택시 타는 게 좋아.

지갑을 잃어버려서 돈이 하나도 없다고 대꾸하자, 직원
이 버려진 영수증 하나를 주워 그 뒷면에 그림을 그리며
중얼거렸다.

힘들 텐데.

직원이 내민 영수증에는 조잡한 약도가 그려져 있었다.
편의점을 나오며 약도를 유심히 살펴봤다. 직진 후 우회

전, 건널목을 건너 다시 우회전, 한동안 직진, 그리고 좌회전. 코트 주머니에서 아버지가 그려준 약도를 꺼내 들었다. 비슷했다. 길의 모양이 비슷할 뿐인지 두 약도가 설명하는 곳이 정말 같은 곳인지 알 수 없었다. 직진 후 우회전, 건널목을 건너 다시 우회전, 한동안 직진, 그리고 좌회전으로 이루어진 길이 세상에 어디 하나뿐이겠는가. 어쩌면 모든 길을 그런 식으로 설명할 수도 있을 것이다. 두개의 약도를 초조하게 쳐다보다가, 무엇이든 찾자고, 어서 걷자고 생각했다.

오른쪽으로 꺾이는 골목은 자주 나왔고 이어지는 건널목도 흔했다. 한자리를 맴도는 기분이기도 했고 서너개의 동네를 거침없이 지나온 것도 같았다. 살면서 길을 잃은 적은 거의 없었다. 태어나서 지금까지 한동네에서만 살았고 대부분 같은 곳만 오갔다. 낯선 곳으로 갈 기회도 별로 없었고, 가더라도 길을 잃을 만큼 넓게 움직이지 않았다. 모르면 물어봤고, 어른들은 언제나 그들이 아는 길을 가르쳐주었다.

어젯밤 아버지가 약도를 내밀며,

네가 이곳까지 꼭 갔으면 좋겠다.

말했을 때,

여기 가면 뭐가 있는데요.

물었을 때,

가면 널 알아봐줄 사람이 있을 거다.

말했을 때,

요즘 바쁜데. 시간 되면 한번 가볼게요.

무성의하게 대꾸했을 때, 아버지의 누추한 눈빛과 힘없이 꿈틀거리던 입가를 보고 고민하지 말았어야 했다. 그것에 겁먹지 말았어야 했다.

지나가는 사람들을 붙잡고 길을 물었다. 모르겠다는 사람이 대부분이었다. 어떤 이의 설명은 매우 복잡하고 장황해 알아들을 수 없었다. 중년 남자가 자신만만하게 가르쳐준 대로 갔다가 다시 모텔 골목을 맞닥뜨렸을 때는, 그 남자를 찾아내 쌍욕을 퍼붓고 말겠다는 생각만 들었다. 그래서 한동안 성원빌딩도 선원빌딩도 지하철역도 아닌, 길을 잘못 알려준 그 남자를 찾아 거리를 헤맸다. 하지만 그가 길을 잘못 알려준 게 아니라 내가 잘못 찾아간 것이라면…… 전화가 온다. 안이다. 나는 전화를 받자마자 소리를 질렀다.

어디야!

지하철역도 못 찾은 주제에, 안에게 짜증을 냈다.

나 못 갈 것 같아.

안이 절절매며 대꾸했다. 우는 것 같았다.

울어?

혹시 안도 길을 잃은 것 아닐까. 두려워졌다.

아빠가 맞았어.

안의 목소리가 부들부들 떨렸다.

경찰 오고 지금 난리도 아니야.

아버님이 맞아?

응. 어떤 사람이 우리 집 앞 지나가면서, 이런 데서 어떻게 사느냐고, 이게 사람 사는 집이냐고, 이런 데는 싹 다 밀어버리고 아파트 세워야 한다고, 자기 애한테 막, 아빠 말 안 들으면 너도 나중에 이런 데서 살게 될 거라고. 그래서 우리 아빠가……

누가. 어떤 새끼가 그딴 소리를 해!

여기 사람 사는 집 맞다고, 우린 여기서 자식 낳고 키우고 다 했다고, 늙어 죽을 때까지 우린 여기서 살 거라고, 당신 대체 뭐냐고 따지다가…… 네가 이리 와줘. 좀 와줘.

정신없이 울며 겨우 말을 잇는 안에게 길을 잃었다는 말을 할 수 없어 알았다고, 곧 가겠다고 말한 뒤 전화를 끊었다. 택시를 잡으려고 큰길로 나갔다. 짜증과 분노가 뒤섞인 뜨거운 감정이 몸을 가득 채우고 콸콸 넘쳐흘러 목구멍 귓구멍으로 쏟아져 나왔다. 간신히 택시 한대를 잡고 안이 사는 동네 이름을 댔다.

　안 가요.

　기사는 무기력한 대답만 남기고 그대로 떠났다. 대여섯 대의 택시를 그렇게 놓쳤다. 휴대폰을 열어 시간을 봤다. 자정 가까운 시간이었다. 순간, 뜨겁게 끓어오르던 감정이 거짓말처럼 가라앉았다. 여섯시에 퇴근해서 바로 지하철을 탔다. 삼십분쯤 지하철을 탔다고 쳐도, 내가 그렇게 오랫동안 길바닥을 헤매고 다녔나.

　차가 이동하는 방향으로 무작정 달리다가 젊은 남자를 붙들고 길을 물었다. 물으면서도 어리석은 일이라는 걸 알았다. 새파랗게 어린데다 이 동네 사람 같지도 않은 그에게 원하는 대답을 얻을 순 없으리라는 예감이 들었다. 결국 너도 모르지? 결국 너도 모르는구나. 그래, 결국 너도 나랑 같은 처지지. 확인하고 싶은 마음을, 똑똑히 느낄 수 있었다.

　아, 당신도 여기가 처음이군요.

　남자가 대꾸했다. 나만큼이나 혼란스러운 것 같았고, 나만큼이나 시비를 걸고 싶은 것 같았고, 나만큼이나 두려워하는 것 같았다.

　안 가본 길이 없는 것 같은데.

그가 몸을 잔뜩 웅크리며 말했다.

새로운 길은 계속 나오고.

얼굴이 노랗고 몸이 얄팍한 남자였다.

근데 결국은 다 비슷한 길이에요. 그러니까 더 헷갈려.

촌스러운 광택이 줄줄 흐르는 검은 양복을 입은 채 몸을 부르르 떠는 남자의 입에서 뿌연 입김이 터져 나왔다. 양복만 입고 돌아다니기엔 너무 추운 날씨였다. 어디를 찾는 중이냐고 물었다. 남자는 집에 가고 싶다고 대답했다. 애초에, 어디를 찾아 이곳으로 왔느냐고 다시 물었다.

글쎄. 성원빌딩인가, 선원빌딩인가.

남자의 입에서 내가 찾던 빌딩 이름이 튀어나왔다.

거긴 왜 찾아요? 누가 가보랬어?

다그치듯 물었다.

늦기 전에 꼭 가봐야 하는 곳이래요.

남자가 사방을 둘러보며 대답했다. 얼굴과 귀와 손이 피 묻은 것처럼 빨갛게 얼어 있었다.

돈 있어요?

남자에게 물었다. 지쳐 있던 남자의 얼굴에 긴장과 경계의 표정이 드러났다. 내가 일하는 곳과 사는 곳을 말하고, 전화번호를 가르쳐주며 택시비만 빌려달라고 했다.

나라고 택시 안 잡아본 줄 알아요?

남자의 말투가 어른스럽게 변했다. 내가 말한 무언가가
그를 거만한 어른으로 만든 것 같았다.

여기 밖으로 나가는 택시는 없어요. 포기해요.

포기하라는 말을 듣자마자 간신히 참고 있던 화가 폭발
했다.

그럼 당신은 어쩔 건데? 어디로 어떻게 갈 건데!

잠시 표정을 찡그리던 남자가 거칠게 자기 옷매무새를
다듬었다. 소리만 질렀을 뿐인데, 마치 그의 멱살이라도
붙잡고 뒤흔든 것 같았다.

찾아야죠. 빌딩을.

남자가 왜소한 어깨를 펴며 대꾸했다.

포기하라며!

내 말은.

크고 넓은 도로로 몸을 돌리며 남자가 말을 이었다.

여기서 나갈 생각을 말라는 거죠.

혼자 남겨지는 게 두려워 남자를 따라 걸었다. 종종 뒤
돌아보며 그와 나를 따라오는 사람이 없는지 살폈다. 같은
방향으로 걷는 사람은 많았지만 그들이 어디로 가는지는
알 수 없었다. 전부 그곳을 찾는 것처럼 보이기도 했고 그
곳에 이미 다녀온 것처럼 보이기도 했다. 어서 안에게 가

야 한다는 생각은 우선 집으로 가자는 생각으로, 아니 일
단 이 동네만 벗어나자는 생각으로 변했다. 그러다 결국,
그 빌딩을 찾아야만 모든 게 가능하리라는 예감에 사로잡
히고 말았을 때, 나를 괴롭히는 건 분노와 짜증이 아닌 체
념과 두려움이었다.

　남자는 멈추지 않고 걸었다. 내 걸음이 그보다 빠르지
않다는 사실에 자존심이 상했다. 안에게서 자꾸 전화가 왔
다. 어디쯤이냐는 질문을 받을 때마다 말을 더듬고 거짓말
을 했다. 길이 막히네. 생각보다 오래 걸려. 사고가 났나봐.
거의 다 온 것 같은데. 안의 질문은 한결같았고, 내가 남자
에게 건네는 질문은 조금씩 바뀌었다. 우리가 빌딩 이름을
잘못 알고 있는 게 아닐까요? 혹시 지나친 거 아닐까요?
이 동네가 아니지 않을까요? 어디서 왔어요? 몇살이에요?
무슨 일 해요? 결혼했어요? 학교 어디 나왔어요? 이름이
뭐예요? 축구 좋아해요? 군대 어디서 있었어요? 고향이
어디예요? 이봐요! 사람이 묻잖아! 남자는 나를 흘금흘금
돌아보기만 할 뿐 대답 없이 내처 걸었다. 자기도 나처럼
헤매긴 마찬가지지만, 그래도 나보다는 앞서간다는 사실
에 일말의 위안을 얻는 듯했다.

　술집과 모텔이 즐비한 거리를 다시 맞닥뜨렸다. 아까 지
나온 그곳 같기도 하고, 비슷한 또다른 구역 같기도 했다.

이봐요.

남자를 불렀다.

여기, 왔던 곳 같지 않아요?

남자의 걸음이 잠시 느려졌다.

성가시게 왜 이럽니까.

남자가 나를 돌아보며 신경질적으로 말했다.

그렇게 자꾸 의심할 거면 따라오지 마요. 각자 가자고, 각자.

하지만 우리는 찾는 곳도 같고, 빌어먹을 이 동네는 온통 비슷한 길뿐이잖아요.

우리가 같은 곳을 찾는다고 어떻게 확신합니까.

성원빌딩인지 선원빌딩인지, 젠장, 그거 찾잖아요.

빌딩 이름도 제대로 모르면서.

당신도 모르잖아.

그러니까 우리가 찾는 곳이 다른 곳일 수도 있단 거죠. 누군 안 피곤하고 짜증 안 납니까? 그래도 나는 묵묵히, 필사적으로 가고 있잖아. 근데 당신은 뒤따라오는 주제에 무슨 말이 그렇게 많으냐 이 말이야. 당신이, 아닙니까? 맞습니까? 아니지 않습니까? 할 때마다 다리에 힘이 쭉쭉 빠진다고.

남자의 말을 들으며 담배에 불을 붙였다. 어지러웠다.

저기요.

침착하게 말하려고 노력했다.

좀 쉬었다 갑시다. 두시가 넘었어. 이러다 밤새요. 뭘 좀 먹든지. 아님 눈 좀 붙이고 가든지. 난 지갑을 잃어버렸어. 돈이 없다고. 나는 내일 출근도 해야 합니다. 휴대폰 배터리도 얼마 안 남았는데 이놈의 동네는 사람 뺑뺑이질만 계속 시키고, 씨발, 그쪽 걸음은 너무 빠르지 않습니까.

……뭘 어쩌라는 겁니까, 나한테.

무엇 때문인지 남자의 말투가 온순해졌다.

뭘 알고나 가는 겁니까, 그쪽은.

나도 돈 없어요. 다 쓴 지 오래야.

어디가 어딘지 알고나 가는 거냐고, 그쪽은.

당신이 따라오고 있잖아.

당신도 쥐뿔 아는 거 없지?

그래도 당신이 따라오잖아.

내가 당신을 왜 따라갔는데!

내가 맞게 가니까 따라온 거 아닙니까?

휴대폰이 울렸다. 통화 버튼을 눌렀다. 어머니였다.

어디냐. 왜 아직 안 들어와.

아, 어머니, 제가 길을 잃었는데요.

술 마시냐?

아뇨. 제가 길을 잃었다고요. 근데……

너 언제까지 그렇게 나태하게 살 거야. 공부는 대체 언제 하려고 그래. 죽자고 달려들어도 떨어지는 사람이 태반인 시험이라고.

엄마, 내가 지금 길을 잃었다고. 여기가 어딘지 모르겠다고요.

나도 니가 뭘 하고 돌아다니는지 모르겠다. 언제까지 그렇게 살 수 있을 것 같니. 요즘 니 아버지 보면서 느끼는 거 없어? 늙어서 소용 있는 거라곤……

엄마, 아버지 있어요?

없다.

어디 계세요?

넌 어디냐.

………

제발 정신 차려. 난 하루하루가 너무 아깝다.

전화를 끊고 아버지에게 전화를 걸었다. 신호음이 울리는 사이 담배 한대를 더 꺼내 피웠다. 전화가 끊어져 통화 버튼을 다시 눌렀다. 편의점 플라스틱 의자에 다친 짐승처럼 몸을 웅크리고 앉아 있는 남자와, 이십사시간 꺼지지 않는 편의점의 강렬한 형광등을 보자 마음이 서늘해졌다.

도착했니?

아버지가 묻는다.

아뇨, 아버지.

그럼, 아직도 아직이냐?

아버지, 그 빌딩 이름이 정확히 뭐죠?

내가 적어주지 않았니.

알아볼 수가 없어요.

길을 따라가.

이름을 알려주세요, 아버지.

나도 잘 기억은 안 난다만. 길을 따라가면 돼.

그런 길은 어디에나 있어요.

그래도 가야 할 곳은 한곳이지 않니.

아버지는 가보셨어요?

시간이 많이 늦었다.

아버지는 가보셨냐고요.

....

아버지는 어디 계세요?

내 걱정은 마라. 난 괜찮다.

아뇨. 아버지는 지금 어디 계시느냐고요.

누군가와 부딪쳤다. 휴대폰이 바닥에 떨어졌다. 부딪친
사람이 휴대폰을 주워 내게 건네줬다. 죄송합니다. 그가
말했다. 검은 파카를 입은 남자였다. 파카엔 뿌연 재 같은

것이 드문드문 묻어 있었다. 헝클어진 머리칼. 경직된 얼굴. 낡고 더러운 운동화. 어깨를 움츠린 채 바삐 걸어가는 검은 파카를 멍청히 쳐다보다가 큰 소리로 그를 불렀다. 그는 어둠에 스며드는 그림자처럼 사라져버렸다. 편의점 의자에 구겨져 있던 남자도 검은 파카가 사라진 방향으로 걷기 시작했다. 전화가 울린다. 안이다.

어디야? 온다면서 왜 안 와?

지갑을 잃어버렸다고 했잖아. 나도 미치겠어.

아버지가 많이 아파.

안이 울었다. 울음 섞인 목소리를 듣자 죽고 싶었다. 많이 아프겠지만, 그렇지만 안의 아버지는 적어도 가족과 함께 있지 않은가. 길을 잃은 것도 아니고, 지갑을 잃은 것도 아니고, 어쨌든 아버지가 있어야 할 곳에 있지 않은가 말이다.

이럴 때 네가 옆에 있어주길 바랐어.

안이 말했다.

우리는 충분히 그런 사이라고 믿었어.

아니, 들어봐. 네가 생각하는 것처럼 한가한 상황이 아니야. 나는 길을 잃었고, 돈도 없고, 씨발, 다들 자기 말만 하고 약도는 엉터리고. 이러다가 내일 출근도 못할 것 같다고.

택시 타. 택시 타면 되잖아. 여기까지만 오면 내가 돈 줄게. 다 큰 남자가 그 정도 생각도 못해?

갑갑증이 올라왔다. 이곳에 있지 않은 이에게 이곳을 설명해봤자 바보 취급이나 받을 뿐이다. 폴더를 닫아버리고 남자가 사라진 어둠을 향해 달려갔다. 가로등 불빛이 나타났다 사라지기를 반복했다. 남자의 뒷모습을 놓치지 않으려고 숨이 차도록 뛰었다. 골목은 점점 가팔라졌다. 막연한 밤하늘에 둥실 떠 있는 낡은 여관 간판과 부표처럼 흩어져 있는 빨간 십자가. 거센 바람이 불었다. 코트 깃을 세워 목과 귀를 가렸다. 양복 한벌만 걸친 그의 뒷모습에 가까워질수록 말할 수 없이 속상해졌다.

가파른 오르막 끄트머리로 간결한 지평선이 나타났다. 그 너머에 무엇이 있을지 짐작조차 할 수 없었다. 시간을 보려고 휴대폰 폴더를 열었다. 배터리가 방전되었는지 까만 창이 떴다. 오르막 끝에 다다른 남자가 우뚝 멈춰 서더니 황망한 표정으로 나를 돌아봤다. 그곳으로 올라가기 두려워 걸음을 멈췄다.

뭐가 보여요?

선 채로 물었다.

………

뭐가 있긴 있어요?

……내리막길이요.

그와 나는 지쳐 벌벌 떨었다. 주머니를 뒤져 아버지가 그려준 약도를 꺼내 펼쳤다. 접고 펴길 반복해서 접히는 모서리마다 지저분한 구멍이 뚫려 있었다. 성원빌딩인지 선원빌딩이 적혀 있던 곳도 블랙홀 같은 검은 구멍이었다.

아직이냐?
아버지가 묻는다.

무엇을 위한 소설인가

송종원

독자의 복권

문학이 현실로부터 좌절한 무언가를 대체하여 채워줄 수 있는 영역으로 기능한다고 인정받는 때가 있었다. 또한 그것이 정신적으로 고양된 삶을 보장해준다는 말을 우리가 믿어 의심치 않은 때도 있었다. 누군가의 말처럼 문학을 통해 많은 것이 해결될 수 있다고 믿었던 시기의 일이다. 하지만 지금은 어떠한가. 저 정식화된 생각은 의심의 대상이 된 지 오래다. 진지한 것, 정신적인 것에 대한 소외가 사회 전반에 퍼져 있는 분위기를 고려하더라도, 문학에 관한 인정과 믿음의 일차적인 효과라고 여길 만한 독자의 수요 자체가 급격히 줄어든 상태에서 여전히 과거의 주장을 반복하기란 뭔가 석연치 않은 구석이 많다.

이제 우리에게는 애써 갖는 겸양의 태도나 원론적인 입장이 아닌 절박한 상황에서의 질문이 필요하다. '문학의 위기'를 말하기 위해서는 그것을 둘러싼 제도적인 변환이나 사회·경제적인 문제 전반에 대한 분석이 필요한데 이 자리에서 그에 대해 말하기는 어렵다. 대신에 최진영의 소설은 작품의 특별한 형식을 통해 질문을 던진다. 소설에는 어떤 효용이 남아 있는가. 소설의 가능성을 생산할 만한 조건 중에 우리가 소홀히 여긴 것은 무엇인가. 이러한 질문을 앞에 두고 어떤 소설은 거창하게 자신의 의미와 가치를 변호하는 대신 이 의심 자체를 지렛대 삼아 다시 소설의 가능성을 들어올린다. 소설의 의미와 가치가 의심을 받는다는 것은 소설을 둘러싼 외부의 시선이 소설에 작용한다는 뜻이다. 무슨 말인가. 소설의 의미는 소설 작품만이 아니라 소설 외부의 독자들에 의해서도 구성될 가능성이 있다는 말이다. 최진영의 소설은 영리하게 이 외부에 구애를 보낸다. 그들을 사랑의 대상으로 봐서가 아니라, 그들의 사랑을 잘 이용하기 위해서이다. 다시 말해 독자와 함께 소설의 가능성의 토대를 다시 다지기 위해서.

최진영의 소설을 읽은 독자들이 이렇게 평가하는 말을

들었다. 최진영의 소설에는 어떤 절절함 혹은 긴박한 절박함이 있다. 나는 이 말을 작가가 절절함과 긴박한 절박감이라 불릴 만한 것을 소설에 쓰고 있기 때문이 아니라 그와 관련한 독자들의 의심과 욕망을 최대한 활용하여 만들어낸 효과라고 생각한다. 근대소설이 형식화한 내적 자아의 목소리는 작가로 하여금 독자의 자리를 적절히 활용할 수 없게 하였다. 작품에 기록된 내면의 목소리에 과잉 동일시한 독자가 정서적 공감을 획득하게 하는 정도의 기능은 가능했지만, 독자로 하여금 작품을 고쳐 쓰고 다시 쓰는 방식의 읽기를 불가능하게 이끈 면이 없지 않다. 그런데 최진영의 소설은 그 잃어버린 독자의 자리를 다시 복권한다. 그의 소설은 근대소설이 형식화한 내적 자아의 목소리를 분열하도록 이끈다. 『팽이』가 바로 그 결과물이다. 독자가 자신의 목소리를 적극적으로 소설의 목소리와 중첩시켜보게 하거나 그 목소리와 부딪치도록 유도한 작업을 우리는 『팽이』에서 확인할 수 있다.

노골적인, 이토록 노골적인 서사

최진영의 소설은 어딘가 고전적인 느낌이 든다. 이유

로 추정되는 몇가지 특징이 있다. 우선은 이야기를 써내려가는 모습이다. 최진영은 묘사나 이미지 생성에 치중하는 대신에 서사를 열심히 구성한다. 비밀스러운 내면이나 불가해한 세계의 모습을 은밀하게 그려내는 데 치중하기보다는, 투명하게 드러난 내면과 완고한 세계의 모습 속에서 인물들이 겪는 사건을 직설적으로 드러낸다. 그래서 그의 소설에서는 그 흔한 인물의 외양 묘사가 잘 보이지 않는다. 인물의 외양이 따로 필요 없기 때문이다. 노골적으로 드러난 인물의 심리가 외양을 대신하기에 그렇다.

우연히 습득한 돈가방을 둘러싼 가족 간의 치졸한 경쟁과 배신을 다룬 「돈가방」을 예로 들어보자. 두 형제 부부가 부모님의 산소를 찾는다. 그리고 그곳에서 우연히 삼억이 든 돈가방을 발견한다. 무슨 일이 벌어질까. 기상천외하다거나 도무지 이해할 수 없는 사건 같은 것은 없다. 다만 사업을 하며 과시적 삶을 사는 첫째 부부와 월급쟁이로 아등바등 살아가는 둘째 부부 사이에 생길 법한 일들이 벌어질 뿐이다. 그런데 어떻게 될지가 뻔히 보이는 서사에도 불구하고 최진영의 소설은 타의 추종을 불허하는 긴장감을 만들어낸다. 왜 그럴까. 인물들이 자신의 패를 숨김없이 베팅하기 때문이다. 최진영의 소설 속 인물들은 자신의 속물적 욕망이나 심리적 와해 등을 숨김없이 드러내 보인다. 그런 면에서 보자면 최진영 소설의 인물들은 가히 투명한 족속들이라 불릴 만도 하다. 적절히 숨겨야만 교양인으로 취급받을 수 있는 속내에 대한 고려가 이들에게는 전혀 없다.

속과 겉의 경계가 없이 거침없이 자신을 드러내는, 철저하게 자신의 이익에 충실하는 것만이 지상명령인 듯 말하고 행동하는 이들의 모습은 어딘가 시원한 구석이 있다. 독자들은 그들의 속물성에 비판적인 입장을 취하기보다는 오히려 이 이익 싸움에 초를 치고 있는 둘째 두수의 언행을 불쾌해할지도 모른다. 속물들의 경쟁에 동참하지 않고 자기 혼자 고루한 도덕적 순결함을 좇는 두수의 모습은 어딘가 낡은 듯한 동시에 자신의 욕망을 속이고 있는 것처럼 보이기 때문이다. 투명한 속내를 거침없이 드러내는 인물들의 적나라한 이익 싸움을 보고 있으면 이 소설에 없는 것이 생각난다. 인물들의 내면을 복잡하고 불투명하게 만듦으로써 그것을 빌미 삼아 작가가 현실로부터 물러나는 성향.

노골적인 것은 인물들의 속물적 욕망만이 아니다. 최진영은 이 세계의 폭력성 내지는 지리멸렬함도 명쾌하게 그려낸다. 「창」과 「어디쯤」을 예로 들 수 있겠다. 소위 사회생활이라는 것에 익숙하지 않아 사내에서 왕따를 당하는 비정규직 여성노동자를 주인공으로 내세운 「창」은 조직 사회의 비합리적 면모와 폭력성을 사실적으로 그려낸다. 이에 비해 「어디쯤」은 다소 불투명한 점이 없지 않지만, 출구 없는 미로와도 같은 현실세계의 모습과 그곳에 갇혀 살아갈 길을 제대로 찾아내지 못하는 청춘의 모습을 알레고리적으로 잘 그리고 있다. 이 투명한 세계의 모습과 인물들의 노골적 심리 묘사는 최진영 소설의 특별한 형식 중 하나이다. 이러한 형식은 어떤 기능을 하는가. 가장 손쉽게 의미를 부가하자면 현실과 인간에 대한 적나라한 반영을 거론할 수 있다. 그런데 최진영의 소설이 지닌 특별한 스타일이 반영을 목적으로 한다는 것은 어딘가 어색하다. 목적이 진정 반영이라면 독자들은 소설을 읽고 이전에 모르던 무엇인가를 명확히 알게 되었다는 느낌을 받아야 하지 않을까. 하지만 최진영의 소설은 그런 방면으로 효용이 그리 큰 편이 아니다. 그보다는 소설의 인물과 사건들을 내가 원하는 쪽으로 좀더 이동시키고 싶다는 기분을 불러일으킨다 말하는 쪽이 더 정확할 것이다. 무슨 말일까.

독자를 연루시키는 글쓰기

최진영의 노골적이면서 속도감 있는 이야기에 끌려가다 보면 이내 불편해지는 순간이 찾아온다. 이때의 불편함은 서사가 마음에 차지 않을 때의 불편함과는 다른 종류이다. 그것은 읽는 이의 마음을 움직이는 순간과 관련된 것이라 말할 수 있다. 가령 「남편」 같은 소설을 생각해보자. 가난한 부부 사이에 형성되어 있던 신뢰가 예상하지 못한 사건에 의해 무너지는 장면에서 독자들은 심적으로 갈등할 수밖에 없다. 사건과 관련한 불확실함은 독자의 자리를 단순한 관람객에서 보이지 않는 사건의 구성원으로 이동하게 만든다. 남편이 무죄이길 기대하는 마음과 남편이 범죄를 저질렀을지도 모른다는 마음 사이에서 결국 의심으로 기우는 아내의 심리를 마주할 때, 그리고 자신도 모르게 아내의 마음에 동조하고 있음을 발견할 때, 무언가 찜찜한 기분이 계속 우리를 간섭한다. 가령 왜 우리는 확실한 증거가 없는데도 불구하고 아내처럼 그에 대한 믿음을 저버리게 되는 것인지 다시 묻게 된다. 작가 역시 이를 모르지 않는다. 그렇기 때문에 이 소설은 다음과 같은 결말을 맺었을 것이다.

멍하니 앉아 있는 남편을 두고 도망치듯 면회실을 나
왔다. 찬바람이 불었다. 오물을 털어내듯 온몸을 바르
르 떨었다. 이혼을 종용하던 친구에게서 전화가 왔다.

다 잊어.

친구가 말했다.

다 잊고 새출발해.

누군가의 남편, 혹은 아내들이 뒤엉켜 지나갔다.

날 믿어. 내 말을 믿어.

남편의 마지막 말이 왕왕 다가왔다.

우니?

친구가 물었다.

억울해.

알 수 없는 대답이 튀어나왔다.

난 아니야. 절대 아니야. 정말, 정말 억울해.(104~5면)

인상적인 결말이다. 독자가 무언가를 더 기대하는 순
간, 이처럼 소설은 느닷없이 끝이 난다. 마지막에 아내가
토로한 저 억울함은 어떻게 읽을 수 있을까. 가장 명쾌하
게 읽는 방법은 그것을 아내의 말로 한정지어 해석하는
일이다. 즉, 자신의 믿음이 시험에 들어 무너지는 상황을
경험한 이의 심정으로 읽을 수 있다. 그런데 그렇게 단순

하게만 읽을 수는 없다. 보이지 않는 사건의 참여자로서 마치 배심원과 같은 위치에서 남편에 대한 아내의 판결을 지켜본 독자들은 저와 같은 결말을 마주하고 자기도 모르게 무언가를 더 이야기하고 있는 자신을 발견하게 될 것이다. 가령, 그럼에도 불구하고 남편을 더 믿었어야 했다고 중얼거린다거나 소설의 앞부분을 뒤적거리며 아내의 판결이 정당한 것이었음을 증명할 확증의 요소를 발견하려 애쓰는 독자의 모습을 떠올리기란 그리 어렵지 않다. 작가가 저처럼 느닷없는 결말을 결단할 수 있었던 이유는 작가의 눈에 이미 배심원의 자리에 착석하고 있는 독자의 모습이 그려져 있었기 때문은 아닐까.

「남편」만이 그런 것은 아니다. 「주단」의 경우는 또 어떠한가. '주'와 '단'은 쌍둥이이다. 그런데 애석하게도 운명은 둘의 삶을 다르게 구분해놓았다. 건강하고 평범하게 복된 삶을 누리는 주와는 달리 단은 희귀병을 앓으며 나이가 들수록 점점 더 약해지는 몸을 지녔다. 몸과 마음이 점점 더 쇠약해지는 단은 상대적 박탈감과도 같은 노골적인 욕망을 주에게 표출한다.

내기할래?
무슨 내기.

스무살에 죽나 안 죽나.

아, 닥쳐. 좀.

만약에 스무살 넘어서도 안 죽으면, 니가 책임지고
여자 소개해줘. 존나 예쁜 애로.

....

죽으면, 너 이름 바꾸고.

아, 좀 닥치라고.

어쨌든 니가 나보다 오래 살 거 아냐.

개새끼. 존나 독한 새끼.

바꿔. 주단으로.

무슨 내기가 그따위야, 씨발.

왜?

니가 원하는 것만 걸잖아.

그럼 너도 걸어.

....

걸라니까.

닥쳐.

걸어.(36~37면)

처음에는 단의 노골적인 욕망이 독자를 긴장하게 하지
만, 시간이 지날수록 독자를 더욱 압박하는 것은 덜 말해진 주의 욕망이다. 흥미롭게도 주는 기억을 순간순간 잃어버리는 특징을 지닌 인물로 설정되었기 때문에 「주단」을 읽는 독자는 그의 기억을 스스로 재구성해서 읽는 수고를 해야만 한다. 주가 상실한 기억의 대부분에는 쌍둥이로 태어나 혼자만 멀쩡하게 살아가는 자가 겪어내야 하는 죄책감과 그 죄책감의 수난으로부터 벗어나고자 하는 공격성이 감추어져 있다. 인용한 구절의 말줄임표 부분을 스스로 채워서 읽어본다면 최진영이 저 불편한 감성들을 얼마나 노골적으로 감추어놓았는지 확인할 수 있을 것이다.

최진영의 소설에서는 보여주는 소설가와 관람하는 독자의 구도가 성립되지 않는다. 대신에 쓰는 소설가와 거기에 연루되는 독자의 구도가 펼쳐진다. 최진영은 쓰는 행위가 작가와 독자를 대칭적 구도로 놓는 것이 아니라, 쓰는 자에게 특별한 힘을 부여한다는 사실을 거의 본능적으로 아는 듯하다. 그래서 그는 독자가 가만히 지켜보는 것을 넘어 적극적으로 소설의 서사에 참여하도록 이끈다. 말이 쉽지 실제로 이 작업은 꽤나 까다롭고 위험하다. 실패할 경우 독자들이 이야기 자체를 밀어내버릴 수 있기 때문이다. 이를 막기 위해 작가는 '완벽한 부족함'을 구현해야 한다. 인물이나 사건의 성격에 대해서 작가는 그것을 완벽하게 맞아떨어지는 무엇보다는 완벽하게 부족한 무엇으로 그려내야 한다. 왜? 독자에게 이 완벽한 부족함으로부터 자신의 문제를 들여다볼 계기를 제공하기 위해서이다. 또는 이렇게도 말할 수 있다. 현실 내지 사실을 초과하는 언어란 없기 때문에 이와 같은 작가의 스타일은 아이러니하게도 완벽히 사실적 언어를 추구한다. 이를 인물을 통해 좀더 이야기해보자.

최진영 소설의 인물들은 문제적이다. 『소설의 이론』에서 루카치가 소설의 형식을 이야기하면서 "문제적 개인이 자기 자신을 찾아가는 여행"이라 말한 이후 장단편을 불문하고 소설이 문제적 인물을 다룬다는 것은 너무 당연한 말이 되었지만, 진정 문제는 그 문제의 내용에 있을 것이다. 최진영 소설의 인물들이 특히 문제적인 이유는 자신이 문제적임을 결코 반성하지 않는다는 것이다. 인물들은 그들이 보여주는 비도덕성과 폭력성 또는 위악성 등을 결여로서 앓지 않는다. 결여로 여길 수 있는 그 속성들로 인해 타자의 눈치를 보는 것이 아니라 오히려 타자들이 그들의 눈치를 보게 만들 정도로 그들은 자신의 속성을 극단까지 밀어붙인다(인물의 폭력성을 끝까지 밀어붙인 「월드빌 401호」가 좋은 예이다). 읽는 이는 이래도 되는 걸까, 정말 이래도 되는 걸까 하는 의문을 순간순간 품으면서도, 그처럼 인물의 특성을 박력있게 밀고 나가는 최진영의 서사에 떠밀려 결국에는 무언가 결여한 쪽은 인물이 아니라 자신이 아닌지 고민하는 상황에 처하게 된다.

무슨 말인가. 최진영의 소설을 통해 독자는 일말의 깊이를 지닌 자로서의 품위를 유지하기 위해 끝까지 들여다보지 못했던 자신의 욕망을 재발견하게 된다는 말이다. 문제적 욕망과 연루된 자기 자신을 확인한 이상 독자들은 그것에 대해 질문하지 않을 수 없게 된다. 이를테면 「창」에서 왕따를 당하는 비정규직 사원인 인물이 자신에 대한 험담을 늘어놓던 동료사원들의 메신저 내용을 확인한 뒤 그들의 컴퓨터에서 파일들을 지워버리는 장면에서 통쾌함을 느끼는 독자는 그간 자신이 앓아오기만 하던 것을 행동으로 전환한 인물을 보며 자신이 고통 속에 회피하던 문제를 한번쯤 목격하는 사태를 맞았을지도 모른다. 같은 맥락에서 「월드빌 401호」에서 전개되는 끔찍하고 혐오스러운 폭력성에 독자들은 처음에는 거부감을 가지다가도 서사에 이끌려 어느 순간에 이르면 주인공의 그 혐오스러운 위치가 이 사회를 함께 살아가는 자라면 누구나 처할 수 있는, 하지만 자신은 운이 좋게 벗어나 있는 공동체의 내부라는 판단을 하게 될지도 모른다.

최진영 소설의 인물들은 확실히 독자를 사로잡는 미끼

역할을 한다. 그 미끼를 덥석 무는 순간 독자는 자신이 애써 덮어두려 했고 그래서 단 한번도 제대로 질문한 적이 없던 욕망의 움직임을 느끼게 된다. '독자를 연루시키는 글쓰기'라 불릴 만한 이 독특한 형식을 통해 최진영은 독자들을 소설의 주위로 조금씩 불러 모으는 중이다.

운명에 맞서는 정념의 소설

지금까지 우리는 독자들을 긴박하게 어떤 문제들로 몰아가는 최진영의 소설에 대해 주로 이야기했다. 『팽이』에 실린 작품들은 독자의 욕망을 비춤으로써 서사가 제기하고 있는 문제를 독자 스스로 확장하고 해석해보기를 유도한다고 하였다. 이쯤에서 우리가 되짚어봐야 할 것은 최진영이 서사를 통해 주로 어떤 문제를 제기하는가이다. 이 소설집에 실린 각각의 소설을 관통하는 무언가를 말하기란 쉽지 않다. 당연하게도 각각의 작품들이 다른 문제를 던지기 때문이다.

범박하게나마 구분을 해보자면 최진영의 소설은 두종류로 나뉜다. 돈에 관련한 인간의 속물적 욕망의 문제를 건드리는 「돈가방」이나 사회에서 자발적으로 격리된 삶을 살아가는 불우한 인물의 삶을 통해 사회 속에 내재한 관계의 폭력성을 지옥도처럼 보여준 「월드빌 401호」처럼 시사적인 문제를 건드리는 한 부류가 있다면, 한 인간의 삶을 짓누르고 있는 우연적이면서도 복잡다단한 무언가에 대해 쓴 작품들이 있다. 「첫사랑」이나 「엘리」와 같은 작품을 후자의 예로 들 만한데, 그 소설들에서는 유독 다음과 같은 서술이 눈에 띈다.

모든 운명이 상호보완적인 것은 아니다. 어떤 운명은 다른 운명을 배반한다. 삶의 불행은 여러 운명의 충돌로 빚어진다. 엘리 역시 내 운명이라면, 엘리는 너무 많은 것을 배반한다. 깊이 생각할 필요도 없다. 일단 똥오줌! 엘리의 똥오줌 때문에 나는 하루에도 몇번씩 미치고 팔짝 뛴다.(110면)

새로운 사랑을 시작할 때마다 걷는 대로 길이 만들어지는 산속을 헤매는 기분이고, 상대의 뒷모습만 막연히 따라가던 열아홉살의 나로 돌아가는 기분이다. 그러다 상대가 뒤를 돌아보면, 왜 하필 너냐고 따지고 싶어진다. 이십대의 마지막 생일을 맞아 끝내주게 놀아보자는 친구들을 따돌린 채, 지금 나는 헤어진 애인을 만나

러 간다. 그에게 꼭 받아내야 할 사진이 있다. 지난 연
인들이 나의 첫사랑을 궁금해할 때마다 나는 사진 한
장을 주며 그것이 내 사랑의 원형이라 말하곤 했다. 그
리고 헤어질 때면, 그 사진을 반드시 돌려받았다. 그 사
진 속엔 여러가지가 담겨 있다. 파란 하늘. 마른 나뭇잎.
죽어가는 나무. 따뜻한 햇살. 서늘한 바람. 메마른 냄새.
그리고 가장 먼 곳에서 유령처럼 흔들리는 J의 희미한
뒷모습.(198~99면)

앞의 인용은 운명처럼 코끼리를 데리고 살아가는 한
인물의 삶을 그린 「엘리」에서 빌려왔다. 「엘리」는 코끼리
라는 알레고리를 통해 남들이 버려둔 꿈이나 신념을 여
전히 좇는 사람의 고단함에 대해 이야기한 소설로 읽을
수도 있고, 비밀스러운 사랑의 고난에 관해 이야기한 작
품으로 대할 수도 있다. 한편 그것은 인용의 표현처럼 불
행한 운명의 이야기일 수도 있다. 운명이라니! 고전소설
의 인물들이 피할 수 없었던 삶의 굴레, 혹은 살아가며 부
딪쳐야만 했던 모든 장애물을 총칭하는 그 운명을 말하
는 것인가. 그렇다. 최진영 소설에서 다루어지는 운명도
이유를 알 수 없는 수난과 같다는 점에서 그와 유사하다.
하지만 분명한 차이도 있다. 고전소설의 인물에게 운명

은 고난만이 아니라 고난 후에 찾아오는 영광스러운 삶의 보장까지를 포함하지만, 최진영 소설의 인물들에게 운명은 그렇지 않다. 그것은 「엘리」의 '나'가 내뱉듯 너무 많은 배반을 견뎌야만 하는 영원한 고난에 가깝다. 『팽이』에 실린 여러 단편들에서 우리는 이 운명을 짊어지고 사는 인물들을 만난다. "모두들 고민했고, 모두들 극복했고, 모두들 나아졌다는 내용"(235면)의 소설을 도무지 이해할 수 없었다고 읊조리던 「팽이」의 '나'가 그렇고, 「주단」에서 쌍둥이로 태어나 상대적 박탈감에 빠져 살아야만 했던 단과 본인의 책임과는 무관한 죄책감에 시달려야 했던 주의 삶도 마찬가지이다. 그 소설들 어디에도 그들의 고난이 보상받는 장면은 없다.

그러나 한편으로 자신에게 부과된 삶의 짐을 손쉽게 내려놓거나 지우려고 하지 않는다는 점에서 최진영 소설의 인물들은 영웅적이다. 자신에게 주어진 삶을 전복시킬 엉뚱하고도 기발한 무언가를 현재 삶의 외부로부터 유쾌하고 명랑하게 끌어들여 말하는 대신에 그 짐을 감내하며 자신의 삶을 지난하게 유지하는 동안 조금씩 삶의 내부로부터 변화하는 기미를 찾는 끈덕진 모습, 최진영의 소설에는 그처럼 감동스러운 인간의 모습이 있다. 당연히도 이 감동이야말로 어떤 보상보다도 값진 가치와 의미를 지닌다.

뒤의 인용구는 「첫사랑」에서 빌려왔다. 「첫사랑」에는 정체를 알 수 없는 이끌림에 자신을 투신했던 생의 시간이 기록되어 있다. 그가 사랑의 상대인지도 모른 채 막무가내로 그에게 열정을 쏟아부었던 시간, 그리고 그와 무관하게 상대로부터 '너는 누구냐'라는 처참한 질문을 돌려받아야만 했던 어긋난 사랑의 순간이 최진영의 소설치고는 색다르다 할 만큼 약간은 몽환적이고도 신비하게 그려진 작품이다. 아니 신비하게 그려졌다기보다 이 소설은 사랑의 신비 그 자체를 그렸다고도 말해도 괜찮지 않을까 싶다. 주인공인 '나'는 첫사랑의 상대에게 받은 저 모욕적인 질문까지도 사랑의 원형을 구성하는 요소로 수용하며 각인한다. 그것을 아무리 강하게 새겨 넣는다고 하더라도 사랑의 신비가 만들어낸 살아 있음의 감각들("파란 하늘. 마른 나뭇잎. 죽어가는 나무. 따뜻한 햇살. 서늘한 바람. 메마른 냄새. 그리고 가장 먼 곳에서 유령처럼 흔들리는 J의 희미한 뒷모습")이 퇴색하지 않기 때문이다. 아니 오히려 그 모욕적인 질문까지도 강렬한 삶의 기미를 제공하는 요소에 가까울 것이다.

최진영의 소설은 이렇듯 살아 있는 자들이 겪어야만 하는 수난과 모욕을 강렬한 삶의 기미로 전환해내는 능력을 보유하고 있다. 이를 운명에 맞서는 정념을 보유한 소설이라고 말해보면 어떨까. 이 당당한 정념의 매혹을 거부하기란 쉽지 않다. 그것이 사건 없이 지루한 당신의 삶이 실은 무수히 많은 사건의 파편들로 이루어져 있다고 속삭이기 때문이며, 또한 삶이란 욕된 기다림의 시간 속에 순간적으로나마 모든 욕됨을 망각하게 할 아름다운 환각을 내장하고 있음을 슬그머니 알려주기 때문이다.

당신은 사로잡혀야 한다

근간에 소설집을 묶은 신예 소설가들 중에서 최진영만큼 독자를 사로잡는 작가를 보지 못했다. 나의 이야기가 너의 이야기가 될 거라는 막연한 기대감 속에서 자신이 겪은 신기한 일을 구경거리로 내놓는 작품이나 다소 관념적으로 보이는 커다란 알레고리적 상황을 제시해놓고 이국적 감수성을 동경하며 그것으로 세부를 채워 넣는 작품들로부터 최진영의 소설은 일정한 거리를 두고 있다. 그의 소설은 감수성의 혁신이나 기발한 이야깃거리의 발굴이 아니라 독자의 고통과 변화를 겨냥한다. 독자가 자신의 문제를 스스로 들여다보고 그 문제적 상황 속에 놓인 자신의 위치를 조금씩 변화해나갈 수 있도록 유도하는 일, 소설의 관람자로서의 자리를 고수하는 것이 아니라 소설의 서사에 연루되도록 하여 결국에는 자신의 삶을 재해석하게 만드는 일, 이것이 바로 최진영 소설의 효과이고 기능이다.

소설이 독자를 사로잡는다는 말을 일종의 수사적 표현으로만 생각했었다. 그러나 최진영의 소설은 저 말이 단순히 수사가 아님을 증명한다. 또한 소설을 읽는 것이 자신의 새로운 가능성을 확보할 수 있는 방법의 하나라는 사실을 알려준다. 많은 독자들이 이 가능성을 확인하기를 희망한다. 『팽이』를 위해서만이 아니다. 독자들이 자신의 삶을 새롭게 쓸 수 있기를 바라기 때문이기도 하다.

宋鐘元 | 문학평론가

오래전에 쓴 글을 다시 읽으면 당혹감에 휩싸일 수밖에 없음을 몇차례의 경험으로 알고 있다. 그때와 생각이 달라졌더라도 고칠 수 없고 지울 수 없다. 지금의 언어와 사유로 고치려는 순간 강한 저항감이 올라온다. 과거의 내가 나를 노려보며 경고한다. 고치겠다고? 없애겠다고? 네가 감히 나를? 그럼 무사할 것 같아? 과거를 손보는 순간 현재가 무너질 텐데? 마음을 다잡고 원고를 읽어야 한다. 팽팽한 줄이 느슨해지거나 끊어지지 않도록 계속 힘을 조절해야 한다. 그 줄 위에 바로 내가 서 있기 때문이다.

첫 소설집을 다시 읽었다. '희망 없음'의 상태를 지나 절망과 불행만을 추구하는 것 같은 인물을 마주하며 이미 지나왔다고 믿었던 당시의 감정에 짓눌렸다. 허구의 인물과 사건 뒤에 숨어서 과거의 나는 주장한다.

당신들이 말하는 희망이 거짓이라는 걸 내가 보여주겠어.

누구도 믿을 수 없었다. 삶이 두려웠다. 혼자서 거대한 세상과 대적하는 것처럼 살았다. 당신이 나를 부수기 전에 내가 먼저 나를 부수겠다는 각오로 버텼다. 외로운 만큼 사랑을 갈구했다. 땅바닥에 떨어져 나뒹구는 사랑이라도 주워 모았다. 내가 가진 것들이 나를 더 남루하게 만들어도 상관없었다. 그렇게나마 손에 쥔 것들을 엮어서 소설을 썼다. 그 소설을 책에 넣어서 버리겠다는 마음으로 첫 소설집을 만들었다. '잘될 거라고, 앞으로 더 좋아질 거라고 생각하지 않'으며 '다만 잘 쓰고 싶다'고 과거의 나는 썼다.

거듭되는 실패 속에서 잘된 것도 있다. 더 나빠진 것도 좋아진 것도 있다. '잘 쓴다'의 정의는 여전히 모르겠다. 그래서 계속 쓴다. 그 시절의 나를 글로 남겨두어 다행이다. 당시의 절망과 분노를, 불신과 두려움을 써두었기에 지금 나는 함부로 말할 수 없다. 과거는 나를 지켜보며 거듭 묻는다. 그때 내가 그토록 이해할 수 없었던 사람들과 지금의 나는 다른가. 조금이라도 닮은 구석은 없는가. 결과보다 과정이 중요하다는 속 편한 소리를 하고 있지는 않은가.

여전히 과정 중에 있다. 현재를 살아서 과거라는 그릇을 만들어야 미래의 내가 그 그릇에 의미를 채워 넣을 수 있다고 생각한다. 누구의 잘못도 아니기에 시간의 흐름에 기대야만 회복되는 상처도 있음을 받아들였다. 당신들이 말하는 어떤 희망이 내게는 거짓일 수도 있다. 그러나 내가 애써 찾아낸 희망까지 거짓으로 둘 순 없다. 그래서 계속 쓴다. 희망을 희망의 자리에 두기 위해서. 희망을 지속적으로 가꾸고 살리기 위해서. 너무 빨리 돌아가는 팽이는 마치 멈춰 있는 것처럼 보인다. 진짜 멈추면 쓰러질 것이다. 쓰러져도 팽이는 팽이다. 쓰러져야 다시 돌릴 수 있다. 다른 방법으로 줄을 감아볼 수 있다. 영원히 쓰러지지 않는 팽이는 거짓이다.

과거를 찬찬히 돌아볼 기회를 마련해준 창비 출판사와 사려 깊은 시선으로 개정판 작업을 함께해준 한예진 편집자에게 감사를 전합니다. 독자 여러분에게도 늘 고마운 마음이에요. 여기 제 첫 소설집이 있습니다. 저는 이렇게 출발했어요. 혼자라고 생각한 적이 있습니다. 여전히 혼자라

고 느낄 때가 있고요. 그리고 그와 같은 순간에 꺼내 볼 야
광불 같은 기억이 있습니다. 이제 저에겐 그것이 있어요.
여러분이 건네준 야광불입니다.

2025년 여름
최진영

방을 떠나 보고 듣고 느낀 파편을 모았더니 이런 것이 되었다.

그동안 여러 방에 머물렀다. 이제는 사라진 방도 있고, 거기 그대로 있으나 더는 드나들 수 없는 방도 있다. 주인은 따로 있는 방과 방에서, 화분 공주 걸레 피사체 변기 보물 장난감 첫사랑 쓰레기 눈사람 스토커 파이터 고객님 저것 냉혈한 대타 멍텅구리 신상품 겁쟁이 사기꾼 화염방사기 해결사 주정뱅이 작가 환자 선생님 후배 진영아 서비스 안주 미쓰 홍당무 등이 되었다. 가끔 화장하고 치마 입고 사람을 만났고, 치마를 벗고 화장을 지우고 좁은 방을 서성이다 거울을 봤다. 거울에 비친 내 표정은 대개 섞임 없이 멍청했다. 헤어지고 만나고 헤어지길 반복했다. 그리고 꾸준히 글을 썼다. 적막과 혼돈과 무지와 불안 속에서, 하고 싶고 할 수 있는 것은 오직 그뿐이었다. 아직 되지 못한 것도, 만나지 못한 사람도, 풀지 못한 매듭도 많지만 어쩐지 미련은 없다. 잘될 거라고, 앞으로 더 좋아질 거라고 생각하지 않는다. 다만 지금 내가 무엇을 하고 있는가를 주시한다. 미련도 희망도 없이,

지금

나는 쓴다.

등단작을 7년 만에 꺼내 봤다. 자꾸만 사라지는, 하지만 분명 이 방 어딘가에 있는 커터칼이나 풀과 우연히 '마주친' 기분이었다. 글을 쓰길 잘했다는 생각을 처음으로 했다. 전하려는 마음은 단 한 문장인데, 부끄러운 그 문장을 감추려고 이런저런 이야기를 수선스레 늘어놓는 내가 우습고도 낯설었다. 잘 쓰고 싶다는 생각도 처음으로 했다. 잘 사는 것엔 관심 없다. 잘 사는 게 뭔지, 잘 사는 것과 잘 쓰는 것이 어떤 관계인지도 아직 잘 모르겠다.

다만

잘 쓰고 싶다.

2013년 9월

최진영

|수록작품 발표지면|

주단……『한국문학』2012년 여름호

돈가방……『문예중앙』2011년 가을호

남편……『실천문학』2010년 겨울호

엘리……『문학동네』2011년 가을호

창……『작가세계』2011년 봄호

첫사랑……『창작과비평』2010년 겨울호

팽이……『실천문학』2006년 가을호

새끼, 자라다……『실천문학』2007년 가을호

월드빌 401호……『끝까지 이럴래?』(한겨레출판 2010)

어디쯤……『현대문학』2012년 3월호

팽이

초판 1쇄 발행 • 2013년 9월 10일
개정판 1쇄 발행 • 2025년 6월 20일

지은이 / 최진영
펴낸이 / 염종선
책임편집 / 한예진
조판 / 신혜원
펴낸곳 / (주)창비
등록 / 1986년 8월 5일 제85호
주소 / 10881 경기도 파주시 회동길 184
전화 / 031-955-3333
팩시밀리 / 영업 031-955-3399 · 편집 031-955-3400
홈페이지 / www.changbi.com
전자우편 / lit@changbi.com

ⓒ 최진영 2013, 2025
ISBN 978-89-364-3982-8 03810